DEBUT OR DIE

데뷔못하면 죽는병걸림 2

1판 1쇄 발행 | 2022년 12월 8일
1판 4쇄 발행 | 2024년 12월 8일

펴낸이 | 권태완 우천제
펴낸곳 | (주)케이더블유북스
편집자 | 한준만, 이다혜, 박원호, 이고은

출판등록 | 2015-5-4 제25100-2015-43호
KFN | 제3-8호

주소 | 서울특별시 구로구 디지털로31길 62 에이스아티스포럼, 201호
E-mail | paperbook@kwbooks.co.kr

ISBN 979-11-404-1049-1 04810
　　　979-11-404-1047-7 (set)

데뷔 못 하면
죽는병걸림

2

백덕수

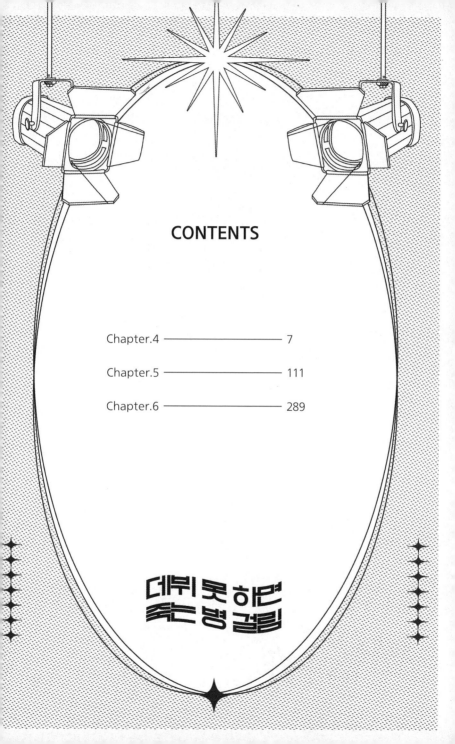

CONTENTS

Chapter.4 ——————————— 7

Chapter.5 ——————————— 111

Chapter.6 ——————————— 289

데뷔 못 하면 죽는 병 걸림

CHAPTER
4

CHAPTER

4

"우리 토끼 반 잘 부탁드립니다~"

"와아아!!"

짝짝짝. 누구 하나 뚱한 표정 없이 상식적인 리액션으로 토의가 시작됐다. 대학생활을 포함해도 내가 겪어봤던 팀플 중 분위기가 역대급으로 화기애애했다. 카메라를 들이대고 있으니 욕설도 없고 딴짓하는 놈도 없다.

'진짜 유치원 같군.'

물론 모든 팀이 〈토끼 반〉처럼 조별과제 희망 편인 건 아니었다. 가령 등수 구간이 몰려서 하위권만 묶인 두세 팀은 이미 반쯤 포기한 분위기였다.

"아……."

"음, 잘해봅시다…."

"…이렇게 됐네."

하지만, 의외로 절망 편은 최상위 연습생들이 모인 다른 팀에서 나왔다. 최원길, 이세진이 류청우와 차유진의 팀에 들어간 것이다. 게다가 김래빈의 멱살을 잡았던 트롤러까지 그 팀이었다.

몇몇 참가자들이 숙덕거렸다.

"저렇게 묶일 수도 있어?"

"조합 신기하다."

류청우의 위장이 살살 녹는 소리가 여기까지 들리는걸.

'안됐지만, 내 입장엔 오히려 좋다.'

저쪽이 편집 어그로를 다 끌어가 주면 편할 테니까 말이다. 내가 짧게 결론을 내리고 있을 무렵, 큰세진이 토의를 진행시키고 있었다.

"자자, 그럼 얼른 곡부터 이야기해 봅시다! 하고 싶은 곡 있는 분?"

다수의 팀원이 눈을 빛내며 손을 들어 올렸다. 심지어 선아현도 슬그머니 드는 것이, 다들 어지간히 신난 눈치였다. 그럴 만도 했다.

'드디어 처음으로 '자유 선곡 팀전'이 나왔으니까.'

방금 들은 MC의 발표를 떠올려 봤다.

'여러분은 각자의 팀에 어울리는 곡, 안무, 컨셉까지 모든 디테일을 원하시는 대로 골라 무대를 만들어가실 수 있습니다! 이름하여 〈자체 제작 무대〉!'

제작진이 또 날로 먹어보겠다는 말이었다.

지난 시즌에는 그나마 미니게임으로 뭘 따 가게 해줬던 것 같다. 의상과 무대 장치를 포함한 컨셉을 미리 열 패턴쯤 준비해 둔 뒤 참가자들이 그중에서 원하는 것을 고르는 구조였다.

그런데 이번 시즌에는 그런 것도 없이 생짜 알아서 짜 오라는 식이다. 아마 이번 시즌 기획 시점에는 예산 부족 때문에 미리 짜놓는 게 감당이 안 됐던 모양이다. 그나마 프로가 흥하면서 추가 예산을 많이 따 왔는지, 지금은 이 컨텐츠에 예산 제약이 거의 없다는 점 하나는 장점이었다.

'그래서 이놈들이 다 들뜬 거겠지.'

나는 다른 팀원들의 의견을 하나씩 경청해 줬다. 시계 방향으로 발언 순서가 정해지며, 먼저 발언권을 얻은 선아현이 작게 외쳤다.

"기, 〈기다림이 좋아〉는 어떨까…!"

〈기다림이 좋아〉. 특징은 고음과 뮤지컬 같은 구성의 안무.

청량하고 세련된 하이틴 감성이 타깃층에 제대로 적중했었다. 현시점에서 5년 전에 발표된 9인조 남자 아이돌의 곡으로 해당 그룹에게 첫 1등의 영광을 안겨줬었다. 그동안의 행적을 돌아볼 때, 대놓고 선아현이 좋아할 법한 곡이었다.

"오, 첫 후보부터 명곡 좋네."

"맞아. 우리 다들 막 그런 청춘! 청량! 컨셉은 보여준 적 없기도 하고."

나도 한마디 보탰다.

"괜찮네."

"으, 으응!!"

선아현은 화색이 된 채로 고개를 마구 끄덕였다. 이대로 선정되지 못해도 긍정 리액션만으로도 좋아 죽겠다는 얼굴이다.

'대체 어떻게 살면 저 얼굴로 저러냐.'

좀 안쓰럽게 황당했다.

"다음은 래빈이!"

"멤버 구성을 고려했을 때, VTIC 선배님들의 〈혼(Hone)〉이 가장 효과적인 선택이라고 생각합니다."

준비한 것처럼 멘트가 쏟아져 나왔다.

"동양적인 사운드 샘플을 많이 사용했기 때문에 컨셉이 특징적이고, 음역대도 적절합니다. 안무 난이도가 있는 곡이라 퍼포먼스 요소를 보여주기 쉽고, 댄스 브레이크 간주를 넣기 용이하고요. 편곡도 하루 내로 초안 잡아 올 수 있습니다!"

"으응……."

'정말 하고 싶은가 보군.'

나만 그렇게 생각한 것은 아니었는지, 다른 팀원들이 얼떨떨한 표정으로 반박자 느리게 호응했다. 김래빈은 아차 싶었는지 그제야 눈치를 보며 우물쭈물 말을 붙였다.

"저, 물론… 다른 좋은 의견이 있다면 그것도 좋습니다."

"오키오키, 래빈이가 고른 곡도 좋았는데, 일단 다른 의견도 천천히 들어보자~"

큰세진이 쓱 넘겼다.

'하지만 편곡할 놈의 의견은 좀 자세히 들어두는 편이 나을 텐데.'

아무래도 큰세진 본인도 밀고 싶은 곡이 있는지 굳이 김래빈의 말을 더 받아주진 않을 생각인 것 같았다.

'좀 챙겨갈까.'

나는 입을 뗐다.

"말한 것 중에 어떤 요소가 제일 마음에 들었는데?"

"예? …아, 그, 특정한 요소가 마음에 든다기보단, 과제에 두루두루 가장 적합한 점을 고려했습니다."

전체적인 무대 완성도에 초점을 뒀다는 뜻이었다. 나는 고개를 끄덕였다.

"계속 참고해야 할 관점이네."

"맞아. 나 깜짝 놀랐잖아."

"래빈이는 다 계획이 있구나!"

"…감사합니다."

팀원들이 칭찬을 붙이자 김래빈이 고개를 푹 숙이며 중얼거렸다. 어색해하는 김래빈을 훈훈하게 지켜보는 분위기가 짧게 조성된 뒤, 큰세진이 마지막으로 의견을 냈다.

"이제 때가 됐다."

"…?"

"여기까지 왔는데, 섹시 컨셉을 할 때가 됐다…!"

"세, 세, 섹시…."

"으아악!"

"어어우…."

오글거린다며 몸서리치는 반응이 따라왔다. 큰세진은 소리 내서 웃었다.

"하하하! 솔직히 부정 못 한다? 못 하지?"

"……."

대놓고 뻔뻔하게 말해서 얄밉지만… 일리 있는 말이었다. 괜찮은 발상이라는 점은 부정할 수 없었다.

'제대로 소화하기만 하면 이것보다 강한 컨셉도 없지.'

세련된 수준으로 수위를 지키면서 멋지게 보일 수 있다면야. 섹시 컨셉은 전통적으로 증명된 성공 루트였다. 나는 팔짱을 끼고 큰세진에게 물었다.

"어떤 곡으로 하고 싶은데?"

"어? 역시 문대가 안목이 있어. 난 사실 곡은 특별히 하나 딱 밀고 싶지는 않고, 여러 곡 비교하면서 이… 섹시 컨셉을 가장 성공적으로 보여줄 곡을 상의해서 정하고 싶은데, 어때?"

"……."

괜찮았다.

'하지만 다른 둘의 의견도 괜찮았지.'

나는 고개를 돌려서 아직 발언하지 않은 골드 1을 쳐다보았다. 골드 1은 하얗게 불탄 모습이었다.

"나는… 모르겠다. 난 그냥 토끼나 좀 살려보자고 하려고 했어…. 근데 다들… 아주 확실한 비전이… 있구나?"

다른 의견들이 너무 확고해서 전투력을 상실한 것 같았다. 그럴 만도 하지. 나는 어깨를 으쓱했다.

"무, 문대는… 어, 어떤 걸 하고 싶어?"

"나? 특별히 정해둔 건 없는데."

선아현의 질문에 곧바로 대답하자, 큰세진이 눈을 빛냈다.

"오, 그럼 문대의 선택을 듣고 싶다! 우리 의견 중에 뭐가 제일 좋아?"

"…!"

큰세진의 말에 나머지 팀원들의 시선이 꽂혔다. …굉장히 부담스러웠지만, 무시할 순 없는 상황이긴 하다.

'뭐가 제일 좋냐'라. 나는 생각에 잠겼다.

"일단… 〈기다림이 좋아〉 하고 싶은데."

"……!!"

선아현이 눈에 띄게 동요했다. 설마 내가 본인의 선곡에 동조해 줄 것이라고는 눈곱만큼도 예상 못 했다는 태도다.

"저, 저, 정말?"

"그래."

〈기다림이 좋아〉가 좋은 곡인 것도 맞고, 5년 전 곡이라는 점에 가산점이 들어갔다. 김래빈이 말한 〈혼〉은 재작년 곡이었다.

'첫 번째 팀전 때도 생각했지만 VTIC 최신곡은 부담스럽다.'

김래빈 본인은 자신 있어 보였지만 굳이 위험을 감수할 필요는 없었다. 하지만 편곡을 주도할 김래빈의 의견을 아예 반영하지 않는 것도 악수다. 저놈의 특성, 〈마에스트로〉를 활용하려면 뭐라도 취향에 맞는 키워드를 던져줘야 했다.

마침 선아현의 기뻐 죽겠단 표정과 반대로 김래빈은 약간 침울한 표정이었다. 의견이 받아들여지지 않을 것이라 예상했나 보다.

"하지만 '자체제작'이 이번 팀전 주제니까, 원곡을 그대로 쓰기는 힘들지."

"아……."

"그러니까 좀 파격적인 편곡이 들어가면 좋겠어. 개인적으로 아까 래빈이가 의견 낸 것 중에 '동양풍'이 좋아 보이는데."

"그건,"

김래빈은 생각에 잠긴 듯 멍해졌다가, 곧바로 반색했다.

"확실히, 가사도 어색하지 않고……. 악기만 잘 고르면 굉장히 재밌는 편곡이 나올 수 있을 것 같습니다. 안무도 편곡에 맞춰서 수정하면 아주 인상적인 무대 장면도 가능할 겁니다."

"다행이네."

일단 이걸로 김래빈은 넘어갔다. 그럼 남은 건 큰세진과 골드 1인가. 고개를 돌려 둘을 훑었다.

나와 눈이 마주치자마자 큰세진이 태연자약한 얼굴로 씩 웃었다.

"그럼 섹시한 동양풍으로 편곡하는 건?"

"…!"

"어차피 동양풍으로 가도 그 안에서 어떤 분위기를 쓸 건지 정해야 하잖아요. 기왕이면 임팩트 있게 섹시 쓰자, 이 말입니다!"

틀린 말은 없었다.

'애초에 이럴 생각이었겠군…….'

지금까지 나온 의견 중에 '섹시 컨셉'을 못 쓸 의견은 없었으니, 아마 내가 무슨 대답을 해도 이렇게 엮을 작정이었을 것이다.

'적당히 웃기게, 거절하기도 난감하게 잘 말하는데.'

아니나 다를까, 골드 1이 장난스럽게 탄식했다.

"너어는 정말 대단한 놈이다, 진짜……."

사실상 그러자는 뜻이었다. 다른 두 사람도 표정으로 보니 이미 넘어갔다.

"하하, 제가 좀?"

큰세진이 어깨를 으쓱거렸다. 이걸로 선곡에 팀원 넷의 의견이 반영되었다.

'기왕 이렇게 됐으니, 남은 한 놈도 챙겨가자.'

훈훈하고 민주적인 팀 분위기 싫어할 시청자는 드물었다. 나는 덤덤하게 다시 입을 열었다.

"그럼 토끼도 쓸까요."

"엥?"

골드 1이 손사래를 쳤다.

"아, 내가 말한 거? 괜찮아. 그냥 해본 말이야."

"아뇨. 잘 어울릴 것 같아서."

"…토끼가?"

"예. 우리나라 옛날이야기에 나오는 토끼 있잖아요."

다른 팀원들은 각자 나름대로 이야기를 떠올린 것 같았다.

"벼, 별주부전?"

"그… 토끼와 거북이 달리기하는 게 우리나라 이야기던가?"

"그건 이솝우화입니다."

수군대는 팀원들 사이에서 큰세진만 씩 웃었다. 눈치 빠른 놈.

"달토끼?"

"달토끼. 맞아."

달에서 방아로 떡을 만든다는 옛날이야기 속 토끼였다. 일명 옥토끼. 계수나무 밑에 있다는 가사의 동요로도 유명하다.

"…걔를 무슨 수로 섹시하게 만들어?"

동심 파괴 아니냐며 골드 1이 황망하게 중얼거렸다. 아무래도 무슨 플레이보이 잡지 식 토끼라도 떠올린 모양이었다. 그러나 김래빈은 이 키워드가 마음에 들었는지, 벌써부터 눈을 번쩍번쩍하며 정정했다. 입열 필요가 없으니 솔직히 편했다.

"그대로 쓰지 않고 모티브만 따서 재구성하면 될 것 같습니다. 환상의 동물이라는 이미지를 잘 살릴 수 있다면 매력적인 컨셉입니다."

"어, 그러려나? 물론, 나야 내 의견 써주면 좋지만."

골드 1이 떨떠름하게 고개를 끄덕였다. 큰세진이 곧바로 상황을 정리했다.

"음~ 저도 마음에 듭니다! 그럼 우리 일단 거수로 결정할까요?"

주변의 몇 팀은 벌써 곡을 정해서 제작진에게 알리는 중이다. 시간상 슬슬 우리 팀도 선곡 결론을 내리고 세부사항으로 넘어갈 타이밍이긴 했다.

"이번 무대, 〈기다림이 좋아〉를 달토끼를 곁들인 섹시한 동양풍 컨셉으로 재해석하자는 의견에 찬성하시는 분, 손 들어주시죠!"

곧바로 전원의 손이 올라왔다. 말이 끝나자마자 본인도 손을 든 큰 세진이 웃었다.

"크, 진짜 민주적이었다~ 우리 의견이 다 반영되었네요. 열심히 해봅시다!"

"넵!"

"예이~"

그렇게 토의는 시작했을 때와 마찬가지로 화기애애한 박수 소리와 함께 마무리되었다. 그때였다.

"싫다니까!"

저 옆의 다른 팀에서 누군가 소리 지르며 일어났다. 마침 시야에 얼굴이 걸렸다. 이세진이다.

"뭐야?"

"어……."

"싸우나?"

주변에서 참가자들이 작게 속닥거렸다. 하지만 다들 말을 아끼는 분위기였다. 쓸데없는 말을 하는 건 편집의 희생양이 되고 싶다고 신호를 보내는 것이나 다름없었으니까.

그 와중에도 이세진은 맞은편의 참가자들을 노려보고 있었다. 굳은 표정의 최원길과 풀 죽은 표정의 차유진이 보였다. 그러나 그 대치 상황은 오래가지 않았다.

일어난 이세진은 이를 악문 채로 뒤돌아 촬영장을 뛰어나갔다.

"…!!"

"헐. 쟤네……."

다행히 류청우가 곧바로 침착함을 되찾고 이세진을 따라 나갔다.

"너희 잠시만 기다리고 있어. …세진아? 이세진!"

한 카메라가 황급히 류청우에게 따라붙었다.

"……."

'와 저기는 정말… 텄네.'

뇌 맑은 차유진까지 말려든 정도면 분위기가 알 만했다.

"허이고……."

골드 1이 짧게 탄식 소리를 냈다. 김래빈은 지난 팀전의 트라우마가 도지는지 얼굴이 어두워졌다.

그러나 누구도 굳이 저 팀에 다가가서 위로나 질문을 할 만큼 눈치 없진 않았다. 촬영이 몇 주째인데, 아직도 상황 파악을 못 하는 참가자는 없던 것이다.

'오지랖은 방송용 제물이지.'

그래서 이 〈토끼 반〉은 얼른 제작진에게 선곡 보고를 끝마치고 연습실로 이동했다. 현명한 판단이었다.

〈토끼 반〉이 숙소로 복귀한 것은 자정을 한참 넘은 시간이었다. 모두가 시든 콩나물 같은 꼴이었다.

"침실 좋다……."

큰세진이 죽는소리를 내며 침대로 엎어졌다. 열흘 동안 편곡에 안무 수정에 무대 컨셉까지 알아서 하라는 돌아버린 스케줄을 견디지 못하고 K.O 당한 모습이다.

"씨, 씻고 올……."

선아현은 그 말을 남기고 그대로 침대에서 일어나지 못했다.

"……."

편곡 진행에 맞춰서 안무를 계속 재창작하는 내내 극도의 긴장 상태더니, 결국 정신력이 버티지 못한 모양이었다. 골드 1은 뭐라도 먹어야겠다며 흐느적흐느적 다른 방으로 갔다. 골드 2의 컵라면을 얻어먹을 생각인 것 같은데, 뭐 알아서 하겠지.

"…먼저 샤워기 좀 이용해도 괜찮을까요……."

"그래."

김래빈은 선아현을 몇 번 부르다가, 대답이 없자 내게 양해를 구하고 화장실로 들어갔다. 그래서 이 방에서 제정신인 건 나만 남게 되었다.

아, 나는 왜 비교적 멀쩡하냐고?

당연히 상태창빨이다. 나는 상태창 하단에 떠 있을 새로운 특성을 떠올렸다.

[특성 : 바쿠스500(B)]

–맑은 정신과 건강한 육체!

: 모든 피로 누적 속도 –50%

지난번 팀전 무대가 방영된 뒤, '명성 업적' 다음 단계 보상으로 뽑은 특성이었다.

[명성의 무르익음!]

500,000명의 사람들이 당신의 존재를 기억했습니다!

: 영웅 특성 뽑기 ☜ Click!

솔직히 실감 나지 않는 수치다.

50만 명? 대체 프로그램이 얼마나 떴으면 일개 참가자를 50만 명이상이 기억한단 말인가. 아무리 상위권 참가자라도 놀라운 숫자였다. 속도로 봐서는 100만 명도 금방 돌파할 것 같다는 점이 약간 섬뜩하기까지 했다.

'100만 명이 나를… 아니, '박문대'를 기억하게 되는 건가.'

이럴 때는 차라리 남의 몸인 게 그나마 다행이다 싶었다.

어쨌든, 50만 명 단위의 명성 업적 뽑기는 대박을 터뜨렸다. 지금까지 얻었던 것 중에 서바이벌 환경에서 제일 유용했다. 폐활량이 당장 늘어나거나 근력이 붙은 건 아니었으나, 바쁘고 체력 소모가 큰 날이 확실히 수월해졌다.

'이렇게 빡세게 달렸는데도 생각을 정리할 여유가 남아 있으니 말이지.'

나는 자리에서 일어나 짧게 기지개를 켰다. 어쨌든 피곤하고 나른하긴 했다.

'김래빈 나오면 바로 씻고 자야겠군.'

그때, 방문에서 소리가 났다.

똑똑.

"…?"

골드 1인가? 하지만 그놈이면 굳이 노크 같은 걸 하고 들어올 리가 없었다. 스탭이면 벌써 본인이 누군지 이야기했을 테고. 그러니 짐작 가는 바가 전혀 없었다.

똑똑똑똑!

하지만 문을 두드리는 소리는 계속됐다. 그러나 방문 안 팀원들은 전멸 상태다.

'…귀찮게 됐군.'

나는 한숨을 쉬고 일어나서 방문을 열었다.

"…!"

밖에는 차유진이 서 있었다.

여기까지야 좀 의외긴 하지만 납득할 만했다. 같은 소속사 출신인 김래빈이라도 만나러 왔나 보다 할 테니까. 문제는 질질 짜고 있었다는 점이다.

차유진은 눈물 콧물 다 빼며 훌쩍거리고 있었다.

"……."

'…이건 왜 여기 와서 우냐?'

굉장히 당혹스럽다. 숙소 복도와 방 안에도 고정캠이 설치되어 있다. 그렇다면 이놈이 울면서 여기 온 것도 다 잡혔을 텐데, 대체 방송에 어떻게 나올지 감도 안 왔다.

아니, 그런 것보다도 왜 굳이 여기로 기어들어 왔단 말인가.

'류청우하고 상담하는 게 상식적이지 않나?'

류청우 성격이면 벌써 잘 다독였을 것이다. 왜 다른 팀에 와서 분란의 소지를 만든단 말인가.

'하기야, 그 방면으로 머리가 돌아가는 놈 같지는 않다…….'

나는 짧은 침묵의 순간 오만가지 생각을 다 하다가, 결국 입을 열었다.

"…래빈이 보러 왔어?"

"크흥, 형하고 김래빈이 만나려고요."

차유진은 불명확한 발음으로 대답했다.

'나는 왜?'

별 친분을 쌓았던 것 같지는 않다만… 뭐, 어지간히 지난 팀전이 마음에 들었나 보다. 어쨌든 결과가 좋았고 과정도 (차유진의 입장에서야)별 고민 없이 재밌었을 법도 하지.

'이번 팀전의 지옥을 맛보고 나니 새삼 그리워졌나 보군.'

아무튼 여기서 돌려보내면 방송에 어떤 그림으로 나오든 긍정적으로 편집해 주진 않을 것 같았다. 나는 한숨을 참으며 대답했다.

"들어와. 래빈이는 씻고 있어."

"네……."

차유진은 계속 훌쩍거리며 방 안으로 들어왔다. 침대에서는 다른 팀원들이 죽은 듯이 숙면 중이다. 이 정도 소음으로는 절대 깨지 않을 것이라는 점을 확신했기 때문에 군이 소리를 낮추지는 않았다.

일단 근처 탁자 앞에 앉았다.

'뭐라도 쥐여줘야 하나.'

나는 심란하게 차유진의 몰골을 보다가, 가방에서 초코바를 몇 개 꺼내서 쥐여줬다. 단 거라도 들어가면 좀 낫겠지.

"고맙습니다……."

차유진은 다 뭉개진 발음으로 초코바를 받아다가 입에 물었다.

"……."

우물우물 초콜릿 씹는 소리만 방에 울렸다. 나는 심란해졌다.

'이걸… X발 뭐라도 물어봐야 하나?'

괜히 물어봤다가 남의 팀 사정에 끼어들어야 하면 그것만큼 끔찍한 사태도 없었다. 그렇다고 나는 입 다물고 김래빈하고 떠들게 놔둬도 문제다.

'김래빈도 그렇게 사회성이 출중한 부류는 아니다.'

혹시라도 이 상황이 무슨 사태로 번질지 몰랐다. 중간에 거쳐 간 나한테까지 화살이 돌아오면 곤란했다.

결국, 나는 지뢰 제거하는 기분으로 다시 입을 열었다.

"힘든 일 있어?"

일부러 두루뭉술하게 물었다. 제발 듣는 놈도 적당히 답변했으면 좋겠다. 그러나 차유진은 초코바를 입에 물고, 더 서럽게 눈물을 줄줄 흘리기 시작했다.

'돌겠네….'

예체능 분야라 다들 감수성이 예민한지, 아니면 서바이벌이 살벌하게 고되어서 그런지는 모르겠지만 근래 우는 놈들을 너무 많이 보는 것 같다.

"다들 싸워요……. 말하면 무, 무섭습니다, 크흥."

"……음."

차유진은 완전히 기가 죽은 모양이다. 얼마 전까지의 해맑은 아무 말 폭격기는 자취도 없었다. 아무래도 그 팀 진짜 하루 만에 개판 났나 본데?

'〈강아지 방〉이라더니 이름 따라가나.'

저놈들, 이대로 방영되면 방 이름이랑 엮어서 조롱당할 미래가 선했다.

그렇다고 '박문대'가 차유진에게 무슨 조언을 하기도 웃긴 일이었다. 뭘 말해도 한 치만 혀 잘못 놀리면 '박문대 나만 싸해?' 같은 게시물 폭격을 맞고 인터넷 여론이 떡락하기 딱 좋다. 다른 팀이니까.

'대충 진정되면 보내야겠군.'

나는 그냥 진지하게 다른 소리를 했다.

"초코바 더 줄까?"

"……."

차유진은 고개를 끄덕거렸다. 나는 가방에서 초코바를 한 움큼 더 꺼내서 쥐여줬다.

'…많이 챙겨 오길 잘했네.'

아직 큰 거 한 봉지가 더 남아 있어서 다행이었다. 혹시라도 아까워하는 것처럼 보였다가는 산통 다 깨지.

그렇게 화장실에서 나는 물소리를 배경으로 초코바 우물거리는 차유진과 잠시간 말없이 시간을 보냈다. 다행히 얼마 지나지 않아 차유진은 양손에 초코바를 쥔 채로 꾸벅 고개를 숙이고 자리에서 일어났다.

"감사합니다."

좀 진정됐는지 돌아갈 생각인 것 같았다. 자세한 사정을 줄줄 읊지 않아서 이렇게 고마울 수가 없다. 마음에 없지만 상황에 맞는 소리 한 번만 해주자.

"래빈이 안 보고 가도 괜찮겠어?"

"네……. 괜찮겠습니다."

"그래."

차유진은 눈물을 그치고 조금 정신을 차렸는지, 아까보다 약간은 더 씩씩해 보였다.

'저거 슈가 하이 아닌가.'

당 떨어지면 또 울면서 배회하는 건 아닌지 의심스러웠지만 일단 이 폭탄을 보내는 게 우선이었다. 나는 터덜터덜 복도를 걸어가는 차유진을 잠시 지켜보다가 문을 닫았다.

그리고 안도의 한숨을 내쉬었다.

'바빠 죽겠는데 곳곳에 지뢰까지 있냐.'

이제 후반에 접어들었으니 방송에서 꼬투리 잡힐 일 없게 더 조심해야 했다. 한번 폭락하면 반등할 시간이 없을지도 모르니까. 문제는 내가 조심한다고 모든 상황을 제어할 수는 없다는 점이었다.

'그냥, 튀지만 말자…. 이대로 가기만 해도 최종까진 간다.'

나는 다시 한번 되새기며 침대에 뻗었다가 순식간에 잠들었다. 씻지도 못한 채로 잤다는 것을 깨달은 건 다음 날 아침이었다.

참가자들이 맨땅에 헤딩하는 식의 기획과 창작에 고통받으며 무대 준비에 매달릴 무렵, 촬영장 밖에서는 〈재상장! 아이돌 주식회사〉 8화가 방영되었다.

-헐
-쟤가 왜?
-대박ㅋㅋ
-??

상위권으로 갈수록 의외의 순위가 난무하며 실시간 시청자 반응은 경악을 오갔지만, 가장 반응이 격했던 것은 지난 팀전 우승 보상이었다.

[마이너스 투표 무효]

'얼마나 미움받고 있는지'를 반영하겠다는 잔인한 투표 방식을 일부만 피해갈 수 있다는 것은 사람들을 격분하게 했다.

-ㅋㅋ통수 오졌다
-이딴 프로그램에 돈 쓴 내가 병신이었네

-우승팀에 제작진에서 미는 참가자 있다 백프로ㅋㅋㅋ 이걸 얘네만 쏙 피하게 해준다고?

아이러니한 점은, 이 분노가 제도를 만들고 우승 보상을 기획한 제작진보다도 참가자를 향했다는 점이다. 이 보상의 최대 수혜자로 원래 탈락 등수였다가 붙은 최원길은 물론 가루가 되도록 여론의 뭇매를 맞고 있었다.

하지만 시청자들의 분노는 거기서 끝나지 않았다. 우승팀의 참가자 중 순위가 크게 상승한 참가자들의 여론까지 일시적으로 크게 악화한 것이다.

-헐 선아현이 차유진 밀었다 2위...
-쟤는 또 울어? 지겹게 즘 짜네
-표 안 깎여서 좋겠어 우리 애는 밀리고도 고맙다고 웃는데 말더듬이 쉑 떡 상해놓고 얼굴 죽상인 게 더 꼴 보기 싫어ㅠㅠ
-우욱. 선아현 말도 제대로 못 하는 게 2위ㅋㅋㅋㅋ 데뷔해서 소감도 어버버거릴 장애인한테 동정표 주는 얼빠들 정신차리세요ㅋㅋ
└댓글 미쳤나;; 최소한 선은 지켜야 하는 거 아닌가요?
└ㅋㅋㅋ말더듬이 빠순이 어서 오고
└너희 진짜 상상 이상이다, 역겨워.
└반박 못하니 욕부터 박네ㅋㅋ 서, 서, 설마 정당한 2위라고 생각하시는 건 아니죠?ㅋㅋ

그동안 최소한의 도덕을 의식하여 표면에 나오지 않았던 원색적인 비난까지 댓글에 등장했다. 경악하거나 말리는 사람들도 많았으나, 본래 머릿수가 비슷하면 공격적인 여론에 순간적으로 힘이 실리기 마련이었다.

다만 그 반동으로, 마이너스 투표와 우승팀 보상 때문에 등수가 밀리고도 의연한 모습을 보여준 참가자들에게는 우호적인 여론이 형성되었다.

-얘들아 고생했다ㅠㅠ

-원래 빛이 있으면 그림자가 있는 법입니다. 표 깎는 이상한 루저들 너무 신경 쓰지 마시길~ 응원합니다 ^^

-아쉬웠을 텐데 씩씩한 모습 보여줘서 고마워

덕분에 보정 전 등수가 더 높았던 박문대는 등수가 상승하고도 운 좋게 어마어마한 비난 여론은 피해갔다.

대신 팬층에 약간 변화가 생겼다. 1차 팀전에서 문대의 팀을 묶어서 좋아하던 사람들이 비난 여론에 위축되면서, 2차 팀전에서의 박문대의 모습을 더 선호하는 팬들이 대세를 잡은 것이다.

-문대야 4위 축하해 고생 많았다ㅠㅠ (2차 팀원들에게 축하받는 영상)

-'형 뭐해요?' 삼 연발에 문대 표정ㅋㅋㅋㅋ '왜 고양이가 강아지한테 이러지..?' (차유진과의 자투리 영상 캡처본) (고양이와 강아지 유머 사진)

-문대가 이번에 애들 치댐에 못 이겨서 반강제로 인싸가 된 게 너무 웃김ㅋㅋㅋ

-여기 구석 보면 문댕댕 간식 나눠주고 있음ㅠㅠㅠ 아악 천사... 천사댕

댕… (짧은 동영상)

그동안 관계성 강한 참가자 그룹이 없던 다른 두 참가자의 팬들도 신이 나서 은근슬쩍 그 흐름에 끼어들었다. 차유진과 김래빈의 팬들이었다.

-문댕댕 김래빗 차고영, 강아지 토끼 고양이라니 완전 가슴 두근거리는 조합 아닙니까. 한 번만 잡숴 보셔 츄라이 츄라이 (사진)
-우리 애들 나 같은 찐따가 길에서 말 걸면 무시할 것처럼 생겨서는 맬렁맬렁 귀요미라는 점이 너무 귀엽다ㅠㅠ (방송 분량 보정 동영상)
-애니멀 히어로즈 출동! (팬아트)

여기서 가끔 류청우를 끼워 넣은 조합까지 SNS에 넘쳐났다.
2차 팀전 방영으로 새롭게 프로그램에 빠져들던 사람과 참가자에게 분노와 견제를 쏟아내는 사람들이 섞이며 분위기 과열은 더 심해졌다. 불지옥과 온돌방을 넘나드는 이 과몰입 때문에 인터넷은 그야말로 아수라장이었다.
프로그램이 극한의 흥행 가도를 달리고 있었기에 더 심했다. 연예계 관련 커뮤니티를 넘어서 이제는 어느 온라인 커뮤니티를 들여다보아도 〈아주사〉에 대한 글을 볼 수 있었다. 그리고 글마다 싫는 사람과 싸우는 사람이 바글바글 붙었다.

[요즘 잘나간다는 서바이벌 프로 참가자]

: (사진) 차유진이라는 참가자인데, 요새 여자들은 이런 기생오래비 같은 애를 좋아합니까? 쩝... 말세네요

―――――――――――――――――――――――――

-안광이.. 쏘다니는 살쾡이 같은 게... 복없는.. 인상입니다...

-아재 추합니다ㅋㅋ

-왜요 잘생긴 청년이구만^^ 우리 딸이 좋아라 합니다.

-이 프로가 요새 어린 애들 사이에서 유행이더군요~ 노래 참 잘하는 친구도 있던데, 나중에 결승 가면 한 표 줄라고 합니다~

　└박문대 말이군요ㅋ 좀 싹바가지 없어 보이지만.. 원래 가수가 노래를 잘해야 하는 것 아니겠습니까ㅋ

-정신 차리세요 늙어서 안목까지 없으면 어쩝니까? 차유진군 아주 똘똘합니다 양궁하던 청년도 아주 괜찮아요 저는 이 둘 응원합니다

　└아줌마야말로 정신차리쇼 딴따라에 빠져서 말뽄새가 그게 뭡니까

이렇게 댓글에 불이 붙으면, 누군가 SNS 등지로 캡처해 가서 또 그 글에서 싸움이 붙는 일이 하루에도 수십 번씩 일어났다.

―――――――――――――――――――――――――

[아주사 라떼 커뮤니티 반응.jpg]

: (캡처) ㅋㅋㅋ 극딜 당하는 아재와 호통치는 꼰대의 대환장 콜라보ㅋㅋㅋ

―――――――――――――――――――――――――

-ㅋㅋㅋㅋ차유진 슈스네 내 동년배들 다 차유진 키 180 거대 아기고영 사진 저장했다~

-여기서도 언급 없는 선아현이 2위라니 어이가 없네 진짜...

└이 글이 네티즌 대표글도 아닌데 왜 생각이 그렇게 흘러;;

└ㅋㅋ선아현은 비판만 해도 빠들이 천하의 개새끼로 몰아가니 그냥 언급을 말아야함ㅇㅇ

└너희가 지금 하고 있는 건 비판이 아니라 비난이잖아 선아현이 뭘 잘못했는데?

└이거 봐 또 급발진ㅋㅋㅋㅋ

그리고 하필 이 타이밍에, 참가자들은 실시간으로 이 파란만장한 인터넷 여론을 접할 수 있었다.

솔직하게 제일 먼저 든 생각은 이거였다.

'살았다.'

운 좋게 큰 비난 여론을 피해 갔고, 반동이 올 만큼 적극적으로 치켜세워지고 있지도 않으니 딱 좋은 상태였다. 심지어 갈아탈까 고민하던 상위권 참가자들과 은근슬쩍 그룹으로 묶였다.

그러나 안도감 이상으로 보람이 느껴지진 않았다.

나는 엄지로 화면을 문질렀다. 사이드에 스크롤이 생기며 온갖 욕 댓글이 위로 쓸려갔다.

'어쩐지 좀… 씁쓸하군.'

까놓고 말해서 지금 욕 들어 먹는 참가자 중에 최원길을 빼면 그렇게 인성 터진 놈도 없다. 대부분은 그냥 열심히 하는 어린애들인데 이렇게까지 두들겨 맞아야 하나.

나랑은 상관없는 일이고, 솔직히 다른 놈들이 떡락하면 반사이익을 볼 테니 생존에 이득인 부분인데도 영 뒷맛이 나쁘다.

'게다가 하필이면 이 타이밍….'

―자료 탐색용 기기 배부하겠습니다~

이번 팀전이 자체제작이라 구체적인 컨셉용 자료 탐색을 위해 스마트폰 기기를 잠시 돌려준 것이다.

본래 촬영 중에는 스마트폰 소지가 금지되어 있었다. 그 덕에 참가자들이 바깥 여론으로부터 격리될 수 있었는데, 이번 팀전에서는 그 룰이 깨진 것이다. 게다가 프로그램이 너무 잘나가는 탓에 인터넷 접속만 하면 관련 글을 피할 수가 없었다.

덕분에 이놈 저놈 할 것 없이 자기 글을 다 살펴본 상태.

"……."

숙소 침실은 각자 말없이 스마트폰을 들여다보는 팀원들로 적막했다. 아마 다른 방도 비슷하겠지. 게다가 하필이면 이 팀에는 지금 인터넷에서 집중포화를 받는 참가자가 있다.

선아현.

'애 우는 거 아닌가?'

이층침대 밑 칸에 있을 선아현의 몰골을 살펴봐야 할 것 같은데, 식은땀이 다 난다. 불길한 예감 때문이다.

'이거 설마 멘탈 나가서 특성이 도로 비활성화되는 거 아니냐…?'

선아현의 특성, '근성'이 비활성화되면 상태이상인 '자아존중감 결핍'이 다시 살아날 것이다. 그럼 전체 능력치가 두 단계씩 떨어지는 미친 페널티를 먹은 선아현이 과연 무대를 제대로 소화할 수 있을까? 무대 완성도와 팀전 편집이 둘 다 망해도 이상하지 않았다.

나는 소리 없이 한숨을 내쉬었다.

'…어떤지 팀원 운이 좋더라니.'

팀전 하나라도 편하게 가는 날이 없다. 일단 상태는 확인해 봐야겠군.

"선아현."

나는 침대 밖으로 얼굴을 빼서 아래로 숙였다. 어느새 침대에 걸터앉아 있던 선아현이 고개를 돌렸다.

"으, 응!"

"……?"

애 왜 멀쩡하냐?

좀 당황했다. 선아현 성격상 줄줄 울면서 구석에 처박혀 있을 줄 알았는데 생각보다 얼굴에서 평정심이 보인다. ……이걸 뭐라고 해야 하나, 오히려 군기가 들어간 것 같다. 심지어 스마트폰을 들고 있지도 않았다.

선아현은 내가 불러놓고 말이 없자 오히려 그때야 겁먹은 얼굴이 되어서 되물었다.

"왜, 왜……?"

"아니, 음……."

굳이 긁어 부스럼 만들 필요는 없지. 나는 말을 흐리고, 대신 가방에서 초코바나 꺼냈다. 차유진 사태를 겪으며 학습된 행동이었다.

"먹을래?"

"으, 으응! 고마워……."

선아현은 신줏단지 모시듯이 두 손으로 초코바를 받아 들더니, 본인의 가방에 꼭꼭 넣었다.

"……?"

안 먹나? 내 의문을 의식했는지, 선아현이 우물쭈물 말했다.

"체, 체중 관리해야 하니까……. 모, 몸이 무거워지면, 춤이 이상해져. 야, 야식에 익숙해지면 안 돼."

"그래?"

무용 전공자 출신은 다르긴 하군. 대충 납득하고 넘어가려다가 문득 모순점을 발견했다.

"너 등급평가 때 나한테 자정 넘어서 초콜릿바 주지 않았냐?"

"무, 문대는 괜찮아! 그, 그때 너무 말랐었어……."

"……."

이런 비화가 있었나. 황당해하려니, 옆 침대에서 웃는 소리가 들렸다.

"맞아, 그때 박문대 진짜 말라서 난 극한으로 관리한 건 줄 알았잖아."

"근데 체질이더라? 너 먹는 거 보면 와……. 너 입에 들어가는 거 비해서 안 찌는 거야. 나라면 진작 돼지 됐음."

큰세진과 골드 1이 한마디씩 거들었다. 거참.

'일부러 체력 때문에 많이 먹은 건데 이런 오해를 받고 있었나.'

떨떠름했지만 이 헛소리들 덕분에 방 분위기는 좀 풀린 것 같았다. 선아현도 밑에서 작게 웃다가, 짜게 식은 나와 눈이 마주치자 화들짝 놀라며 사레가 들려 기침을 했다.

"……."

참… 특이한 놈일세.

나는 말없이 침대 머리맡의 생수병을 던져줬다. 선아현은 몇 번 헛손질 끝에 병을 받아서 마셨다. 그리고 작게 중얼거렸다.

"자, 잘하고 싶어. 이번에 더."

"…그러게."

저 발언을 볼 때 아무래도 선아현이 인터넷 여론을 확인하긴 한 것 같긴 했다. 다만 자세히 들여다보진 않아서 평정심을 유지하고 있나 싶었다. 나는 고민하다가 은근히 운을 뗐다.

"…괜히 신경만 쓰일 수도 있으니까 인터넷에서 다른 건 찾지 말고 자료 조사만 하자."

"아……."

선아현은 오묘한 얼굴로 감탄사를 뱉더니, 갑자기 기합을 넣고선 대답했다.

"이, 이미 알던 거라, 괜, 괜찮아. 가, 각오했어."

"음?"

'이건 또 무슨 소리야.'

선아현이 민망한 표정으로 중얼거렸다.

"촤, 촬영 전에 이미 그런 글들 다 봤거든. 자, 자꾸 찾다 보니까, 계속 나와서……."

"……."

'그래서 촬영 시작 날 만났을 때 그렇게 죽상이었던 건가.'

그때는 지금 수준으로 여론이 나쁘진 않았지만, 원래 물밑으로는 별 글이 다 올라오는 게 인터넷 아닌가. 아마 선아현이 인터넷하고 별로 안 친해서 오히려 정도를 모르고 다 들여다본 것 같다.

대체 어디까지 서치한 거지? 느낌상 온종일 아이돌 욕하는 글만 올라오는 개막장 커뮤니티까지 살펴본 것 같은데.

선아현은 주절주절 변명처럼 말을 붙였다.

"어, 언젠가 이렇게 될 줄 알았어. 마, 마음의 준비도 했고. 꽤, 괜찮아. 이, 익숙하기도 하고."

"그러냐."

"으, 응!"

선아현은 얼른 고개를 끄덕였지만, 나는 은근히 마음이 심란해졌다.

'익숙하다는 건 말 더듬는 증상으로 욕먹는 걸 이야기하는 것 같은데.'

예전부터 생각했지만, 또래 관계에서 지옥을 맛보고 온 놈이 분명했다. 요새 청소년들은 무섭군. 나는 속으로 혀를 찼다.

"오래 안 갈 테니까 걱정 마. 무대만 잘하면 또 사라질걸."

"그, 그럴까?"

"어. 서바이벌 프로잖아."

진짜 욕먹어도 싼 놈 아니면 방구석 여포질이 다 그렇다. 현실이 X 같으니까 인터넷에서라도 윽박질러도 되는 사람 물면 재밌는 거지 뭐. 또 다른 유명인사가 화제가 되면 그쪽으로 우르르 옮겨갈 것이다. 나는 어깨를 으쓱했다.

"당장 내일부터는 내가 욕먹을 수도 있고."

"어? 아, 아니야…! 너, 너는 잘못한 것도 없고……."

"너도 잘못한 건 없어."

"……."

선아현이 당황해서 입을 다물자, 옆에서 큰세진이 대신 대답했다.

"그러니까 아현이한테 '욕먹는 걸 당연하게 생각하지 말라', 이런 말을 하고 싶은 거지? 캬~ 문대 너무 멋있는 거 아니냐. 내가 시청자면 벌써 주식 샀다."

"어, 그래."

"와. 이것도 이제 안 통하네?"

큰세진이 껄껄 웃으면서 침대를 굴러다녔다. 아래층을 쓰던 골드 1이 기겁하면서도 팀원들에게는 격려의 말을 아끼지 않았다.

"그만해 미친놈아 침대 무너지겠다! …그래. 우리 그냥 열심히 하자. 이번 무대 무조건 잘하자고!"

"그럽시다!"

어떻게든 상황을 의욕으로 승화시키려는 부단한 노력이 침실 분위기를 띄웠다. 화기애애한 분위기가 기운차게 조장되었다.

그리고 줄곧 입을 다물고 있던 김래빈이 작은 목소리로 중얼거렸다.

"예. 그런 의미에서 의상용 예시 자료랑 소품용 패턴을 찾아서 정리했는데 이제 단체방에 올려도 괜찮을까요……."

"……아."

"앗."

그렇지. 스마트폰을 본 목적은 그거지.

아무래도 진작에 찾았는데 분위기 때문에 말을 못 꺼내고 있던 모양이다. 하기야 김래빈 입장에서는 1차 팀전 때 온갖 욕을 다 먹었으니 지금 인터넷 분위기가 오히려 선녀겠군. 탐색에 아무런 문제도 없었을 것이다.

"……큼, 당연하지."

"예. 올리겠습니다."

골드 1의 헛기침 소리가 침실을 울리는 동시에, 여기저기 스마트폰에 진동이 들어왔다. 나는 김래빈이 올린 자료를 확인해 보았다.

[색감_재질_문양 목록정리_옷본 베이스.xlsx]

[소품 패턴_디테일 목록정리_노 베이스.xlsx]

클릭해 보니 딱 분류별로 정리해 놓은 것이 보통 솜씨가 아니었다. 아마 제작진도 이런 수준까지는 기대하지 않았을 것이다.

'능력 좋네.'

다들 비슷한 생각을 했는지, 감탄사와 간단한 칭찬이 오고 갔다. 큰 세진은 휘파람까지 불었다.

"…감사합니다."

김래빈의 머쓱한 감사 인사 후에 팀원들은 새벽 3시까지 의상과 무대 소품에 대한 논의를 계속했다. 어떻게든 무대를 잘 만들고야 말겠다는 의지가 '잠은 죽어서 자겠다'는 행동으로 표출되고 있는 것 같았다.

나야 상태창이 있으니 그렇다 쳐도 진짜 대단한 놈들이었다.

그렇게 새벽부터 새벽까지 노동과 연습에 매달리는 이틀을 또 보낸 뒤, 망할 놈의 중간평가 시간이 다시 왔다. 이번에는 무대감독과 음악감독, 의상팀까지 앉아서 트레이너들과 같이 평가했다.

우선 내가 자체평가를 해보자면, 최대한 객관적으로 생각해 봐도 이 팀의 현 방향은 괜찮았다. 그래도 썩 평이 기대되는 것까진 아니었다. 지금까지 중간 피드백에서 좋은 평가를 받은 적이 없기 때문이다.

그러나 이번 결과는… 대놓고 좋았다.

"난 너무 좋았어."

"이대로만 가자!"

일단 피드백이 이 문장으로 시작했다. 싱글벙글 웃고 있는 트레이너들과 감탄한 초대 심사위원들을 보며 팀원들은 그라데이션으로 상황을 실감했다.

우선 안무가.

"안무 누가 짰어? 다 같이 했다고? 아니, 주도적으로 짠 사람 있을 거 아냐. …와, 니들 말 맞췄지? 진짜 다 같이 했다고? ……그래. 누가 했는지는 방송에 나오겠지. 어쨌든 잘했으니까 할 말이 없네."

다음은 보컬 트레이너 뮤디.

"다들 그렇게 움직이면서 음정이 안 흔들린다는 게 우선 너무 대견하다! 그리고 새롭게 해석한 부분에 맞춰서, 원곡하고 부르는 방식이 달라진 점도 되게 매력적이야. 이 느낌 그대로 완곡 가자!"

심지어 영린도 드물게 대놓고 칭찬했다.

"많은 고민과 연습이 들어간 무대라는 걸 아는데, 그걸 아마추어처럼 드러내는 느낌은 들지 않는다는 점이 가장 훌륭합니다. 중간평가인데도 이미 완성도가 있구요. 빨리 무대에서 보고 싶네요."

여기까지 팀원들은 '감사합니다' 봇이 되어서 감사만 연발했다. 누구 하나 감격으로 눈물을 쏟아도 이상할 게 없는 호평이 연속되는 가운데, 감독과 의상팀까지 칭찬을 아끼지 않았다.

"여기 작성해 주신 시안을 보면, 디테일적인 부분에서 많은 신경을 써주신 게 저희도 바로 느껴졌구요. 지금 준비하신 걸 보니 무대에서 잘 어울릴 거라고 생각합니다."

"편곡을 아주 수월하게 진행한 팀이에요. 이미 많이 아는 친구가 있고, 자기들끼리 다른 이야기 하는 것 없이 딱 원하는 걸 정리해 와서 사운드 뽑는 게 저희도 즐거웠습니다. 오늘 보니 무대도 아주 저희 기대만큼 멋지네요."

"이 팀은 의상도 굉장히 빨리 제작 단계에 들어갔어요. 컨셉이 확실한데 애매한 부분은 별로 없었죠. 얼른 무대에서 저희가 만든 옷 입고 퍼포먼스 하시는 걸 보고 싶네요~"

이 칭찬의 소용돌이가 끝난 뒤 팀원들의 얼굴이 정말 볼만했다. 행복한데 실감이 안 나는지 멍청한 표정으로 고개만 끄덕이고 있었기 때문이다. 심지어 큰세진도 마무리 멘트를 제대로 못 했다.

"팀, 아니, 어… 감사합니다. 저희 더 열심히 하겠습니다!"

"너무 열심히 해서 몸 상하지는 말고!"

짝짝짝.

그리고 심사위원들의 박수 소리와 함께 단체 인사 후 자리로 돌아왔다. 완전히 넋이 나간 팀원들은 나머지 팀들의 무대를 보며 대세에 따르는 반사적인 리액션만 남발했다. 방청객이 따로 없었다.

나도 얼떨떨했다.

'이렇게 잘 풀린다고?'

며칠 동안 제대로 못 자고 이걸 완성하는 데만 몰입해 있다 보니, 이게 얼마나 좋아 보일지 확신을 할 수 없던 것이다. 기껏해야 '괜찮긴 할텐데' 정도가 끝이었지.

'…어쨌든 기분은 좋군.'

성취감에 약간 고양될 정도였다. 나는 다른 팀 참가자들의 퍼포먼스를 응시만 하며, 그 성취감을 잠시간 누렸다.

중간평가가 완전히 종료된 것은 자정에 가까운 시간이었다.

"너무 좋았다."

"나도."

"저도."

팀원들이 침대에서 중얼거렸다. 다 끝나고서야 제대로 실감이 난 건지, 목소리에 전에 없던 행복감이 줄줄 흘렀다.

"우리 진짜 잘할 수 있을 것 같아."

"마, 맞아."

이런 식으로 맞장구치는 패턴이 몇 번 더 흘러갔다.

'오늘은 이대로 취침인가.'

오랜만에 4시간 이상 자볼 수 있겠군. 나는 얼른 눈을 감았다. 하지만 그 순간 또 일 얘기가 나왔다.

"아, 의상 소매 색 안 정했는데."

"오 맞다."

진짜 독한 놈들이었다. 나는 억지로 눈을 떴다. 젠장.

"나도 몇 가지 봐둔 게 있는데, 잠시만."

큰세진이 톡톡 스마트폰 화면을 조작하는 소리가 작게 울렸다.

"여기서 봤……."

그러나 다음 말이 이어지지 않았다. 큰세진은 그냥 스마트폰을 든 채로 굳어 있었다.

"뭐야?"

"너 왜 그래?"

얼굴이 새하얗게 굳은 큰세진은 웬 화면을 보고 있었다.

어두운 침실에서 빛나는 스마트폰 화면은 거리가 제법 떨어져 있는데도 색은 확실히 보였다.

'……가십용 게시판이잖아.'

포털사이트와 연계된 곳으로 온갖 갈등 소재와 루머, 논란 글의 온상지로 유명한 게시판이었다. 나는 굳이 큰세진에게 더 말하지 않고 내 스마트폰으로 그 게시판에 접속했다.

그리고 30분 전에 떴는데도 이미 랭킹에 진입한 한 게시글을 보았다.

[3위! 아주사 큰세진 학폭 고발합니다. (425)]

크고 아름다운 지뢰였다.

'이런 X발.'

어쩐지 오늘은 운수가 좋더라니.

"……."

단도직입적으로 말하겠다. 아이돌 업계에서 학교폭력은 진짜 답이 없는 스캔들이다.

그동안 터진 사건들로 인해 쌓인 데이터가 증명해 줬다. 특히 따돌림이나 신체적 폭력이 목록에 들어가는 순간에는 끝이다. 그냥 탈퇴하고 군대 가는 것 외에 다른 방법이 통하는 걸 본 적이 없다.

근데 하필 같은 팀 참가자한테 그게 터졌다?

'…일단 확인부터 하자.'

나는 우선 올라온 글을 클릭했다. 그사이에 댓글이 더 붙었다.

[3위! 아주사 큰세진 학폭 고발합니다. (491)]

: 참다 참다 제가 죽을 것 같아서 글 씁니다.

큰세진이라는 별명을 쓰는 <재상장! 아이돌 주식회사> 참가자 이세진은 청솔고등학교 재학 내내 사람을 괴롭혔습니다.

고등학교 때 학생회장 선거 출마했다면서 모범생 미담처럼 인터넷에 올라오는 글들을 보며, 억울하고 눈물이 나서 잠을 잘 수 없었습니다.

이세진은 중학교 때부터 술 담배를 했고, 아닌 척 친절한 척 노는 무리와 어울리며 저를 괴롭혔습니다.

…….

이어진 장문의 글은 구구절절 큰세진의 교묘한 학교폭력 행적을 주장했다. 자세한 사례까지 들어간, 일대일로 이루어진 괴롭힘에 대한 묘사가 세밀했다. 얼핏 읽고 있는 내게도 설득력이 느껴질 정도다.

'이건 그냥 한번 써본 어그로용 루머가 아니다.'

진짜든 아니든 작정하고 올린 글이었다. 심지어 하단에는 사진까지 첨부했다. 글 쓴 사람 본인의 고등학교 졸업앨범.

그리고 손가락에 담배를 낀 큰세진의 사진이었다.

"……"

사진 아래에는 이런 글이 추가되어 있었다.

나 다른 사진도 많아. 네가 조금이라도 상황파악을 한다면 지금 사퇴해. 다른 건 몰라도 너 같은 애가 아이돌 하는 건 도저히 못 참겠다.

'…진짜가 아니어도 한번 꼬리표 붙으면 떼기 힘든데, 사진까지 올렸다.'

오디션 프로그램에서는 거의 사망선고급이었다.

그리고 이 팀에 어마어마한 악재기도 했다. 큰세진이 존버해도 팀 편집은 끝장이고, 사퇴해도 지옥이었다. 파트 분배부터 동선까지 새로 다 맞춰서 연습해야 할 테니까.

"……"

나는 한숨을 참고 고개를 들었다. 일단 확인부터.

"나 지금 글 봤는데."

"……."

무거운 침묵이 흘렀다. 하다못해 무슨 일이냐고 되묻는 사람도 없다.

'아무래도 다른 놈들도 다 보고 있는 모양이군.'

큰세진은 말없이 스마트폰 화면에 고개를 떨구고 있었다.

"여기 사진 너인 건 확실해?"

"……모르겠는데."

큰세진이 멍한 목소리로 중얼거렸다.

"나 이런 거 찍은 적 없어……."

하지만 아니라고 확답은 못 하는군. 다시 물어봤다.

"너 담배 피웠냐?"

"잠깐, 고1 때……. 일이 좀 있어서. …근데, 바로 끊었어. 그리고 나 이런 짓 한 적 없어. 진짜, 학교에서 내가 왜 이런……."

갈수록 목소리가 커지던 큰세진은, 숨이 턱 막힌 듯 입을 다물었다. 그리고 다시 스마트폰으로 시선을 내렸다.

'댓글 보고 있군.'

안 봐도 끔찍할 건 분명했다. 골드 1이 상황을 눈치채고 얼른 말렸다.

"야, 너 그거 보지 마. 일단 꺼. 꺼봐."

"……봐야 대응을 하죠. 그런데…. 예, 이미 끝났네요."

큰세진은 스마트폰을 내려놨다. 내려놓는 손이 벌벌 떨리고 있었다.

"솔직히, 나라도 안 믿을 것 같거든? 담배는 피웠지만, 사진은 찍은 적 없고, 담배 빼면 다 거짓말이라고 말하면……. 설득력 없잖아."

말하면서 큰세진은 점점 침착해지고 있었다. 아니, 침착해진다기보다는… 체념하고 있었다.

"…사람들 안 믿겠지?"

"……."

사진까지 첨부한 마당에 뒤집기는 힘들어 보이긴 했다.

별개로 큰세진이 정말 억울해 보이기는 했다. 그리고 고발 글에 묘사된 행적이 큰세진의 그동안 방향성과 상당히 차이가 났다.

'저놈 성격상… 누굴 괴롭혀도 후환을 남겨둘 것 같지는 않은데.'

자신이 괴롭힌다는 것도 모르도록 교묘하게 상황을 몰아가서 자업자득으로 고통받도록 만들면 모를까. 이렇게 뒷말이 나올 수도 있는 방법을 쓸 놈은 아니었다.

그러나 이것도 그냥 추측이다. 길게 알고 지낸 것도 아닌데 속단할 수는 없다. 원래 사람은 여러 가지 면을 가지고 있으니까. 나한테는 개쓰레기 꼰대 상사여도 자기 아들한테는 든든한 아버지인 경우는 많이 보지 않는가.

"……."

나는 잠시 고민하다가 스마트폰 화면을 다시 켜서 큰세진 고발 글을 처음부터 샅샅이 다시 읽어보기 시작했다. 그동안 큰세진과 팀원들은 절망과 슬픔에 허우적대기 시작했고.

큰세진이 낮은 목소리로 중얼거렸다.

"나……. 내일 사퇴할게."

"…!!"

"야, 잠깐만."

"차, 차, 차분하게, 새, 생각을……."

"이미 충분히 해봤어. 담배 피운 건 사실이고……. 여기서 내가 계속 버텨봤자, 논란만 커질 것 같으니까."

큰세진은 애써 목소리를 가다듬는 것 같았다.

"조금 가라앉은 다음에, 해명 잘하면 일이 년 뒤에는 데뷔할 수 있지 않을까? 그리고 좀… 난 정말 찍은 기억이 없는데 나오니까, 무섭기도 하고."

"……."

항상 여유가 한 치는 남아 있던 큰세진이 저렇게까지 말하니 다른 팀원들은 차마 무슨 다른 소리를 꺼낼 수 없는 것 같았다. 그러나 나는 여전히 스마트폰을 들여다보면서 그 말에 대꾸했다.

"그거 별로 좋은 생각은 아닌 것 같은데."

"……왜?"

"이 글 쓴 놈이 '상황 파악했으면 지금 사퇴하라'라고 적어놨잖아. 지금 너 사퇴하면 이 말이 기정사실로 굳어진다."

내가 본인 일도 아닌데 자꾸 말을 받아치니 큰세진은 슬슬 열이 올라오는 것 같았다.

"그만해라. 기분만 나빠지니까. 이 상황에서 반박해도 결과는 마찬가지잖아."

"반박 소재를 잘 잡는 게 중요하지."

"뭐?"

나는 스마트폰을 들어서 큰세진 쪽으로 화면을 돌렸다. 화면에는 고발 글에 포함된 마지막 사진이 확대되어 있었다.

"이거 합성이야."

"……!!"

눈 튀어나오겠다. 그만 좀 놀라라.

사실 침착하게 생각해 봤다면 본인이 먼저 합성이라고 추측했을 텐데 겁먹어서 못 한 모양이다.

나는 큰세진에게 스마트폰을 넘겨줬다. 그리고 화면에 떠 있는 사진에서 티가 나는 부분을 검지로 집어줬다.

일단 담배 쥐고 있는 손.

"여기, 디자인 프로그램으로 확대해서 맞춰보면…. 픽셀 약간 깨져 있지. 일부러 화질 낮췄나 본데, 그래도 몇 점 티가 나."

그리고 담배.

"담배가 혼자 명도가 안 맞아. 이 사진 노출값이면 이것보다 밝아야 하는데, 너무 하얗게 보이니까 낮추는 과정에서 약간 더 낮춘 거야."

하얀색 물건을 사진에 넣을 때 초보가 저지르기 쉬운 실수였다. 하얀 건 눈에 띄는 게 맞는데 어색해 보이니까 뭉개 버리는 것이다. 내 스마트폰 성능이 워낙 떨어져서 좀 끊기긴 했지만 이런 확인에는 문제없었다.

'…데이터 보정 작업했던 덕을 볼 줄이야.'

나는 추가금을 받고 '옷에 그 좆 같은 패턴 좀 지워주세요ㅜㅜ' 같은 요청을 들어줬던 과거를 잠시 회상했다.

"너, 너 이걸 어떻게 알아? 확실해?"

"그래."

큰세진은 말없이 스마트폰을 들여다보았다. 이윽고 그 눈에서 희망의 빛이 번뜩이는 걸 봤다고 생각했을 때, 골드 1이 소리를 질렀다.

"야!! 그럼 당장 해명 올려! 합성이라고!"

"아, 아…. 그렇죠! 올려야…."

"아니, 기다려 봐."

애는 현실에서 잘나가던 놈이라 그런지 인터넷 생리를 잘 모르는 것 같다. 나는 덤덤히 설명했다.

"나도 알아봤는데, 네 팬분 중에서도 합성인 걸 알아본 분들 분명 있을걸."

"아!"

"그, 그럼 그냥 기다리면, 패, 팬분들이……."

"아니, 내 말은……. 합성이라고 볼 만한 지점이 있어도 욕하는 게 재밌으니까 안 믿을 거란 뜻이야. 큰세진을 좋아하니까 그렇게 주장하는 거라고 비꼬겠지."

"……아."

방 분위기가 작살나기 전에 당장 부연 설명부터 붙여줘야겠다.

"그러니까 찾아라."

"어?"

"원본 사진. 원본하고 같이 올리면 합성이란 말에 반박 못 할 테니까."

사진의 큰세진이 렌즈를 응시하고 있는 걸 보니 카메라의 존재를 이미 알고 있다는 뜻이다. 그렇다면 지인 중 누군가가 찍었을 가능성이 컸다.

'하지만 이 상황에서 지인들에게 전부 연락을 돌린다는 건 위험하다.'

지인이 올렸을지도 모르니까.

'고발 글 올린 놈이 자신 있게 사진을 넣은 걸 봐서는, 이 사진 원본 가진 사람이 별로 없을 거라고 확신하는 것 같긴 한데…….'

아니, 잠깐. 이건 특정되기 쉬우니까 오히려 아닐 것 같기도 하다.

'흠, 그게 아니면……'

나는 생각에 잠겼다가, 큰세진에게 물었다.

"다른 사람들하고 사진 찍으면 다 저장하는 편이야?"

"내가 나온 건, 그렇지."

"그럼 일단……. 앨범에서 무슨 행사나 모임 때문에 사진 대량으로 찍었던 날부터 살펴보는 게 어때."

여러 장 찍은 단체 사진에서 큰세진만 크롭한 후 배경을 바꿨다면, 원본 사진을 못 찾을 거라고 의기양양할 만도 했다.

"문대야 너 원래 대체 뭐 하던 놈이야? 사실 국정원 직원이지?"

"그럴 리가요."

골드 1의 헛소리를 빠르게 넘겼다. 다른 팀원들은 진작에 큰세진의 옆에 붙어서 부리부리한 눈으로 사진을 함께 찾아보고 있었다.

"단독 사진 말고 단체 사진도 봐. 확대한 걸 수도 있어."

"오케이."

겨우 평소 말투로 돌아온 큰세진이 재빠르게 자신의 스마트폰으로 갤러리를 열었다.

그리고 눈 아픈 탐색 시간이 이어졌다. 큰세진 이놈은 사진을 얼마나 많이 찍었는지 고등학교 때 사진이 끝도 없이 나왔다. 아직 1학년이 끝나지도 않았는데 반 시간이 경과했다.

"세, 세진이는, 친구가 참 많네."

"…하하."

오죽하면 선아현이 질린 목소리로 이렇게 중얼거릴 정도였다. 큰세진은 민망한 웃음소리를 내며, 사진을 휙휙 넘겼다.

그리고 2학년 1학기 사진이 나올 무렵.

"형, 이거!"

"…!"

김래빈이 손가락으로 넘어가는 사진 하나를 찍었다. 큰세진이 얼른 사진을 확인했다.

그건 대여섯 명이 모여 서서 카메라를 보며 웃고 있는 사진이었는데, 이 사진의 앞뒤로 같은 곳에서 찍었는지 포즈만 다른 사진이 여러 장 있었다.

큰세진은 구석에 약간 떨어져 있었다. 그리고 상체를 확대하니 확실히 보였다.

고발 글에 들어간 사진이었다.

"……하."

큰세진은 고개를 푹 숙이고, 긴 안도의 한숨을 내뱉었다. 그리고 어쩐지 허탈한 목소리로 중얼거렸다.

"…선거 운동 때 사진이네."

"흠."

그러고 보니 고발 글 초반에 학생회장 출마가 어쩌고 하는 말이 있었다. 누군진 몰라도 이게 어지간히 고까웠나 보군.

'진작 이때 사진부터 찾아보라고 할 걸 그랬나.'

그래도 어쨌든 찾았으니 됐다.

"허어……."

큰세진은 긴장이 풀렸는지 뒤로 뻗었다. 침대 뒤 벽에 머리를 박을 뻔했지만, 지금 그런 건 신경도 못 쓸 게 분명했다.

"다행이다. 내 사진첩에 있어서."

"그러게."

나는 고개를 끄덕였다. 옆에서 골드 1이 힘차게 말했다.

"좋아! 너 소속사 있었지? 그거 보내 버려! 반박문 내자고 해!"

상식적인 조언이었다. 이미 일이 커졌으니 차라리 공식적으로 증거 자료하고 함께 대응하는 게 깔끔하겠지.

그러나 떨떠름한 반응이 돌아왔다.

"소속사에?"

큰세진이 오묘한 표정으로 자신의 목 뒤를 쓸었다.

"음……. 그건 좀."

"…?"

'이런 거 하라고 있는 게 소속사인데 왜.'

큰세진은 쓴웃음을 지었다.

"나 소속사… 해피프렌드잖아."

"아."

그 순간 아이돌 지망생들은 대충 분위기를 파악했다. 그리고 왕년의 데이터팔이였던 나도 눈치챘다.

'거긴… 논란 초기대응 못 하기로 유명한 곳이군.'

그러고 보니 이 사달이 나는 중인데도 소속사에서 연락이 안 온다. 글이 올라온 지 벌써 한 시간이 넘었고 이제 온갖 SNS에서 난리였다. 규모 좀 있고 발 빠른 소속사였다면 이미 눈치껏 큰세진과 접촉

했을 것이다.

"뭐……. 그래도 앨범은 잘 내주는 곳이라 들어온 거였는데. 하하."

큰세진은 형식적으로 몇 번 웃더니, 침대에서 몸을 일으켰다.

"그, 그럼 친구한테 올려달라고 부탁하는 건 어, 어떨까? 치, 친구들 많잖아."

"음…. 우리 규정상 촬영 중에는 공식적인 인터넷 활동은 금지니까, 아는 애들한테 부탁해 볼까. 사진 보내주고 올려달라고 하면 신나서 할 애들은 좀 알아."

"……."

'그냥 놔둘까.'

지금도 너무 과하게 참견했다 싶어서 후회하기 직전이다. 그러나 기왕 입 뗀 거 끝까지 손대자는 생각에 결국 조언했다.

"직접 섭외하면 그것도 기록이 남잖아. 차라리 제작진한테 말해서 직접 올리겠다고 해."

'지금 네 지인 중에 범인이 있는 것 같은데 조심 좀 해라'는 말을 완곡하게 돌려 말했다. 큰세진은 대번에 눈치챈 듯 고개를 끄덕였다.

"그게 낫겠다. 어디 보자……."

큰세진은 스마트폰으로 메모장 앱을 켜다가, 아직도 옹기종기 모여 있는 나머지 팀원들을 보고 씩 웃었다.

"다들 피곤할 텐데, 신경 써줘서 고맙습니다. 저 조용히 혼자 작성해 볼게요. 여러분은 이제 취침하셔요."

"야, 이런 상황에 널 놔두고 우리만 홀랑 자기는 좀 그런데."

골드 1의 걱정에 큰세진이 진지하게 대답했다.

"다 같이 못 자면 내일 정말 지옥을 보지 않을까요……."

"……."

내일도 해야 할 일이 끔찍하게 많긴 하지. 굉장히 설득력 넘치는 말이었기에, 결국 나머지 팀원들은 모두 해쓱한 얼굴을 한 채 본인의 침대로 복귀했다. 나도 침대에 누워 잠이 들었다.

그러나 안타깝게도 새벽에 도로 잠에서 깼다. 목이 말라서였다.

'자기 전에 너무 많이 떠들긴 했군.'

조용히 일어나서 싱크대로 향하자, 탁자에 앉아서 스마트폰을 들여다보던 큰세진이 반응했다.

"어. 문대 안 자?"

"목말라서."

"그렇구만."

아직 못 자는 걸 보면 큰세진은 아직도 해명문 작업을 끝마치지 못한 모양이었다. 아니면 여태까지 인터넷 여론을 뒤적거리고 있든가. 둘 다 그다지 좋은 징조는 아니었다.

"다 적었어?"

"음……. 적긴 했는데."

큰세진은 갈등하는 표정으로 스마트폰을 내려다보다가, 약간 시간을 두고 말을 이었다.

"아무래도 내가 직접 올리면 그걸로 또 다른 소리가 나올 것 같았거든."

"어떤 소리?"

"음, 우선 촬영 중에 직접 SNS로 소통하는 건 특혜라는 말은 나올 거고……. 내 해명문이 단호하면 '성격이 저럴 줄 몰랐다' 같은 반응, 반대로 온정적이면 '찔려서 저런다', 뭐 그런 소리를 할 것 같단 말이지."

있을 법한 시나리오였다.

"그래서 그냥 익명의 지인인 척하고 적어보려고 했는데, 한번 볼래?"

큰세진이 스마트폰을 건넸다.

[큰세진의 친구입니다.]

: 오늘 올라온 고발 글의 사진은 합성입니다. 제가 가지고 있던 사진 중에 원본 사진이 있었습니다.

(원본 사진) (합성 사진)

첫 번째 사진을 잘라서 만든 것이 두 번째 사진입니다.

"……."

"어때?"

'이걸 어떡하냐.'

이게 일반적인 학과생활이었으면 괜찮은 해명이다. 해야 할 말 다 들어가고 두괄식이라 보기 편하고.

문제는 인터넷 익명 사이트에 적합한 글은 아니었단 점이다.

나는 무심코 뒤를 바라보았다. 침대가 나를 기다리고 있었다. 하지만 이걸 올리라고 말하면 자정에 내가 한 짓이 다 헛수고가 될 확률이 너무 높다.

'하…….'

잠은… 내일 자자.

"…이건 아니다."

"뭐?"

"아니라고."

나는 결국 울며 겨자 먹기로 내 스마트폰을 가져왔다.

결국 내가 하는구나, X이이발.

새벽 3시 반.

웬만한 사람들은 다 잠자리에 들었을 시간이었다. 골수 인터넷 유저들만이 날밤을 새우며 시시껄렁한 이야기를 하고 있을 그 무렵엔 큰세진의 학교폭력 논란도 한번 휩쓸고 지나가서 간헐적인 잡담으로만 올라올 타이밍이었다.

그때, 한 아이돌 관련 익명 사이트에 글이 올라왔다.

[엥 나 큰세진 사진 찾은 듯.]
: (합성 사진) 이거 원본이 이거 아냐? (원본 사진)

글에 첨부된 것은 큰세진과 얼굴이 대충 검게 지워진 다른 학생들의 단체 사진이었다.

흔한 통신사 아이피로 작성된 가벼운 글이었으나, 그 내용을 확인한 새벽 이용자들의 댓글이 순식간에 불어났다.

-헐
-뭐야
-어디서 났어?
-야 이거 찐 같은데;;;
-성지순례 각임?
-저 사진 잘라서 쓴 건가
-어케 알았누
　└친구 비계에 큰세진 과사 있어서 뒤지다가 발견했음
　└이거 스토커 새끼 아니냐;;
　└왱 니들도 있으면 할 거면서
　└ㅋㅋㅋ팩트로 때리네
　└와 이 새끼 갓반인 얼굴은 다 가렸어 고소는 무서운가ㅋㅋㅋ

글쓴이의 피드백에 댓글 분위기는 더 불타올랐고, 이윽고 글을 확인한 누군가가 정확한 비교 샷까지 만들어왔다.

-크롭해왔다 똑같음 (사진)
　└히익

└ㄷㄷㄷ

└미친

-ㅋㅋㅋㅋ진짜 합성이었냐고 개웃겨 뭐 하는 찐따새끼길래 주작을 이렇게까지?

-와 큰세진 상장폐진 줄 알았는데 작전세력이었네

└미친ㅋㅋㅋㅋ

└지금이라도 풀매수ㄱㄱ

댓글은 점점 더 빠르게 늘어났다. 심지어 얼마 지나지 않아 누군가가 원본 사진이 찍힌 시점이 큰세진의 학생회장 선거 출마 때라는 것도 찾아냈다.

-청솔고등학교 홈페이지 뒤지니까 비슷한 홍보사진 찾음. 선거 활동 때인 듯? (링크)

└와 진짜 열폭이었네

└주작글에서 선거 어쩌구 할 때부터 싸했다ㅋㅋ

└와 주작한 애 진짜 이 악물고 썼나벼

└지금 들켜서 부득부득 가느라 이빨 없을 듯ㅋㅋㅋ

여기까지 오니, 슬슬 SNS나 커뮤니티 등지에 이 글의 캡처본이 나돌기 시작했다.

[의문의 정의구현.jpg (feat. 큰세진 학폭 아님)]

[큰세진 학폭 사진조작 떴다.]
[누가 큰세진 원본사진 찾아냄]

 첫 글이 올라왔을 때처럼 댓글이 순식간에 늘어났다. 우연히 찾아
낸 듯한 뉘앙스가 더해진 탓에 이 글은 더 진실해 보였다. 여론은 금방
학폭 고발 글을 비웃는 쪽으로 기울어졌다.
 잠 못 이루고 있던 큰세신의 팬들은 캡처본을 올리는 일에 일른 가
세했다. 그들은 전투적으로 댓글을 올리며, '사진은 조작이지만 내용
은 사실일 수도 있다' 따위의 분탕질을 개소리하지 말라며 쫓아냈다.
 그렇게 고발 글이 조작됐다는 정보는 삽시간에 인터넷 여론을 점령
했다. 당일 출근 시간이 끝나기도 전에 이뤄진 일이었다.

 "삭제했네."
 큰세진이 중얼거렸다.
 사진이 조작이었다는 점이 들통나고 여론이 완전히 기울자, 고발 글
을 적었던 놈은 소리 소문 없이 글을 삭제하고 사라졌다. 더 지저분하
게 물고 늘어지면 힘들 뻔했는데 아무래도 여론이 너무 뒤집혀서 포기
한 모양이었다.
 "…다행이다, 정말."
 큰세진은 깊은 안도의 한숨을 내쉬며, 탁자에 머리를 박았다. 긴장
이 풀리자 피로에 짓눌린 모양이었다.

"고마워. 내가 진짜… 면목이 없다."

고마울 만도 했다. 초안을 그대로 올렸으면 이렇게는 안 됐을 테니까.

'데이터팔이 1승…….'

가격 흐름 좀 보려고 여기저기 기웃거리던 짬을 이렇게 또 써먹을 줄은 꿈에도 몰랐다. 이 고생은… 그 업보를 청산하는 셈 치자.

"애초에… 담배에 손도 안 댔으면 이 난리도 안 났지."

큰세진이 자괴감 묻은 목소리로 중얼거렸다. 자기도 멍청한 짓이었다는 건 아는 모양이다.

"왜 피웠는데?"

"……아, 그때…. 데뷔조에서 밀렸어. 데모까지 녹음했는데…… 나 빼고 다른 놈 넣어서 데뷔 잘하고, 앨범도 잘 팔고."

"……'해피프렌드'에서?"

거기 근 5년간 성적 괜찮은 남자 아이돌 뽑은 적 없지 않나?

"아니, 다른 곳. ……근데 한동안 다른 팀 낼 생각 없다고, 지금 여기하고 연결해 준 거야."

"그래."

이 시점에서 삼사 년 전에 데뷔해서 첫 앨범부터 잘된 남자 아이돌은 한두 팀뿐이었다. 그리고 둘 다 대형 소속사다.

'…좀 늦더라도 존버하는 편이 낫지 않았나?'

17살 때부터 5년 지나도 22살. 팀에서 연장자로 데뷔하기 괜찮은 나이다. 해피프렌드 가느니 일단 대형에 붙어 있는 편이 합리적이었을 것이다.

"…그때 올해 내로 신인 낼 거라고 하도 호언장담을 해서 계약했는데……. 안 내주고 벌써 4년째네. 하하."

"……."

그랬군. 원래 구두계약은 믿으면 안 되는데, 고1이 멘탈까지 뭉개졌으니 그런 걸 챙길 여력은 없었나 보다.

"너도 봐서 알겠지만, 여기 나온 해피프렌드 소속사 연습생 중에 당장 데뷔할 만한 애는 없어. 그러니까 내가 이 프로에서 데뷔를 꼭 해야 하거든……."

"……."

"그래서 하는 얘긴데, 하차 막아줘서 다시 한번 고맙다. 박문대."

이놈이 이렇게까지 노골적으로 누굴 품평하면서 자기 속마음을 까발리는 건 처음이다. 나름대로 성의라는 건가.

"그래. 많이 고마워해라."

"…뭐? 하하!"

큰세진이 웃다가 탁자에 도로 머리를 박았다. 웃고 싶은데 피곤에 절어서 힘든가 보다.

나는 떨떠름하게 고민했다.

'…너무 스스럼없어졌나.'

약쟁이 위험군이라 거리 좀 두려고 했는데 어느 순간부터 흐지부지 되다 못해 과하게 친해진 것 같다.

'어차피 지금까지 행적을 보면 확률이 낮아 보이긴 하지.'

큰세진은 아마 학폭 터졌을 때 사퇴해서 데뷔를 못 했을 확률이 높았다. 혹시 사퇴를 안 했어도 지금처럼 여론을 뒤집기는 쉽지 않았을 테니 데뷔는 힘들었을 테고.

'음, 근데 아역배우 이세진 쪽도 지금은 그다지 데뷔 각이 잡히진 않는군.'

그래도 이세진의 방송 분량과 이미지는 '박문대'라는 변수의 영향을 받았을 수도 있기에, 차라리 이쪽이 가능성이 있었다.

'어쨌든 이게 당장 중요한 문제는 아니다.'

슈뢰딩거의 약쟁이는 그냥 상자에 처박아두자. 지금 시급한 건 이틀 뒤의 팀전 무대였다.

빠바밤바밤뺌뺌!

"흐어어어!!"

"으으……."

마침 아침 기상 경보와 함께 침대에서 꿈틀꿈틀 팀원들이 일어났다.

'또 휴식 없는 하루가 시작됐군…….'

퀭한 눈으로 서 있자, 큰세진이 다시 말을 걸었다. 아까 대화의 연속인 것 같다.

"아니, 진짜…, 내가 이거 끝나면 밥이라도 살게. 뭐 먹을래?"

"소고기."

"……국산 아니어도 되지?"

"맛있으면."

팀전 리허설까지 딱 50시간 남은 시점이었다.

3차 팀전 무대는 Tnet의 간판 음악 프로인 'MusicBOMB'의 세트장 중 하나인 대형 스테이지에서 진행되었다. 실제 선배 아이돌들이 서는 스테이지에 서서 멋진 무대를 보여달라는 의미였는데, 사실 리액션 컷을 뽑기 좋아서인 것 같았다.

"이 스테이지에서 바로 사흘 전에! VTIC이 사전녹화를 진행했었습니다!"

"우아아아!!!"

MC의 말에 참가자들이 환호했다. 사실 무대 세트가 완전히 달라서 같은 공간을 점유하고 있다는 것 외에는 별 공통점도 없었다. 그러나 참가자들은 정상급 아이돌과 같은 공간을 쓴다는 것 자체만으로도 들뜬 것 같았다.

나도 기분이 나쁘진 않았다.

'VTIC… 괜찮은 놈들이긴 했지.'

단가가 비싸서 찍는 보람이 있었다.

"선배 아이돌들이 그랬던 것처럼, 여러분의 기량을 마음껏 펼쳐주시기 바랍니다!"

MC가 대본의 문구를 마무리한 뒤 들어가자 리허설 준비가 본격적으로 시작되었다.

"여러분! 본방이랑 순서 똑같이 가는 거예요!"

"네!"

순식간에 지시사항과 음악 소리로 무대 현장이 소란스러워졌다. 그래도 순서상 참가자들은 아직 약간 여유가 있었다. 그래서 〈달토끼〉 팀은 일단 구석에 모였다.

"우리 화이팅이나 한번 하고 갈까요? 그동안 정말 고생 많았는데, 고생한 만큼 멋진 무대 보여주고 옵시다."

"아, 좋지."

"그, 그럽시다."

팀원들이 긴장한 얼굴로 연신 고개를 끄덕였다. 그러나 그 긴장감은 불안이 아니라, 기대감에서 나온 것이라는 게 선명히 보였다.

"〈달토끼〉 팀,"

팀원들이 한 손을 우르르 모았다.

"화이팅!!"

함성은 거의 전투적이었다.

'맙소사.'

주변에 가깝게 따라붙은 카메라가 없었는데도 내가 선뜻 이 짓에 참여했다는 게 생소했다. …그래도 나쁜 기분은 아니었다.

"그럼 갑시다!"

정말로, 무대가 코앞이었다.

3차 팀전이 진행될 MusicBOMB의 스테이지 밖은 인산인해였다.

그리고 그 인파의 대다수가 방청객이 아니라 밖에서 소리라도 들을 수 있을까 싶어서 찾아온 사람들이었다. 인파 틈을 비집고 입장 줄에 들어가던 어느 대학생은 그 점이 불만이었다.

'들어오지도 못하면서 왜 바글바글 모여서는.'

진짜 볼 수도 없으면서 자기들끼리 신나서 저러는 점이 이해가 가지 않았다.

'지난번 2차 때도 그러더니, 규모가 더 늘었네.'

그녀는 진절머리를 내며 입장 줄에 섰다. 길이를 보니 입장하려면 한 세월은 걸릴 것 같았다.

'짜증 나.'

그녀의 앞뒤는 나눔 받은 슬로건이나 간식을 든 사람들이었다. 마침 그 슬로건들에 적힌 이름이 똑같았다.

[박문대♡데뷔해]

'…쟤 진짜 인기 많아졌어.'

그녀는 지난 2차 팀전 때를 떠올리며 입을 삐죽거렸다. 옆자리에 앉은 사람이 박문대 팬이어서 기분이 나빴는데, 하필 그녀가 좋아하는 김래빈이 박문대와 같은 팀이기까지 했었다.

'그 컨셉충 같은 걸 왜 좋아한대?'

그녀는 투덜거렸다.

그러나 막상 지난번 팀전에서 무대가 끝나자마자 미친 듯이 열광했다는 것은 아직까지도 부정 중이다. 그래도 인터넷에서 박문대를 비웃는 짓은 하지 못하게 됐지만 말이다.

'…뭐, 무대에서는 괜찮았으니까, 봐주는 거야.'

그녀는 애써 부정하면서 박문대의 슬로건에서 시선을 뗐다. 누가 뽑았는진 모르겠지만 예뻐서 더 짜증 났다.

"질서 지켜주세요!"

"밀지 마세요!"

사전에 받은 번호대로 줄을 서서 안에 입장했지만, 중간부터는 달리는 사람들이 속출했다. 앉는 좌석 없이 일괄 스탠딩이었기에 먼저 설수록 유리했던 것이다.

그녀는 무대 바로 앞 펜스를 잡았다.

'됐다!!'

무려 18번째로 방청 신청에 성공한 자신을 칭찬할 수밖에 없었다. 방청 신청자가 폭주하며 제작진이 신청을 선착순으로 다시 바꾼 덕에 가능했던 쾌거였다.

'완전 코앞에서 보겠네.'

가슴이 두근거렸다. 그러나 그 기대가 불편함으로 변하기 직전까지 시간이 흐른 후에야 겨우 MC가 입장했다.

"〈재상장! 아이돌 주식회사〉, 3차 팀전 무대에 오신 여러분 환영합니다!"

드디어 시작한다는 안도감과 기쁨, 짜증이 섞여서 폭발적인 환호성이 울렸다.

'빨리 시작이나 좀 해!!'

그녀는 속으로 외치며, 펜스를 꾹 잡았다.

"이번 팀전의 주제는 〈자체제작〉! 선곡부터 무대 장치까지, 공연의 모든 요소를 참가자들이 직접 선택하여 만들었습니다!"

'이건 김래빈 무조건 잘했겠다!'

못하는 건 정치질뿐인 자신의 주식을 떠올리며, 그녀는 흥분감에 다른 방청객들처럼 환호를 보냈다.

"또한 주주님들의 지난 매수 경향성을 빅데이터 알고리즘으로 분석하여, 주주님들께서 함께 좋아하시는 참가자들이 한 팀이 된 상태입니다!"

MC의 말에 방청객들은 여기저기서 무슨 개소리냐며 수군거렸다. 말을 이해하지 못한 것이 아니라, 그냥 따로 투표를 받지 뭐 하러 저런 헛짓을 했는지가 요지였다.

어쨌든 MC는 천연덕스럽게 오프닝 진행을 마쳤다.

"여러분의 기대가 크신 것 같은데요, 그럼 지금 바로! 오프닝 무대가 공개됩니다!"

"와아아악!!"

"참가자들이 고른 곡은… 감성돌 맥시마이트의 〈기다림이 좋아〉입니다!"

방청객들은 즉시 무대로 집중을 돌렸다. 혹시라도 자신이 좋아하는 참가자가 지금 등장할까, 기대에 찬 눈동자가 어두운 무대로 향했다.

'좀 나중에 나오는 게 좋지만… 아, 모르겠다! 당장 나와줘!!'

그 생각에 보답하듯이, 무대에서 빛이 터져 나왔다.

피이이잉.

'헉!'

그러나 완전히 밝아진 것은 아니었다. 가닥 굵은 노란색 빔라이트들이 무대 아래에서 솟구친 것이다. 빛줄기들은 여전히 어두운 무대 위를 어지럽게 비추었다.

언뜻 보이는 무대엔 거대한 나무 그루터기 하나뿐이었다.

그리고 울리는 관악기 소리.

우웅-. 우우우웅-. 우우- 우우우-.

국악 수연장지곡의 초반부 대금 소리였다. 우아하고 구슬픈 음이 홀
로 무대를 배회했다.

그리고 한 인영이 무대 왼 구석에서 튀어나왔다. 선뜩하리만치 깔끔
한 공중제비. 목각으로 된 토끼탈을 쓴 장신의 남자는 달려 나와서 허
공을 가르며 뒤로 돌았다.

"…!!"

대금 소리가 끝났다.

한 다리로 착지한 인영의 움직임에 따라, 몸에 걸친 두루마기가 펄
럭거리며 안에 입은 양장 차림이 드러났다.

그 순간, 무대를 가르던 빔라이트가 완전히 사라졌다. 완전히 깜깜
해진 무대에서, 대금 소리 대신 목소리가 울렸다.

-내 기다림은 길고
언제나 즐거우니까

반주가 없는데도 음정 하나 나가지 않은, 녹음 작업이라도 한 것처
럼 완벽한 소리였다. 그리고 이제 방청객들은 그게 누구의 목소리인지
알았다.

'박문대…'

깊은 북소리와 함께 무대에 빛이 돌아왔다.

둥- 둥둥둥! 둥- 둥둥둥!

무대 위에는 어느새 목각 토끼탈을 쓴 다섯 명의 인영이 원을 그리고 서 있었다. 그런 그들의 뒤로는 검은 무대배경에 쏟아질 듯 찬란한 은하수가 드러났다.

그리고 군무.

스르륵.

느리고 감각적으로 시작한 동작은 박자를 쪼개며 점점 복잡하고 빨라지기 시작했다.

어떤 자연현상처럼 보일 지경이었다. 속도가 연속적으로 변하며 타이밍이 맞지 않을 법도 하건만, 누구 하나 박자나 동작이 맞지 않는 사람이 없었으니까.

그 춤사위에 따라 무겁던 북소리의 윤곽이 날카로워지며, 그 뒤로 현대적인 베이스라인이 묵직하게 균형을 맞췄다. 그리고 대금과 보정된 피아노 음이 층계 위에서 놀기 시작했다.

Uhwi- Wiwiwi-
Uhwiuhwi— Wi~~

북소리가 완전히 음 구성의 일부분으로 숨을 죽인 순간, 다섯 명은 안무에 맞추어 일제히 토끼탈을 머리 옆으로 올렸다.

동시에 가장 오른쪽의 사람이 노래를 시작했다. 박문대였다.

　

－널 기다리는 길목마다
언제나 설레는 내가 있어

　

안무와 함께 가장 왼쪽에서 무대를 향해 완전히 몸을 돌린 큰세진이 빙그레 웃었다.

　

－불안이 다가올 틈은 없어
이미 알고 있으니까 넌 꼭

　

무술처럼 대형이 갈라지며 김래빈이 뒤에서 튀어나왔다.

　

－이곳에 나타날 거란 걸
우리가 만나게 될 걸
확신하는 내 맘이
자리마다 넘쳐흘러 이렇게 아!

　

'래빈아!!'
펜스를 잡고 있던 대학생이 속으로 울부짖었다. 소리를 지르고 싶었으나 어떻게든 참아냈다. 그리고 이 랩 파트까지 와서 그녀뿐만 아니라 관객 대다수가 확실히 알아차린 점이 있었다.
'가사를 다 한국어로 바꿨네…….'

그렇다. 몇 단어 섞여 있던 영어를 다 한국어로 바꾸어 무대 분위기와 맞춘 것이다.

'역시 우리 애는 천재야!'

찰떡같이도 바꿨다며 그녀가 속으로 꽝꽝 울었다. 다른 팀원이 바꿨을 것이라고는 상상도 하지 않는 모습이었지만 무대에 빨려드느라 그 감상 역시 순식간에 머리 뒤로 사라졌다.

　

－너무 당연한 일이잖아

난 널 알아

넌 날 알게 될 거야

　

골드 1, 하일준의 목소리를 받아서 큰세진이 프리코러스를 완성했다.

　

－벌써 답은 정해졌어

피할 수 없는 운명이 다가올 테니~

　

선아현이 센터로 나왔다. 토끼탈이 살짝 어설프게 돌아가서 관자놀이를 덮고 있었다. 그런데도 얼굴이 반짝거렸다.

'…잘생기긴 했네.'

대학생은 근거리에서 선아현을 보고 차마 부정적인 감상을 할 수 없어서 분해졌다.

선아현은 곧고 우아하게 선 채로 노래를 시작했다.

−난 기다림이 좋아
내 기다림은 길고
언제나 즐거우니까

'어?'
바로 그 후렴에서, 익숙한 동작이 섞이기 시작했다.

원곡의 포인트 안무인 손동작이었다. 그러나 그 손동작에 새로운 발동작을 엇박으로 넣어 강렬한 느낌을 살렸다.

휘익!

원곡보다 훨씬 몸을 크게 쓰는 안무는, 휘날리는 두루마기와 어울려서 엄청나게 인상적이었다.

'아······.'

감성적이고 담백한 원곡보다, 낭만적이고 벅찬 느낌의 사극풍으로 무대는 완성되고 있었다.

−이 기다림이 끝나면
마주칠 너를 알아
벌써 내 맘이 밝아

박문대가 후렴 뒷부분의 고음을 불렀다. 촬영 중에 물이 빠졌는지 어느새 금발에 더 가까워진 머리가 탈을 쓸어넘기며 같이 넘어간 상태였다.

'···머리 깐 것도 뭐······. 괜찮네.'

그녀는 오늘 스타일리스트가 인생 역작급 무대 화장을 해줬기 때문일 것이라고 애써 감흥을 감췄다.

그리고 음이 끝나는 순간, 박문대는 완전히 뒤로 몸을 돌렸다.

'뭐야?'

참가자의 움직임과 표정에 집중하던 관객들은 반사적으로 시선을 뒤로 돌렸다. 무대 뒤에서 흐르던 별빛 위로 거대한 검푸른 궤적이 그려지고 있었다.

"…!"

어느새 소리는 현악기와 관악기만 남았다.

그것을 배경음으로, 그 검푸른 궤적은 거대한 원을 그렸다. 마치 먹물로 그리는 듯 수묵화 같은 흔적으로 완성된 원은 이윽고 푸르게 빛났다.

별빛 사이의 동그란 푸른 광원. 달에서 보는 지구였다.

Uhuuu- Uhuuu- Uhu, Uuu--

참가자들은 음률에 맞춰 한번 바닥에 부드럽게 쓰러졌다 일어나며, 자연스럽게 두루마기를 벗어 멀리 흘렸다.

-꿈꾸듯 가벼운 백일몽
널 만나러 떠나가는 길

참가자들은 어느새, 완전한 양장 차림으로 섰다.

그 몸이 짧고 강렬한 군무를 만들었다. 거의 무용에 가까운 선의 전신 동작으로, 세차고 부드럽게 몸이 곡선을 그렸다. 느낌이 아주 묘했다.

타악기 없는 반주는 어느덧 다소 관능적으로 들렸다.

'김래빈 미친……'

"어억…."

"…!"

대학생은 설마 자신이 낸 소린가 해서 화들짝 놀랐으나, 사방에서 그 소리가 들리는 것을 깨달았다.

−너도 날 기다려 왔다고
말하는, 선명한 기시감

가사 '데자뷔'를 '기시감'으로 바꾸며, 소리가 삼키는 듯이 더 묘해졌다.

−운명의 순간을 마주해
절대 망설이지 않도록!

탕!

그 순간, 반주에 타악기가 다시 들어왔다. 살짝 노골적이던 관능은 삽시간에 자취를 감췄다.

−난 기다림이 좋아
내 기다림은 길고
언제나 즐거우니까

다시 돌아온 후렴구, 큰세진이 센터로 나오며 복잡한 군무의 중심을 잡았다. 안무는 더 화려해졌다.

　－이 기다림이 끝나면
　마주칠 너를 알아
　벌써 내 맘이 밝아

그리고 나직한 허밍이 이어졌다.

－Hum hu hu hum－ huhu
DDu－ru Du－ru Du Du

후렴의 멜로디였다.

발을 움직이는 안무와 함께하니, 마치 누군가를 기다리며 설렘에 부르는 것 같았다. 반주의 북소리가 마치 심장 고동처럼 들렸다.

대학생은 이 허밍 위로 박문대가 혼자 한 옥타브 높게 음을 넣어주고 있다는 것을 뒤늦게 깨달았다. 소름이 돋았다.

'…악긴 줄 알았네.'

그녀는 침을 꿀꺽 삼켰다.

무대 위에서는 도입부 안무가 다시 한번 변주되고 있었다. 대형이 쉴 새 없이 바뀌며, 자연스럽게 다섯 명은 무대 위 단 하나의 소품 주변으로 섰다.

'어?'

거대한 나무 그루터기. 바로 계수나무의 것이었다.

자연스럽게 그루터기에 둘러앉은 그들은 곧바로 위에 입은 양장 블레이저를 벗어 아래로 던졌다.

"…!"

큰세진이 셔츠처럼 디자인된 남성 저고리를 드러낸 채 정면을 보고 미소 지었다. 그리고 천천히 토끼탈을 다시 얼굴로 돌리며, 마지막 소절을 불렀다.

−기다려 줘.

계수나무 그루터기에 앉아 서로에게 기댄 채 잠이 든 달토끼들의 위로 지구의 푸른빛이 내리며, 무대는 마무리되었다.

그리고 촬영장 지붕을 박살 낼 만큼 커다란 환호가 터져 나왔다.

"와아아악!!!"

"꺄으아악악!!"

"으아으!!"

무대 아래에서는 온갖 괴성과 입을 틀어막는 반응까지 온갖 리액션이 넘쳤다. 오프닝부터 예상도 못 했던 등수 높은 참가자들의 조합에, 끝내주게 완성도 높은 무대를 본 탓에 다들 흥분한 탓이었다.

게다가 무지막지하게 컨셉추얼한 이 무대는 덕후의 마음을 자극하는 뭔가가 있었다. 한 번에 모든 것을 다 해석할 수 없었기에 더 여러 번 보고 숨은 요소를 찾아내고 싶은 마음이 들도록 만들었다.

분명 벌써 방송까지 남은 날짜를 세보고 애가 타는 방청객도 많을 것이다.

'다 끝났구만.'

펜스에서 손을 놓은 대학생은 괜히 뿌듯하게 중얼거렸다. 그녀는 괴성을 지르다가 무대 불이 꺼지고 나서야 겨우 정신을 차린 상태였다.

오프닝을 이렇게 끊어놨으니 다음 놈들은 자동으로 무대를 조진 것이나 다름없었다.

그녀는 머뭇거리다가, 결국 설레는 마음을 인정했다.

'…뭐, 악토버 애들도 잘하긴 하네.'

'저기에 류청우 차유진 껴서 데뷔해도 되겠다'라며 중얼거리는 그녀의 얼굴에서는 입장 때의 짜증은 온데간데없어진 후였다.

무대를 마친 〈달토끼〉 팀은 리액션 컷을 위해 단체 대기실에 돌아왔다. 다른 팀의 무대를 관람하도록 대형 모니터가 설치된 방이었다. 참고로 무대에서 내려오자마자 이놈 저놈 가릴 것 없이 대오열하는 통에 다들 눈깔이 붕어처럼 부어 있다.

솔직히 울 만도 했다. 열흘 넘게 제대로 못 쉬면서 이 악물고 준비한 걸 무사히 끝냈으니까. 나도 20살이었으면 질질 짰을 것이다.

"야 문대는 어떻게 눈물 한 방울 안 흘리냐. 너 혹시 정말 국정원 출신…."

"아닙니다."

다 쉰 떡밥을 개그로 써먹으려는 골드 1의 시도를 제지해 줬다. 주변에서 팀원들이 키득키득 웃었다. 편안한 분위기였다.

'잘했다는 걸 안다 이거지.'

다른 팀 참가자들과 같이 있으니 암묵적으로 입 밖에 내진 않았지만, 중간평가와 리허설로 이미 견적이 나온 상태였다. 다른 팀에서 누가 갑자기 미친 잠재력을 발휘해서 무대에서 축지법이라도 쓰지 않는 이상, 이건 이긴 판이라는 것이 말이다.

덕분에 다른 팀의 무대가 나올 때마다 유독 리액션이 잘 나왔다. 맘이 편하니 사심 없이 다른 팀의 무대를 즐길 수 있다는 거겠지.

'재밌네.'

나도 모처럼 관람객의 자세로 돌아가서 무대들을 감상했다. 물론 적당히 주변 봐가면서 반응도 좀 해주고.

'일단 두세 번째는 텄다.'

두 번째 팀은 일단 편곡이 뜬금없었고, 제시간 내로 안무를 완성 못 해서 후반부 댄스 브레이크 때 인원의 절반 이상이 동작을 날렸다. 세 번째 팀은 큰세진처럼 섹시 컨셉을 밀고 싶었던 것 같은데, 센스 없이 너무 과하기만 해서 좀…… 사람을 뜨악하게 만들었다.

'저 정도면 여자들이 더 싫어하겠는데.'

과연 방송에서 얼마나 편집으로 보정해 줄지가 관건이었다.

그리고 네 번째 팀은 그나마 본전은 건진 것 같았다. 골드 2가 있는 이 팀은 귀엽고 신나는 곡을 골랐는데, 원곡에서 크게 다른 편곡을 하지는 않았지만 잘 어울렸다.

"희승이 잘한다!"

골드 1이 골드 2가 센터로 나오자 신나서 소리를 질렀다. 나도 박수를 보냈다.

이제 남은 건 한 팀. 바로 불지옥 맛 류청우 조였다.

'불쌍한 놈.'

이 판에 류청우에게 측은지심이 안 생긴다면 그건 조별과제를 해본 적 없는 놈일 것이다.

이세진과 최원길의 사이는 완전히 틀어진 게 내 눈에도 보였다. 그런데 그걸 끌고 트롤러 하나와 차유진까지 챙겨서 무대를 완성했다? 그것만으로도 돈을 받아야 할 업적이었다.

참고로 차유진은 여전히 기가 죽은 상태고 그동안 이삼일에 한 번씩 찾아와서 간식을 뜯어갔었다. 과연 입에 들어간 초콜릿값만큼 무대에서 힘을 쓸지는 모르겠지만, 못 써도 상관없었다. 내 팀도 아니고 뭐.

"화이팅!"

대기실을 떠나 무대로 나가는 팀마다 격려를 보내던 큰세진이 류청우 팀에게도 응원을 보냈다.

약간 시간이 흐른 후, 모니터 화면에 류청우 조가 등장했다.

"시작한다!"

썩어도 준치라고, 등수 높고 등급 높은 놈들이 모인 팀이다 보니 대기실 분위기에 기대감이 감돌았다. 물론 잘하는 게 아니라 망하길 바라는 기대일 수도 있었지만.

그러나 류청우 팀은 망하지 않았다.

'…저 새끼 왜 날아다니냐.'

차유진이 멱살을 잡고 끌고 갔기 때문이다. 후렴구에 센터로 치고 나올 때마다 무대 완성도가 좋아 보이는 착시가 일어났다.

'저래서 1등 했구나.'

멘탈 나간 줄 알았는데 무대에 올라가니 사람이 달라졌다.

'특성 덕인가.'

나는 지난 팀전에서 확인했던 차유진의 특성을 떠올렸다.

[특성 : 블랙홀(A)]

−모든 것을 빨아들이는 인력.

: 무대 몰입도 +150%

이런 걸 달고 있으니 웬만하면 데뷔할 수밖에 없지.

"오오오!"

류청우 팀의 무대가 끝나자 대기실의 참가자들이 감탄하며 박수를 보냈다.

"차, 차유진 씨 정말 잘한다."

"그러게."

〈달토끼〉 팀이 옆에서 수군거리는 소리가 들렸다. 하지만 초조함이 느껴지는 목소리는 아니었다. 아무리 차유진이 날고 기었어도 전체적인 완성도 면에서 확실히 차이가 났다고 생각했기 때문일 것이다.

'문제는 우리가 오프닝이었다는 점인데.'

아무래도 시간이 흐르면 인상은 약해지기 마련이었다. 무대 순서를 정하는 미니게임을 말아먹지만 않았어도 좋았을 텐데 말이다.

'골드 1이 그렇게까지 털릴 줄은 몰랐지.'

당시 팀 대표로 미니게임에 나간 골드 1의 위풍당당한 발언이 떠올랐다.

—나만 믿으라고!

…그러나 이 발언이 실현되는 일은 없었다. 팀 내 가위바위보에 모든 힘을 쏟아낸 골드 1은, 이어지는 팀 대표전에서 거짓말처럼 연달아 참패를 당했다.

만일 이 순서 때문에 근소한 차이로 1위를 못 한다?

사실 아쉬운 건 골드 1뿐이다. 나머지 팀원들은 어지간히 순위가 떨어져도 최종까지는 갈 놈들이었기 때문이다. 골드 1은 순위가 간당간당했기 때문에 이번 팀전 우승이 중요했다. 지금까지 경향성을 봤을 때 제작진이 분명 이번 생존에 도움이 될 걸 우승상품으로 줄 테니까.

'곧 발표하겠군.'

마지막 팀 무대가 끝났으니 앞으로 팀전 순위 발표까지 대략 1시간 전후로 남은 셈이다. 이번에도 1, 2위만 남겨두고 다음 순위 발표식으로 미루는 개짓거리를 할 확률이 높았으나, 어쨌든 대강 윤곽은 잡히겠지.

그리고 한 시간 반 뒤, 결과는 정확히 예측대로였다.

"남은 1위 후보는 두 팀! 〈달토끼〉 팀과 〈허스키야〉 팀입니다! 과연 어떤 팀이 최종 우승의 영광을 차지하게 될까요?"

저 〈허스키야〉가 류청우의 팀명이다. 여기까지는 뻔한 전개였다.

"결과는… 순위 발표식에서 확인해 주시기 바랍니다!"

어, 그것도 예상했고.

"하지만 매번 이러면 여러분, 너무 지치겠지요? 그래서 이번 팀전 우승 혜택을 지금 발표하겠습니다!"

"어어?"

그건… 몰랐네.

"우승 혜택은… 다음 순위 발표식에서 무조건 생존입니다!"

"…!"

너무 과하게 좋았다. 인원이 30명밖에 안 남았는데 굳이 이런 보상을 내건다고? 아니나 다를까 MC가 맥을 끊었다.

"단, 그 혜택을 받을 수 있는 사람은 오직 한 명뿐입니다! 다음 순위 발표식 전까지, 1위 후보 팀들은 팀 내부 상의를 통하여 혜택을 받아갈 한 명의 참가자를 선정해 주시기 바랍니다!"

"……."

제작진 놈들의 발상은 어째 프로그램이 후반에 접어들수록 기상천외해지고 있었다.

이거… 못 받아가는 나머지 놈들한테는 우승 벌칙 아닌가? 받아가는 놈도 같은 팀원 팬들에게 집중포화 당해서 욕이란 욕은 다 처먹게 생겼는데.

하기야 대충 공시생이던 내가 기억하는 것만 해도 제작진들은 최종화까지 어그로를 포기하지 않았다. 기가 막힌 놈들이었다.

어쨌든, 사실 〈달토끼〉 팀에서야 별문제 없었다. 받아갈 놈이 정해져 있었기 때문이다.

'골드 1 줘야 공리주의적으로 맞지.'

어차피 나머지 놈들은 탈락할 것 같지도 않다. 괜히 받아서 논란이 되느니 깔끔하게 주고 이미지 챙기는 걸 선호하겠지.

문제가 있다면 직전까지 인터넷에서 조리돌림 당하던 선아현이 지레 겁먹고 본인이 받고 싶다고 말하는 그림인데, 성격상 그럴 일은 없을 것 같았다. 큰세진은 학폭 루머 때문에 여론이 반전된 상태니 본인 순위를 잘 짐작할 테고.

대충 눈으로 팀원들 표정을 훑었다. 골드 1을 힐끗거리는 게, 다들 비슷한 발상을 한 것이 눈에 보였다. 골드 1은 민망해 보였지만 거절할 눈치는 아니었다. 예의상 사양만 몇 번 하겠지.

'이쪽은 문제없고.'

역시 문제는 저쪽 팀인 것 같은데, 〈허스키야〉 팀에서 과연 누가 어떤 깽판을 칠지 두근두근 기다리는 제작진들의 마음이 눈에 선했다.

"그럼 〈재상장! 아이돌 주식회사〉 3차 팀전을 마무리하겠습니다! 주주 여러분, 순위 발표식에서 뵙겠습니다~"

짝짝, 박수 소리와 함께 카메라를 향해 고개를 꾸벅 숙이는 참가자들을 끝으로 촬영이 종료되었다.

"고생하셨습니다~"

"다음 촬영 때 뵙겠습니다!"

여기저기서 인사성 바른 참가자들의 목소리가 쩌렁쩌렁 울릴 때, 옷을 갈아입고 나온 〈달토끼〉 팀은 일단 다시 모였다. 그리고 순식간에 우승 혜택을 골드 1에게 몰아줬다.

"저희 다들 열심히 했으니까 최연장자가 받아가는 걸로 할까요?"

"넵."

"찬성합니다."

"조, 좋아요!"

"야, 진짜 고마운데 그래도 좀 더 상의해 보고……."

큰세진이 허허 웃으며 말을 정리했다.

"형님, 모르시겠습니까? 더 상의할수록 잘 시간만 늦어진다는 것을……."

"아."

촬영이 끝나고 긴장이 완전히 사라지자 슬슬 지난 열흘간 못 잔 잠이 끝도 없이 밀려온 것이다. 덕분에 다들 눈을 반만 뜬 채로 대화하는 중이다.

"그, 그래. 고맙다 얘들아. 내가 밥 살게."

"하하. 고마워요, 형! 소고기 같이 양심 없는 메뉴는 안 부를게요."

"……."

나 들으라고 저격한 것 같지만 무시하자. 피곤하니까.

어쨌든 그렇게 훈훈한 분위기로 〈달토끼〉 팀은 해산했다. 나는 하품을 참으며 버스 정류장으로 스마트폰 내비를 찍었다.

"무, 문대야."

"어."

고개를 돌리자 선아현이 주먹을 쥐고 있었다. 설마 때리려는 건 아니겠지.

"왜."

"지, 집 갈 때 같이 갈래? 부, 부모님이 데리러 오셔서……."

"어… 그래. 고맙다."

프로그램 인지도상 이젠 버스에 타서 이동하긴 힘들 것 같아서 안 그래도 택시를 부르려고 했다.

덕분에 택시비 좀 절약하겠군. 다른 참가자 부모님을 뵙는 건 좀 부담스럽긴 했지만, 뭐 차 얻어 타는 것 정도야 별일 있겠나 싶다.

"아, 아니야! 고, 고맙긴!"

선아현은 앞장서서 신나게 걸어가더니 도롯가의 검은 세단 앞에서 멈춰 섰다. 외제차였다.

'역시 집이 좀 사는 것 같군.'

자취하는 곳 보고 짐작은 했었다. 나는 차에 올라타는 선아현을 따라 들어가며, 최대한 예의 바르게 인사했다.

"안녕하세요."

"네가 문대구나! 반갑다."

"어서 타라~ 우리 아현이 이번에도 잘했니?"

"아, 아빠!"

예상했던 것보다도 가족 분위기가 화목했다. 얼굴이 시뻘게진 선아현이 허둥지둥거리자 부모님이 흐뭇해하는 게 눈에 보였다.

"예. 잘했습니다. 방송 보면 놀라실걸요."

"역시 우리 아들이야~"

선아현은 수치사할 것 같은 얼굴로 앞좌석의 뒤판에 얼굴을 박았다. 가족을 만나니 표현이 한결 자유로워졌다.

'역시 만악의 근원은 또래 관계였군.'

나는 정중하게 원룸 주소를 알려 드리고 등받이에 몸을 기댄 채로 편안하게 이동을 즐겼다. 가끔 질문에 대답만 하면 되니 꿀이었다.

화목한 친구 가족을 보고 기분이 이상해지는 단계는 옛적에 지났다. 덕분에 이 편안한 착석감을 충분히 즐길 수 있었다.

"잘 들어가요~"

"넵. 감사합니다."

"여, 연락할게!"

"그래."

나는 선아현의 가족들과 여러 번 작별 인사를 한 뒤에야 내 주소에서 내릴 수 있었다.

'생각보다 TMI를 너무 들었군……'

선아현이 유럽으로 유학을 갔고 발레도 배웠다는 것까지 내가 알 필요가 있었을까 싶다만, 차를 얻어 탄 값이라고 생각하도록 하자.

나는 낡은 계단과 복도를 지나서 내가 계약한 원룸 앞으로 다가갔다. 이제 들어가면 무조건 잠부터…….

'아.'

이런 X발… 문이 열려 있다.

"……."

나는 소리가 나지 않도록, 조심스럽게 원룸 현관문 손잡이에서 손을 뗐다. 분명히 이중으로 잠금을 해두고 촬영을 나갔는데 돌아와 보니 잠금이 다 풀려 있다?

'올 것이 왔군.'

유명세가 생기면 따라오는 문제. 사생활 침해 편이다.

이미 걱정했던 문제긴 했다. 금전상 다른 대책이 없어서 그냥 놔두고 있던 거지.

'…일단, 안에 중요한 물건은 없다.'

별로 산 것도 없고, 옷도 촬영 때문에 이미 다 챙겨 왔기 때문에 원룸에 가치 있는 건 전무했다.

'그럼 이대로 조용히 나가서……'

거기까지 생각하는 순간, 스마트폰이 울렸다.

지이이잉!

[선아현]

화면에 뜬 이름을 확인한 순간, 문제를 깨달았다. 여기 원룸 벽이 종잇장 수준이라 방음이 안 된다.

'X 됐다.'

나는 황급히 문에서 떨어져서 당장 비상구 쪽으로 달렸다. 비상구 앞 모퉁이에서 꺾어서 사각지대로 들어가자마자 문이 열리는 소리가 들렸다.

끼익.

문틈으로 머리를 쑥 내밀었다가 주변을 살피고 들어가는 웬 여자의 뒤통수를 보았다.

"……"

세상 멀쩡하게 생긴 사람이었다. 생전 처음 보는데 남의 집에 무단침입해 있다는 게 문제지.

식은땀이 흘렀다.

'돌겠네.'

나는 우선 비상구 밖 계단으로 나가서 전화를 받았다. 전화를 건 것은 화면에 뜬 그대로 선아현이었다.

─무, 문대야 저기… 아직 식사 안 했어?

"안 했는데, 지금 내가 밥 먹을 때가 아닌 것 같다."

─어, 어?

"집에 누가 무단침입해 있어."

─허, 헉.

전화기 뒤로 숨을 삼키는 선아현의 목소리와 무슨 일이냐며 묻는 부모님의 목소리가 들렸다. 원래라면 대충 둘러대고 끊었겠지만, 지금은 귀찮다고 얼버무릴 상황이 아니었다.

'경찰서까지 태워달라고 부탁해야겠군.'

112에 신고했다가 경찰차라도 출동하면 동네가 소란스러워질 테고, 자칫하면 괜히 이상한 루머가 생길 수도 있었다. 이제 막판인데 괜한 빌미를 줄 필요는 없으니 직접 가서 상황 설명하고 조용히 인계할 생각이었다.

'택시 부르다가 한세월은 걸릴 줄 알았는데 차라리 잘됐어.'

─자, 잠깐. 우, 우리 바로 갈게. 바로 내려와! 시, 신고해야…….

"내가 직접 가서 하려고. 미안한데 경찰서까지만 좀 태워주실 수 있을까?"

-다, 당연하지!

나는 선아현과 통화하며 바로 계단으로 내려갔다. 정말 별일을 다 겪는구나 싶었다.

이후 일은 다행히 일사천리로 진행되었다.

나보다 더 식겁한 선아현과 부모님이 당장 경찰서로 달려가 준 덕에 곧바로 신고를 진행할 수 있었다.

-네? 아, 여자가…….

-모르는 사람입니다.

-아, 그래요.

경찰은 좀 시큰둥한 기색이었지만 어쨌든 출동은 해줬다.

그리고 밝혀진 전말은 이렇다.

'설마 한 명이 아닐 줄이야.'

원룸 안에 있던 것은 총 4명이었다.

그들은 함께 집을 뒤진 뒤 식기와 옷가지를 마구잡이로 챙겨 쓰고 있었다. 이미 다른 아이돌을 스토킹한 전적이 있는 몇 명이 의기투합해서 내 뒤를 밟은 뒤, 방범이 허술한 원룸에 침입한 모양이었다.

'상상도 못 했다.'

나는 떨떠름하게 어깨를 주물렀다. 더 큰 문제는 경찰이 그다지 체

포하고 싶지 않다는 태도로 일관했다는 점이다.

'동네 뽑기 운이 나빴나.'

발각된 4명도 긴장한 기색 없이 나한테 자꾸 말을 붙이려고 들며 실실 웃었다.

—야!

—문대야, 안 들려?

—너 귀 들리잖아. 대답 좀 해봐~

—박문대!

'대충 훈방 아니면 벌금이겠군.'

진짜 원룸 안 옮기면 큰일 날 것 같다.

"무, 문대야. 괜찮아?"

"어? 아. 괜찮아."

선아현은 안절부절 젓가락을 들었다 놓았다. 내가 밥을 얻어먹는 입장이라 민망할 정도였다.

일이 끝나고 들은 사정은 이렇다.

—그, 근처에서 외식하기로 했는데, 너, 너도 같이 먹으면 좋지 않을까 해서….

—아. 그래서 전화한 거구나.

—으응!

덕분에 지금 선아현네 외식 자리에 합석하게 되었다.

'이 집 갈비 잘하네.'

나는 묵묵히 고기를 입으로 가져갔다. 잠을 못 잤으니 먹기라도 잘 먹어야겠다.

"세상에, 요새 진짜 이상한 사람들 많아. 어떻게 그런 짓을⋯."

"우선 부모님께 연락드리는 게 좋지 않겠니?"

선아현 부모님은 많이 놀랐는지 이 대화 패턴을 몇 번이나 반복하고 계신다.

'흠.'

잠시 고민했으나 그냥 사실대로 말했다. 오늘 여러모로 도움을 많이 받은 데다가 밥까지 얻어먹고 있는데 최소한 답변이라도 성실하게 하는 성의는 보여야겠지.

"예전에 사고가 좀 있어서⋯ 부모님 안 계십니다."

헙. 숨을 들이 삼킨 선아현의 아버지를 흘겨보며 어머니 쪽이 조용하게 물었다.

"따로 연락할 어른 계시니?"

"특별히⋯ 떠오르는 분은 없습니다."

내가 박문대 몸에 들어와서 아는 사람이 없는 것도 있지만, '박문대'도 딱히 보호자가 있는 흔적은 없었다.

'이렇게 보니 진짜 비슷하군.'

지금 보니 좀 흥미로웠다. 내가 박문대의 몸에 들어온 이유 중에 배경의 유사성도 있을지 궁금했다. 하지만 식탁 위 분위기가 늪처럼 가라앉고 있었으니 수습부터 하자.

"아주 어릴 때부터 이런 건 아니고요. 여러 사정이 겹쳐서 이렇게 된 거라⋯⋯. 지금도 지내는 데 특별히 문제는 없습니다."

"그러니?"

"네."

선아현의 어머니는 괜한 호들갑 대신 미소를 지었다.

"그래. 혼자 지내면 이것저것 할 게 많아서 바쁠 텐데, 그동안 우리 아현이 잘 챙겨줘서 참 고맙다."

"아뇨. 제가 도움 많이 받았습니다."

"⋯⋯."

이쯤에서 선아현이 펄쩍 뛰면서 부정할 줄 알았는데 말이 없었다. 돌아보니 선아현은 입을 꾹 다문 채로 고기를 열심히 뒤집고 있었다.

'그러고 보니 애도 내가 부모님 없는 걸 몰랐나?'

생각해 보니 제작진한테만 이야기하고 그 후로 방송에서 다룬 적이 없었다. 그럼 꽤 놀랐을 것 같은데, 선아현은 최대한 내색하지 않으려는 모습이었다.

'본인이 저런 반응을 원하나 보군.'

이제 보니까 어쩌면 촬영 초기에 선아현이 '박문대'를 졸졸 따라다닌 것도 저기서 이유가 기인하지 않았나 싶다.

'첫 등수평가에서 선아현의 증상을 적당히 넘기고 리액션했기 때문인가.'

추측이 대충 짜임새는 맞았다. 뭐 중요한 추리는 아니다만.

나는 어깨를 으쓱하고, 고기나 더 주워 먹었다. 일단 다른 방도가 없으니 오늘은 그 원룸에서 보내고, 내일 바로 어디라도 구해봐야겠다.

그러나 식사 직후 뜻밖의 동아줄이 내려왔다.

"거, 거기에 다시?"

"잡혀갔으니까 최소한 오늘은 안 오겠지."

"그, 그래도……."

일단 원룸에 돌아갈 예정이라는 말에 기겁한 선아현과 가족들이 수군거리더니, 다음 촬영 때까지 선아현의 자취 집에 얹혀살 수 있게 됐다.

"……?"

뭔진 모르겠지만 개이득이니 입 다물고 따라가도록 하자.

박문대가 뜻밖의 거주지 등급 업의 기쁨을 누리고 있을 때 즈음, 인터넷에서는 방청을 마친 사람들이 미친 듯이 스포일러를 풀고 있었다. 프로그램이 너무 잘나가는 탓에 이쯤 되니 더 이상 발설 금지 조항이 씨알도 먹히지 않았다.

언급량이 많았던 것은 개인으로는 단연 차유진이었으나, 팀으로는 〈달토끼〉 팀이 압도적이었다.

-그걸 오프닝에 꽂냐 다음 팀이 불쌍했음
-등수 높은 건 이유가 있더라! 다 존잘이었당
-무대 나오면 인터넷 뒤집어진다에 건다ㅋㅋ

-선아현 왜 욕먹음? 개 잘하던데

〈달토끼〉 팀 소속 참가자 팬들의 여론몰이라며 어떻게든 분위기를 누르려는 사람도 많았지만, 방청 인증이 속속들이 올라오자 슬그머니 악담을 남기고 사라졌다.

그리고 여기, 본인도 지인도 방청에 당첨되지 못해 종일 넋을 놓고 있던 박문대의 네임드 팬 계정 운영자가 있었다. 첫 팀전에 카메라를 몰래 숨겨 갔다가 박문대에 정착한 바로 그 사람이다.

'내 인맥이 이렇게 부족했던가.'

아직 팬덤이 형성된 지 얼마 되지 않은 서바이벌 참가자라, 네임드 계정으로서 최대한 친목질을 자제했더니 돌아온 것은 정보전 패배였다. 그녀는 떨리는 손으로 현재 인기 글을 클릭했다.

[방청 갔다 왔다. (사진 有) (361)]

: 이런 거 된 적이 처음이라 두근거리면서 다녀왔는데 진짜 문대 얼굴 본 것만으로도 가치가 차고 넘쳤다ㅠㅠ

문대 첫 번째 팀으로 나왔는데 토끼 탈 쓰고 한복 입었어. 퓨전 판타지 사극 등장인물 같더라. 존멋이라 견디지 못하고... 살짝 찍었음ㅠㅠ

그리고 무대방송빨이라는 거 진짜 개소리임 너무 잘해서 아직도 심장 두근 거려ㅠㅠ

노래 진짜 탈 인간급으로 잘하고 춤도 잘만 추던데 못 한다고 염불 외는 애들은 대체 뭘 보고 튀어나오는지 모르겠다.

밑으로 자세한 감상 적을게!

…….

그녀는 그 글을 한 자씩 정독하다가, 사진을 찍었다는 말에 참지 못하고 스크롤을 확 내렸다. 밑에 토끼탈을 비스듬히 쓰고 두루마기를 걸친 박문내의 상반신 사신이 있었다.

"악!!"

별빛이 빛나는 검은 배경에 군청색 두루마기를 걸친 금발의 박문대는 진짜 더럽게 잘생겨서 그녀의 마음을 슬프게 만들었다.

'데이터를… 사야 하나.'

그녀는 슬픔을 이기지 못하고 중얼거렸다. 그러나 데이터 파는 놈들도 법적 문제가 생길까 봐 보통 이런 건 방영 이후에나 팔았다. 빨라도 9화 예고편, 늦으면 10화 본방에서나 볼 수 있는 저 모습을 상상할수록 머리가 빙글빙글 돌았다.

"…광고, 광고나 보자……"

그녀는 막방 전에 올릴 새로운 광고 시안을 화면에 띄우며, 마음을 다잡으려 애썼다.

'아니, 근데 이 광고에도 저 때 사진을 쓰면! 좋을 텐데!'

그리고 다시 울부짖으며 SNS에 접속했다. 방청 후기를 검색하는 그녀의 일과는 9화 예고편이 나올 때까지 계속되었다.

선아현 자취 집에 얹혀사는 것은 원룸에서 살 때와는 질적으로 다른 삶을 제공했다.

물론 중간에 원룸 주인과 훼손된 현관문 잠금장치 보상 문제로 골아픈 일이 있기는 했다. 하지만 그 정도야 박문대 몸에 들어오기 전에도 연례행사로 일어났던 일이니 딱히 기분 상할 것도 없었다.

중요한 건 곰팡이 없는 방에서 잔다는 점이다. 그리고 방음이 좋아서 귀마개 없이 잘 수 있다는 것도 한몫했다.

그러나 소음 없는 환경에 대한 즐거움은 오늘 누릴 수 있는 이점은 아니었다.

"아니, 니들끼리만 재밌게 지내고 있었다니!"

큰세진이 놀러 왔기 때문이다. 오늘 9화를 같이 시청하자며 동갑 단체방에 떠들던 큰세진은, 내가 선아현의 집에 신세를 지고 있다는 말에 급발진하더니 기어코 아침부터 쳐들어왔다.

"어, 어서 와!"

선아현은 그저 즐거워 보였다. 집주인이 좋다니 내가 뭐라고 할 수 있는 부분도 아니라는 뜻이다. 큰세진은 히죽히죽 웃으며 거실로 들어오더니, 챙겨온 보드게임을 꺼냈다.

…정말 본격적으로 놀 생각이 만만한 것 같았다.

지이이잉.

"박문대 연락 오는 거 아냐?"

"어. 맞네."

나는 식탁에 둔 스마트폰이 울리는 것을 확인했다.

[김래빈 : 안녕하세요 형. 오늘 9화가 방영되는 날입니다. 혹시 시간 괜찮으시면 함께 시청할 수 있을까요?]

음, 어차피 같은 팀이니 여기 껴도 상관없을 것 같았다. 큰세진이 있는 시점에서 조용한 시청은 글렀으니 괜찮겠지.

"래빈이가 9화 같이 보자는데 부를까?"

"어? 찬성~"

"조, 좋지!"

곧바로 만장일치가 나오는군. 나는 별생각 없이 김래빈에게 상황을 설명하는 문자를 보냈다. 그러자 약간의 텀을 두고 답장이 왔다.

[김래빈 : 저... 차유진도 있는데, 같이 시청해도 괜찮을까요?]

"……."

야, 그건 좀…….

사실 차유진 하나 낀다고 시청 분위기가 박살 나지는 않을 것이다. 그러나 9화에서 차유진의 팀 분위기가 지옥 불에 떨어지는 장면이 나오면 굉장히 숙연해지겠지.

괜히 불편해질 필요가 있나? 나는 스마트폰을 들고 짧게 고민했다. 적절한 거절 문구를 고르기 위해서였다.

큰세진이 끼어든 건 그쯤이었다.

"뭐야?"

"아, 김래빈이 차유진 껴도 되냐는데."

"음… 괜찮을 것 같은데?"

큰세진이 씩 웃었다.

"설마 제작진이 9화에서 그 팀을 풀겠어? 10화 예고편에나 나오겠지 뭐!"

"……."

와 거기까진 생각 못 했네.

게다가 이렇게 노골적으로 말할 줄이야. 학폭 논란 이후로 이상한 신뢰도가 생겼는지 대놓고 말하는 경우가 늘어난 것 같다.

"이번 기회에 친목도 쌓으면 더 좋고~ 아 맞다, 집주인 의사가 중요하지! 아현이 어때?"

"나, 나는 괜찮아!"

"그렇대!"

선아현은 쿨하게 예스를 외치고 보드게임 룰을 읽는 것에 집중했다. 이놈도 성격이 좀 변한 것 같았다. 말도 안 놓은 참가자를 자기 집에 선뜻 부를 줄이야.

"뭐… 그렇다면야."

오라고 하지 뭐. 나는 떨떠름하게 김래빈에게 답문을 넣었다.

김래빈과 차유진이 도착한 건 점심 이후였다.

"오~ 어서 와!"

큰세진이 쾌활하게 인사했다.

참고로 '이렇게 됐으니 형도 불러야겠다'라는 큰세진의 발언에 의해 황급히 합류한 골드 1도 거실에 앉아 있었다. 팀원 중에 골드 1만 안 부르면 그림이 이상해지는 건 맞는데, 여기에 차유진이 끼는 것도 그림이 이상한 건 매한가지였다.

"안녕하세요. 잘 부탁합니다."

차유진은 의외로 꾸벅 고개를 숙이더니, 들고 있던 종량제 쓰레기봉투를 내밀었다. 참고로 봉투 안에 든 것은 모두 과자였다.

"일단 치킨 시켰는데, 더 먹고 싶은 거 있으면 또 시키자."

"예."

김래빈은 고개를 끄덕이고 얌전히 구석에 앉았다. 안 시키겠다는 뜻이었다. 그러나 차유진은 눈을 반짝거리며 물었다.

"그럼 피자 시킬 수 있나요?"

"그럼!"

"와우!"

차유진은 감탄사만 남기고 배달 앱을 켰다. 여전히 기가 죽어 있을 줄 알았는데 자기 혼자 해맑은 건 여전했다.

김래빈은 침착하게 안부 인사를 주고받았다.

"형들은 아침에 합류하신 건가요?"

"아, 나는 그렇고~ 문대는 더 전에 왔어."

"예?"

굳이 숨길 건 없지만, 좀 귀찮긴 했다. 어쨌든 무시할 수는 없으니 원룸에서 일어난 대환장을 설명해 줬다. 중간중간 선아현이 끼어들어서 이야기를 보충했다.

이런 식이었다.

"…그래서 현관문 안으로 들어가니까, 다른 사람도 있더라고."

"히이익!"

"하, 한 명이 아니라, 3명이나 더 있었어!"

"…음, 그렇지. 그래서 경찰이 연행하는 데 시간이 좀 걸렸고."

"겨, 경찰분들이 너무 건성으로, 아무 일도 아닌 것처럼… 너, 너무 했어."

"너무… 했지. 그래."

이 과정을 반복하다 보니 어느새 사건은 점점 더 과장되어 마치 인터넷 주작 썰처럼 변해 있었다. 덕분에 설명을 다 들은 참가자들이 혀를 내둘렀다.

"와, 너 아현이네 오길 잘했다. 무섭네."

"그러게. 야… 나도 집 앞에 누가 찾아온 적은 있는데, 저럴까 봐 걱정이다. 집에 동생도 있고……."

"헐, 누가 왔다고요?"

"어. 나중에 들으니까 초인종 누르고 앞에 계속 앉아 있어서 동생이 밖에 못 나갔다잖아."

"어우……."

자취하거나 소속사의 숙소에서 사는 사람들 위주로 비슷한 경험담이 쭉 나왔다. 충격과 공포의 〈아주사〉 본방 시청 전에 어울리는 섬뜩한 화제였다. 치킨을 먹을 때 즈음에는 아예 아는 참가자의 친구 아이돌 이야기까지 지나갔다.

"……그래서 들어가 보니 샤워실에서 렌즈감지기 소리가 '삐삐-' 울리면서…"

"미쳤네."

다음으로 도착한 피자를 씹고 있을 때야 TV에서는 마침내 〈아주사〉 9화 본방송 전 8화 재방송이 나오기 시작했다. 적당히 코멘트를 붙이며 그걸 감상하고 있자니, 끝날 즈음에는 차유진까지 분위기에 잘 끼어 있었다.

"3위 진짜 하나도 안 아쉬웠어?"

"아쉬웠는데 좋았어요."

"야, 멋지다."

"히히."

골드 1의 감탄에 차유진이 히죽거렸다. 대체 〈허스키야〉 팀에서는 무슨 지랄이 나서 저런 놈을 풀 죽게 만들 수 있었는지 신기했다.

그렇게 피자 박스가 깨끗이 비워지고 나서야 9화가 시작했다.

[재상장! 아이돌 주식회사!]

이제 지긋지긋해지려는 로고가 뜨고, 먼저 나온 분량은 장기자랑이었다.

여기선 참가한 참가자들이 그럭저럭 골고루 분량을 챙겨 갔다. 힐링을 표방하고 진행한 컨텐츠라 그런 건지 아니면 급조된 부실한 진행을 훈훈함으로 때우려는 건진 모르겠지만, 그래도 대다수가 적당히 캐릭터를 살리는 유머러스한 장면을 챙겨 갔다. 큰세진이 대표적이었다.

문제는 내 분량이… 개그로 등장해서 개그로 끝났다는 점이다.

[이 순간… 무대를 지배한다!]

[박문대, 그는 트로트에 진심인가?]

노래 부르는데 이딴 자막을 넣더라고. 대놓고 오글거리게 만들었으니 웃으라는 뜻이었다.

그리고 다들 참 잘 웃었다.

"으키키킥!!"

"프읍……."

"인성 되게 좋아 보이는 분량이다. 축하해 문대야!"

마지막은 큰세진이다. 나는 탄산을 마시던 큰세진의 등을 말없이 한 대 쳤다.

"커헙."

차라리 웃지 그랬냐.

박문대의 분량은 여기서 끝이 아니었다. 김치 냉장고를 타고 참가자들이 뛰어나와서 열광의 도가니탕이 된 장면 끝에, 아예 도장을 찍듯이 인터뷰까지 삽입했다.

[Q : 트로트 좋아하나요?]

[박문대 : 네.]

즉답 후 엄지를 들어 보이는 컷이 삽입되었다.

'저거 팀 마음에 드냐고 물어봤던 인터뷰잖아.'

이 미친놈들은 무슨 날조를 이렇게 매 화마다 한단 말인가. 게다가 자막은 거기에 못을 박고 있었다.

[트로트 러버 박문대 참가자, 김치냉장고와 행복하세요!]

아직 김치냉장고는 받지도 못했다 개자식들아.

더 열 받는 점은 이후 9화에서 내 분량이 저절로 끝이라는 것이다.

'더럽게 실속 없는 것만 줬네.'

초반이었다면 일단 긍정적인 분량에 감사했을 터다. 그러나 지금은 아니었다. 슬슬 마지막 팀전이 다가오고 있는 시점에서 그다지 득이 되는 편집이 아니기 때문이다.

'절실해 보이지 않는다'는 평만큼 서바이벌 결승전 표에 치명적인 말도 드물었다. 그리고 지금까지 방송에서의 박문대는… 솔직히 그다지 절박해 보이진 않았다. 간절해 보이는 장면보다 웃긴 장면이 차라리 더 많았을 정도라면 이해가 갈 것이라 생각한다.

그래서 이번 팀전에서 좀 더 열심히 한 측면도 있건만, 이 경향성이 계속 간다면 그다지 '절실함'이 조명받을 것 같지는 않다.

'어쩔 수 없나.'

애초에 여기서 최종 데뷔하겠다 결심하고 나온 게 아니었으니까.

그런 컷을 보여줄 만큼 노린 적도 없고 뽑을 타이밍이 꽤 지나긴 했다. 내가 무슨 백스토리가 있어서 팬분들이 자체적으로라도 절실한 이미지를 만들어서 공유할 수 있는 것도 아니었다.

'좀 웃기는 일이긴 하군.'

사실 여기 나온 사람 중 제일 절박한 것은 나다. 데뷔 못 하면 죽는 놈은 아마 나밖에 없을 것이다.

'마음의 준비를 좀 해둬야 하나.'

마지막 화에서 갑자기 순위가 폭락해서 떨어지더라도 그러려니 하자. 누가 주워가든 데뷔는 빨리할 수 있겠지.

나는 입맛을 다셨다. 왠지… 좀 아쉬웠다.

'기왕 활동할 거면 좀 편한 놈들이랑 하는 게 나을 텐데.'

아마 여기서 과반수는 데뷔할 것이다. 거기에 못 낄 수도 있다고 생각하니 묘한 패배감도 들었다. ……처음 촬영을 시작했을 때와 비교하자면, 나도 꽤 많이 변한 것 같았다.

그러나 감상에 젖어 있을 여유는 없었다. 놀랍게도 제작진이 9화 끝에 〈허스키야〉 팀이 망하는 것을 통으로 넣어준 것이다.

[최원길 : 그러니까, 형도 이 정도는 할 수 있잖아요.]

[이세진A : 할 수 있는 거랑 하고 싶은 건 엄연히 다른 의미 아니야?]

[최원길 : 형 지금 실력을 증명해야 하는 순간이잖아요. 잘 생각해 보시면……]

[기정균 : 저렇게 이야기하는데 좀 도전해 보는 게 어때요. 나중에 후회하지 말고.]

[이세진A : ……그만 좀.]

방송은 이 대화 뒤에 이세진의 얼굴이 썩어가는 장면을 몇 초나 길게 잡아서 송출해 줬다.

그리고 완전히 감정이 상한 상태로, 서로를 거의 주먹이 나갈 듯이 쳐다보며 짧게 문답하는 모습이 다시 나왔다. 카메라를 의식해서 참는 게 역력했다. 하필 류청우가 제작진에게 선곡을 제출하러 갔을 때 일어난 참사라 중재할 사람도 없었다.

[차유진 : …….]

참고로 차유진은 한번 끼어들었다가 아예 없던 발언처럼 무시당했다. 분위기에 맞는 발언이 아니라 그럴 줄 알았다.

"……."

차유진이 우울한 얼굴로 화면을 보더니 곧 얼굴을 컵에 처박고 탄산음료나 마시기 시작했다. 내가 보기엔 오히려 덕분에 욕먹을 소지 없이 잘 넘어간 것 같은데 본인 입장은 달랐나 보다.

[류청우 : …무슨 일이야?]

9화는 돌아온 류청우가 완전히 박살 난 팀 분위기를 보며 당황하는 것으로 끝났다.

[절체절명의 분위기, 과연 그들은 무사히 무대를 완성했을까?]

"아, 완성했지~ 그치?"

"맞아. 잘하더라."

큰세진이 적절히 치고 들어와서 분위기를 풀었다. 굳이 나한테 호응을 유도한 이유는 모르겠지만 적당히 맞장구쳐 줬다. 차유진은 겨우 탄산음료에서 얼굴을 떼고 웃었다.

저거 아무래도 슈가 하이에 중독된 것 같은데?

'…설마 내 탓인가.'

나는 불길한 생각을 얼른 지웠다. 화면에서는 이제 중간광고의 탈을 쓴 끝광고가 나오고 있었다. 시간을 보니, 아마 광고 후에 짧은 예고편이나 비하인드 컷이 나오면서 바로 방송이 끝날 것이다.

"오늘은 준비 과정만 보여주네."

"그러게. 우리 별로 안 나왔다."

〈달토끼〉 팀은 초반 결성 때만 짧게 보여준 후 거의 분량이 없었다. 제작진이 임의로 순서를 조정할 수 있다지만, 그래도 첫 무대니 9화 마지막에 걸리지 않을지 약간 기대했는데 아예 아무 무대도 편성을 안 할 줄이야.

'이러면 시청률이 떨어지지 않나?'

잠시 의아하게 생각하고 있자니 중간광고가 끝나고 화면에 다시 〈아이돌 주식회사〉가 나오기 시작했다. 등장한 것은 바로 MC 혼자였다.

"……느낌이 안 좋은걸?"

"너도? 야 나도."

방송에 MC가 단독으로 나와서 좋은 적이 없었기 때문에 참가자들은 반사적으로 긴장해서 침을 삼켰다.

[〈재상장! 아이돌 주식회사〉, 오늘도 즐겁게 시청하셨나요?]

"아뇨."

"아니오."

여기저기서 힘없는 부정이 나왔다. 촬영 때는 하지 못하는 소소한 일탈이었다.

[이번에 제가 발표해 드릴 부분은… 바로, 지금까지의 주식 현황입니다!]

"뭐?"

"음, 이렇게 쉽게 알려주시진 않을 것 같습니다. 아마 특정 등수 몇 명만 공개하지 않……."

[단, '깎인 주식'만을 발표합니다! 주주 여러분은 어떤 주식을 가장 많이 매도하셨을까요?]

"맙소사."

김래빈이 탄식했다. 그럴 만했다.

'대체 어떤 미친놈이 마이너스 투표 수치만 공개하겠다는 발상을 한 거냐.'

대충 큰 어그로는 이미 알고 있었기 때문에 웬만한 건 별로 놀랍지도 않을 거라 생각했다.

'그런데 이런 서프라이즈가 있을 줄은 몰랐지.'

이번 화에 무대를 안 넣은 패기는 여기서 나온 게 분명했다.

[그럼 지금 바로, 매도 순위를 공개합니다!]

MC의 말과 함께, 화면에 마이너스 표시가 붙은 순위가 주르륵 정렬되었다.

그리고 거실은 침묵에 휩싸였다.

데뷔 못 하면
죽는 병 걸림

CHAPTER
5

마이너스 투표 1위는… 뻔했다.

[1위 최원길]

'끝났군.'
9화 편집을 보니 저놈은 이변이 생기지 않는 이상 다음 순위 발표식에서 보는 게 마지막일 것이다.
문제는 2위부터였다.

[2위 선아현]

이쪽도 사실 예상 가능한 순위긴 했다. 지난 투표 시작 기간과 선아현을 향한 비난 여론이 절정이었던 시기가 딱 맞아떨어졌으니까.
그러니 차라리 잘된 일이었다.
최원길과는 달리 선아현은 갑자기 과하게 공격받은 탓에 안 그래도 슬슬 동정여론이 부상 중이다. '선아현이 마이너스 2위 할 정도는 아닌데?' 같은 소리가 전반적으로 조성되면서 분위기가 완전히 뒤집힐 확률이 높았다. 게다가 이번 팀전도 잘했으니 안정적이다.

'막판에 흐름을 잘 타겠군.'

그러나 당장 면상에 2위를 맞은 당사자한테 이 분석을 들이대 봤자 통할 리 없었다. 덕분에 거실에 TV 소리만 몇십 초째 울리고 있다.

"……."

'본방 단체 시청하자는 놈 또 나오면 연을 끊는다, X발.'

분위기가 죽여줬다.

게다가 2위에서 시선을 조금만 내리면 4위가 이세진B. 그러니까 큰 세진이다. 이놈은 논란 터진 밤에 배신감으로 남은 표수를 다 털어버린 사람들 때문에 이렇게 된 것 같은데.

'금방 수습됐으니 오히려 걱정돼서 표 주는 사람이 속출하겠지.'

아니나 다를까, 큰세진이 제일 먼저 웃으며 입을 열었다.

"아~ 우리 팀전 방영만 되면 딱 뒤집히는 건데, 그쵸?"

"그러게 말이다."

"뒤집히긴 힘들 것 같습니다."

"…?"

갑자기 입을 연 김래빈이 진지하게 개소리를 중얼거렸다.

'미쳤냐?'

큰세진이 그렇게 말하는 듯한 눈으로 쳐다보았지만, 김래빈은 꿋꿋이 말을 이었다.

"이번 팀전도 잘 완수했으니, 아마 득표율에 크게 하락세가 나타나진 않을 것 같습니다."

"…??"

"…야, 너……. 음, 래빈아. 마이너스 투표인 건 알지?"

"예. …아!"

김래빈이 말똥말똥한 눈으로 골드 1에게 대답하다가, 곧 뭔가 깨달은 것처럼 감탄사를 뱉고 설명을 덧붙였다.

"마이너스 투표도 일반 득표율과 비례해서 증가하는 경향성을 보이니까요."

최원길 같은 특수 케이스를 제외한다면 통계적으로 맞는 말이었다. 해당 참가자의 투표 규모의 문제가 되니까.

"…어어?"

"그렇긴 하지."

순간 분위기가 풀렸다. 지난 순위 발표식을 떠올린 참가자들이, 김래빈의 발언이 합리적이라는 것을 깨달은 것이다.

'발상 괜찮네.'

소통 능력이 좀 떨어지긴 해도 확실히 쓸 만한 놈이었다. 선아현도 어느새 긴장을 낮추고 골드 1의 너스레에 적당히 리액션을 보내고 있었다.

"허, 그럼 나 탈락인 거 아냐? 나 21위인데!"

"형님! 형님은 안티가 없어서 그런 거죠!"

"마, 맞아요."

나는 이미 광고로 돌아간 TV 화면을 보는 대신, 인터넷으로 순위를 다시 확인했다.

[8위 박문대 ▼3]

앞으로 차유진, 뒤로 류청우가 있는 등수였다. 그리고 지난번 순위 발표식의 마이너스 표 수치와 비교했을 때는 3계단 등수가 내려간 모양이다.

'좋아해야 하나.'

분석이 힘들었다.

사실 논란이 된 적 없는 차유진이나 류청우에 비해, 방송의 '박문대'는 구설수가 좀 있었다. 그래서 애매했다. 이것이 '박문대'의 부정적 여론이 이제야 잦아든 증거인지, 아니면 전체적으로 '박문대'의 투표 규모 자체가 줄어든 것인지.

'하락세는 아니면 좋겠는데 말이지.'

무대는 매번 괜찮게 뽑았다고 생각한다. 직캠 조회수나 언급량은 지속적으로 늘었다. 내 주변에 앉은 놈들도 대부분 지표가 좋았다는 게 문제지.

'…한 열세 명쯤 뽑았으면 무조건 안정권인데.'

이미 몇 명 뽑는지 알고 있으니 그런 행복회로를 돌릴 수가 없었다. 나는 쓴 입맛을 다시고 이번 화 반응이나 살펴봤다. 박문대의 분량이 별로 없어서 큰 반향은 없었다.

대충 이런 식이었다.

-문대.. 트로트도 잘해? 대체 못 하는 게 뭐임?

-(대충 존나 귀엽다는 비명)

-김치냉장고 타고 눈 크기 두 배 된 댕댕이 (짧은 동영상)

-여러분 문댕댕이 트롯 서바이벌에 나가지 않은 걸 감사하게 생각합시다 흐

미 잘못하면 뺏길 뻔했자나

헛웃음이 나왔다. 말도 안 되는 발상이라 좀… 귀여웠다.

'아이돌 안 되면 돌연사인데 트로트는 무슨.'

그러나 피식거리며 다음 인기 글을 읽는 순간, 가볍게 소름이 돋았다.

-박문대 사실 인생 2회차가 아닐까? 합리적 의심임 암튼 그럼

"……."

이걸 맞추네.

어쨌든 그 외에는 소소하게 토끼 반이 마음에 든다는 이야기였다. 그리고 물밑을 좀 더 찾아보니, 차유진의 팀인 강아지 반에 안 들어가서 다행이다는 반응도 제법 보였다.

-기왕 댕댕인 거 별명 따라갔어도 좋았을 텐데 아쉬운 20분 전 내 글을 삭제하는 중임

-솔직히 그놈의 빅데이터 알고리즘 들먹일 때 개수작 부린다고 생각했는데 우리 애 머리채는 무사해서 다행일 뿐...

-ㅋㅋㅋ홈페이지에 그 빅데이터 어쩌구 올린 거 보고 왔는데 존나 치밀하게 잘랐더라 제작진 그 반에 죽이고 싶은 참가자 있나?

전체적으로 '박문대'를 좋아하는 사람들의 글 분위기가 다 이런 식이었다. 이번 무대도 괜찮겠다는 안도감과 기대감. 어지간하면 데뷔하

겠구나, 하는 약간의 여유.

사람들이 즐거워 보이는 건 좋다만, 나는 오히려 1차 팀전 때보다도 확신이 없었다. 아마 결승이 목전이라 더 그런 것 같았다.

'이번 팀전에서 분량이 없을 것 같은데.'

무대는 잘 뽑은 것 같다. 하지만 아무리 생각해도 〈달토끼〉 팀에 나보다 스토리라인 빼기 좋은 참가자가 과반수였다.

'유지보수는 했다는 데 만족해야 하나.'

어차피 방송 중반부터는 분량을 너무 많이 받아도 욕을 먹었다.

팀에서 한 놈만 주인공처럼 나온다? 팬도 늘지만, 반감도 사기 쉬웠다. 방송 분량은 한정되어 있는데 저놈이 나오면 내가 좋아하는 놈이 못 나오기 때문이다.

그리고 '박문대'는 분량을 아예 못 챙긴 적은 없지만 혼자 다 처먹어 본 적도 없었다. 꼬투리 잡을 여지를 주지 않은 것에 만족해야겠지. 나는 다소 아쉬운 마음으로 인터넷 창을 껐다.

그리고 일주일 뒤, 이 아쉬움은 쓸데없는 김칫국이었다는 게 밝혀진다.

"...??"

왜 분량이 있냐.

박문대의 가장 규모가 큰 익명 팬 커뮤니티는 10화가 방영되기 전부터 기대로 가득 차 있었다. 예고편에서 짧게 지나간 〈달토끼〉 팀 무대 장면에 박문대의 상반신 컷이 있었기 때문이다.

열흘 만에 나온 고화질 떡밥에 다들 극도로 흥분한 상태였다.

-예고편 문댕 얼굴 돌았다

-아ㅋㅋ 얼굴만 봐도 각 나오네 오늘 방송 끝나자마자 직캠 스트리밍 간다 1000만 가자

-한복? 토끼탈? 미쳤나봐 어떻게 매번 팀전마다 컨셉을 이렇게 잘 뽑음? 이번에도 문댕 아이디어 같지.

└맞을 듯 무대 뽑는 거 보면 소나무가 따로 없음 덕후 마음 조지는 컨셉만 잡네ㅋㅋㅋ

└역시 아이돌의 별 아래에서 태어난 게 분명하다

└이거 맞다

신나서 떠들던 그들은 10화가 시작하고 나서도 비슷하게 박문대의 이야기만을 떠들었다. 관련 없는 다른 참가자의 팀들이 나오는 것은 간간이 큼직한 소식만 띄엄띄엄 올라오기를 40분째.

겨우 〈달토끼〉 팀의 분량이 나오기 시작했다.

-제작진 놈들 진짜 끝에 욱여넣었네

-방청 스포 보니까 오프닝이었다며!! 오프닝이! 왜! 여기에!

-인질 노릇도 한두 번이지 아 열 받아ㅋㅋ

-문댕 나온다 드디어ㅜㅜ

사람들의 화제가 드디어 실시간 방송으로 집중되었고, 〈달토끼〉 팀의 선곡 과정은 별다른 손질 없이 조별과제 희망 편 같은 분위기 그대로 방송을 탔다.

-문댕 : 허허 네 의견도 좋고 쟤 의견도 좋구나 다 쓰자
-문댕 여전히 현명한데?ㅋㅋㅋㅋ
-큰세진 섹시 돌림노래 할때 문댕 얼굴 봤냐고ㅋㅋㅋㅋ 왜 티벳여우 이야기 했는지 알겠다 귀여웤ㅋㅋㅋㅋ
-다들 쌉소리 안하고 조근조근 이야기하니까 항암제가 따로 없다

사실 〈달토끼〉 팀의 방송 분량은 훈훈할 수밖에 없었다. 특별히 뽑아낼 갈등 소재 자체가 없었기 때문이다. 서로 간에 별 유감이 없고 여러 이유로 몸을 사릴 줄 아는 참가자들만 모인 덕이었다.

하다못해 큰세진의 학폭 논란 당일 밤의 숙소 촬영분이라도 있었다면 좀 달라졌겠지만, 하필 그날 기기 문제로 숙소 카메라들을 다 뺀 탓에 자료가 없었다.

그래서 제작진들은 울며 겨자 먹기로 승승장구하는 〈달토끼〉 팀의 모습을 송출할 수밖에 없었다. 그것이 그나마 조별과제 절망 편의 〈허스키야〉 팀과 대조되어 보는 즐거움을 줄 수 있는 노선이었기 때문이다.

덕분에 〈달토끼〉 팀 참가자의 팬들은 쾌적한 시청 시간을 누릴 수 있었다. 제작과정에서 차근차근 모든 요소를 다 정상적으로 만들어 챙긴 덕에 방송까지 탄 것은 〈달토끼〉 팀뿐이었다.

그러나 장점만 있는 것은 아니었다. 장면이 따스해지는 만큼 독기가 빠졌다. 그리고 그 빈자리를 모호한 화기애애함이 다시 채웠다.

-문댕 저렇게 널부러진 거 처음 봄
-다 안면 있는 애들이라 편한가 벼
-훈훈하네

가령 강행군으로 뻗은 〈달토끼〉 팀의 모습은 마치 친해서 허물없는 것처럼 나왔다. 제대로 잠을 자지 못한 채 데드라인을 맞추기 위해 좀비처럼 지내던 모습은 아예 방송에 나오지 못했다. 어울리지 않았기 때문이다.

다행히 무대는 완성도 높은 그대로 방송을 탔다.

-찢었다
-섹시전통토끼 잘 봤습니다 이 조합이 어울리다니 문댕네 안목은 도대체...
-이어폰으로 들었는데 문댕 거의 처음부터 끝까지 모든 후렴에 더블링 넣음
　└와 돌았다
　└이게 가능한 일임?
　└심지어 마지막에 허밍은 옥타브가 하나 높은데?ㅋㅋㅋ 이제 실력으로 까면 병신 인증이다

팀 스토리가 아닌 제작과정이 분량을 받은 덕분에, 무대의 다양한 요소들을 시청자들이 직관적으로 파악할 수 있다는 점이 의외의 시너

지 효과를 내기도 했다.

　-야 문댕 뒤돌면서 지구 나올 때 진짜 소름 끼쳤음

　-한복 -> 양장 -> 한복 흐름 좋았다 달토끼가 현대인하고 사랑에 빠져서 중간에 상상하는 느낌…

　-계수나무가 그루터기로 나오고 거기서 무대 끝나는 것도 좋더라 약간 쓸쓸하고 시간이 많이 흐른 느낌이라 스토리 혼자 상상하게 됨ㅎ

　　└전 2D 덕후가 이 무대를 좋아합니다

　　└이런 오글거리는 글에 내가 욕을 박지않는다? 무대뽕이 차오른다는 뜻임

　-문댕아 무대마다 레전드 뽑아줘서 고맙다 덕분에 편하게 덕질함

　현장에서도 반응이 어마어마했던 무대답게, 시청하는 팬들은 굳이 억지로 여론을 잡으려 하지 않아도 자연스럽게 댓글을 쏟아내고 있었다. 다만 누구 하나 서사를 받지 못하고 모범생들의 무대로 마무리되었다는 점이 은은한 아쉬움을 남겼을 뿐이다.

　무대에서 내려오자마자 박문대를 제외한 모든 팀원이 오열했던 것 역시 삭제되었다.

　분량을 받지 못할 것이란 박문대의 생각은 맞았다. 단지 다른 팀원이 서사를 가져갈 것이라는 예측과 달리 사이좋게 아무도 스포트라이트를 받지 못했을 뿐이다.

　덕분에 직후 마지막 〈허스키야〉 팀이 방송을 타자, 박문대 팬들의 댓글 폭주도 빠르게 소강상태로 접어들었다.

-아 좋았다

-이대로 데뷔 가자

-문대 얼굴 더 보고 싶어ㅜㅜ 이제 분량 끝인가

-애들 노는 것 좀 더 보여주지 다큐 편집이라 꿀노잼이었음 제작진 감 없네ㅉㅉ

박문대가 뜬금없이 화면에 다시 등장한 것은 그 타이밍이었다.

당시 화면에서 류청우가 리더인 〈허스키야〉 팀은 살벌한 분위기에서 연습을 진행하는 중이었다. 팀원 간 끝나지 않는 갈등 때문이었다.

[최원길 : (이세진 형이) 그렇게 예민하게 반응하실 줄은 몰랐어요.]

[기정균 : 피해의식 같은 게 있나?]

[류청우 : ……후우.]

중간중간 삽입되는 인터뷰와 BGM까지 불편한 분위기를 조성했다. 야망 없는 참가자는 없었기에 연습이 중단되지는 않았지만, 제대로 진행되지도 못했다.

그리고 이 갈등의 당사자들 대신, 제작진은 갈등에서 소외된 차유진에게 모든 성장 스토리를 몰아줬다.

박문대는 여기서 등장했다. 굳이 따지자면 주인공의 성장을 돕는 조언자 역할이었다.

[박문대 : 힘든 일 있어?]

그리고 박문대가 여러 장소에서 차유진과 대화를 나누며 간식을 쥐여주는 장면이 빠르게 몇 컷 지나갔다.

호랑이에게 떡 주는 어머니처럼 빠른 상황 종결을 위해 간식을 보급해 줬을 뿐이지만, '문대 형이 도와줬다'라는 차유진의 인터뷰 덕분에 그 장면들은 썩 괜찮아 보였다.

-??
-뭐냐ㅋㅋ
-둘이 친함?

별로 못 본 그림이라 박문대의 팬들도 당황했다. 지난 2차 팀전에서 차유진과 같은 팀이 되며 무대가 흥하긴 했지만, 개인적인 친분은 나온 게 없기 때문이다. 게다가 왜 검증된 리더인 류청우를 놔두고 우리 애 쪽으로 피신했단 말인가.

하지만 의문은 빠르게 사그라들었다. 귀여운 추가 떡밥은 언제나 환영이었기 때문이다.

-먹을 건 기가 막히게 챙겨주네
-역시 문댕이군 먹는데 진심인 남자야
-문댕 : 뜻밖의 힐러
-왜 스물한살 (곧) 아이돌한테서 우리 할머니가 보이죠?

화면에서는 차유진이 기존의 천진난만한 이미지 대신 무섭게 무대에 집중하는 열정을 어필하며 성공적으로 무대를 마쳤다. 혼자 분량 다 처먹었다고 비난이야 좀 받겠지만, 그보다 확실한 인상을 심었다. 내면의 성장 및 절실함이 꽂히는 서사였다.

박문대야 본인이 받고 싶은 종류의 분량을 싹 잡아가는 차유진을 보며 짜게 식었지만, 그의 팬들은 그냥 귀여운 박문대의 성격 좋고 든든한 모습이 방송에 나온 것을 마음껏 즐겼다.

심지어 일반 시청자들의 반응도 괜찮았다.

-박문대가 생각보다 어른스럽네
-팀원들하고 잘 지내는 이유가 있나 봅니다.
 └그러게요 첫인상은 영~ 버릇없어 보였는데 의외예요.

노골적으로 분량을 챙겨준 차유진의 곁다리로 등장한 컷이라 어그로는 차유진이 다 가져갔다. 박문대에게는 좋은 이미지만 은은히 남았을 뿐이다.

덕분에 10화 방영 다음 날, 인터넷을 살펴보던 박문대는 복잡미묘한 심정이 됐다. 배부른 소리나 하게 됐기 때문이다.

'초반 이미지를 지속적으로 만회하는 건 좋다. 하지만… 역시 절실함은 못 잡았군.'

차유진이 잡아간 저 이미지가 필요했다. 하지만 앞으로 남은 무대는 결승전뿐이었다. 그리고 결승에서 굳이 박문대에게 제작진이 서사를 줄 이유는 없었다. 지금까지도 방송이 재밌어질 만한 캐릭터만 줬으니까.

'포기해야 하나.'

혀를 차던 박문대는, 얼마 남지 않은 촬영 일정을 머릿속으로 정리해 보았다. 그러다 문득, 직후 촬영 때 있을 이벤트를 잡아냈다.

'잠깐, 그걸로도… 가능한가?'

물론 방송은 전적으로 제작진의 편집에 달려 있었다. 그래도 컨텐츠로 쓸 만한 컷을 뽑아보는 노력은 해볼 만했다.

박문대는 마음을 굳혔다.

'시도해도 나쁠 건 없지.'

참고로 선아현이 찜닭을 먹자고 말하려다, 생각에 잠긴 자신의 모습을 보고 슬그머니 스마트폰을 내린 것은 알아차리지 못한 상태였다.

"와, 이젠 좀 덥다."

촬영장에 들어서며 큰세진이 중얼거렸다. 벌써 4월 말이었다. 첫 촬영을 겨울에 시작했는데 순식간에 시간이 흘렀다.

'완전히 적응해 버렸군.'

이제 더는 낯설지 않은 '박문대'의 몸을 움직여 유니폼으로 환복하면서 떨떠름하게 생각했다. 그때, 힐끗 이쪽을 본 큰세진이 말을 걸었다.

"어, 너 키 큰 것 같은데?"

"뭐?"

"운동 열심히 하나 보다. 좀 벌크업도 됐고."

그 말에 새삼스럽게 깨달았다. 요 몇 달간 키도 꽤 자라고 근육도 적당히 붙어서 이젠 원래 내 몸과 체구 차이도 거의 없었다.

"21살 넘어도 키 큰다는 말은 들었는데, 실제로는 처음 본다."

"나도 내가 처음이다."

"아이고~ 그러세요."

나는 어깨를 으쓱하고 넘겼다.

'177 정도인가.'

며칠 전에 재본 키를 떠올리며, 촬영장의 대기석에 착석했다. 이젠 주변에 낯선 얼굴이 없다는 게 도리어 어색했다.

"문대 안녕~"

"형 안녕하세요!"

'혹시 원래 몸으로 돌아가도 적응 기간이 필요하겠는데.'

기가 막힌 일이었다. 나는 대충 인사를 돌려주며 스마트폰을 꺼냈다. 곧 반납해야 하니 미리 전원을 꺼둘 셈이었다.

그런데 스마트폰에 새로운 알람 떠 있었다. 익명으로 개설한 여론 탐색용 SNS 계정에서 온 것이다. 관성적으로 클릭하니, 막 공유가 만 단위로 접어든 글이 하나 떴다.

[문대가 부른 트로트 원곡자분이 SNS에 글 올림ㅋㅋ (링크)]

드문 일은 아니었다. 프로그램이 과열되다 보니 슬슬 관련 없는 유

명인들도 참가자들을 언급하고 있었으니까.

링크로 이동하니 활짝 웃으며 손가락 하트를 치켜든 트로트 가수의 얼굴 사진이 대문짝만하게 걸린 SNS가 떴다. 뒷배경에 희미하게 '박문대'가 트로트를 부르는 장면이 방송되는 TV화면이 보였다.

[제 노래 멋지게 불러준 <아주사>의 박문대 참가자님! 응원합니다^^ 꼭 데뷔하시길! #아주사 #듀엣가자 #트롯멋쟁이

"……."

뭐… 원곡자가 만족했다니 좋은 일이다. 팬들도 재밌어하는 것 같으니까. 그렇게 생각하고 페이지를 넘길 때였다. 트로트 가수의 다른 게시글이 화면에 스쳐 지나갔다. 이번에도 큼지막한 사진을 올려놨다.

'잠깐.'

저거 내가 찍은 사진인데.

다시 확인해 보니 역시 내가 몇 년 전에 찍었던 행사 사진이 맞았다. 안 팔려서 양심상 팬사이트에 풀어줬던 컷이다. 이날 자연광이 괜찮아서 사진 질이 좋았기 때문에 본인이 SNS에 올리고 싶었을 만도 했고.

그러나 어딘지 찜찜했다. 나는 스마트폰을 도로 끄면서 그 원인을 깨달았다.

'지금 여기엔 내가 없지 않나?'

분명 박문대의 몸에 들어오자마자 원래 내 몸의 행적을 추적했었

다. 하지만 아예 내 신상 자체가 없었단 말이다. ……근데 내가 찍은 사진은 남아 있다? 이상한데.

나는 곧바로 위튜브에 들어가서 검색창을 눌렀다. 그리고 내가 찍은 것 중에 가장 유명한 직캠을 검색했다.

[영린 레전드 직캠]

심사위원 영린이 무명 시절 폭우 속에서 열정적으로 무대를 완성하는 직캠이다. 이걸로 영린이 떡상의 발판을 마련했었지.

그러자 위튜브 제일 상단에 낯익은 썸네일이 보였다.

'있다.'

동영상이 있었다.

물론 원래 내 계정은 아니었다. 내가 안 팔리는 데이터를 올리던 계정은 공시 수험 생활을 시작하면서 삭제했다. 그러니까… 현시점에서 따지자면 작년쯤이다.

안 그래도 지금 동영상 댓글창에 업로더의 댓글이 상단고정되어 있었다.

-원본이 삭제돼서 올립니다. 본인 등판하시면 지워드림.

"……."

이걸로 거의 확실해졌다.

'나는 없는데, 내가 찍은 데이터는 남아 있다는 건가.'

좀 섬뜩한 일이었다. 단기간 내로 아이돌 못 되면 죽는 상태이상까지 생긴 건 더 그랬다.

'진짜 데이터 팔던 업보가 돌아왔나.'

반쯤 농담 삼아 했던 생각인데, 슬슬 농담 같지가 않다.

'너 대체 뭐냐?'

상태창을 켜서 물어봐도 대답은 없었다. 바보가 된 기분이다.

이 새끼 대체 목적이 뭐지?

"야, 뭐 해?"

"잠깐. 생각 좀."

일단, 얼른 상념에서 벗어났다. 엉겁결에 모순점을 찾긴 했지만 당장은 촬영이 코앞이다. 일단 끝내고 나서 더 알아봐야 한다.

나는 곧장 생각을 마무리하고 스마트폰을 반납했다. 괜히 다른 데 신경 팔려 있으면 태도 논란 먹잇감만 될 뿐이니 머리를 비워야 했다.

다행히 노력할 필요도 없었다. 촬영 시작하자마자 MC가 급전개로 상황을 빼주더라고.

"〈재상장! 아이돌 주식회사〉, 대망의 3차 순위 발표식에 오신 여러분을 환영합니다~"

참가자들이 몇 달간의 촬영으로 숙련된 박수를 보내자 바로 본론으로 들어갔다.

"그러나 여러분의 순위를 알아보기 전에, 한 가지! 먼저 알아봐야 할 것이 있습니다. 바로 여러분의 진심입니다."

곧바로 '그' 컨텐츠가 왔군. 나는 MC의 다음 말을 짐작했다.

'이 오디션에 얼마나 진심인지 보자고 하겠지. 〈캐스팅 콜〉로.'

그렇다. 이 〈아이돌 주식회사〉 시리즈는 전통적으로 이쯤 해서 또 하나의 자극적인 컨텐츠를 넣는다.

이름하여 '캐스팅 콜'.

한마디로 정리하자면 Tnet과 친하고 적당히 이름 있는 소속사에서 참가자들을 캐스팅하러 오는 자리였다.

단, 소속사를 선택하면 프로그램은 하차해야 했다. 그러니 여기까지 프로그램에서 눈에 띄게 선전한 참가자가 이탈할 일은 거의 없을 것이다. 참가자들이 바보도 아니고, 여기서 바로 인지도가 보장된 그룹으로 데뷔할 수 있는데 어정쩡한 소속사로 갈 이유는 없기 때문이다.

결국 여기서 데뷔할 만한 놈이 탈주할 경우는 없으니 단지 프로그램에 긴장감을 더하는 이벤트일 뿐이란 뜻이다.

'하지만 그 긴장감을 이용할 수는 있다.'

그러니 최대한 대화를 유도해서 이 프로그램에 '박문대'가 얼마나 진심인지 되는 대로 어필해 볼 생각이다. ……물론 편집에서 잘릴 확률이 더 높겠지만.

"……흡."

옆에서 침을 삼키는 소리가 들렸다. 아마 대다수가 타이밍과 MC의 말로 '캐스팅 콜'을 짐작한 모양이다.

그리고 지난 순위 발표식에서 중하위권이었다면 충분히 갈등할 만한 순간이기도 했다. 여기서 데뷔할 확률이 낮으니 다른 동아줄을 잡고 싶어질 테니까.

탈주 각 재는 이미지야 '권유해 주신 소속사가 오래전부터 제 워너비라 새로운 도전을 시작하고 싶다. 앞으로 더 성장한 좋은 모습 보여드리겠다' 같은 말로 어느 정도 무마할 수 있었다.

'실제로 하위권에서는 꾸준히 이탈자가 나왔다.'

지난 시즌은 대놓고 5명쯤 날랐던 것 같은데. 직후에 방송이 조기종 영된 걸 생각하면 아주 현명한 손절이었다. 데뷔권 등수만 물 먹었지.

MC는 참가자들이 숨넘어갈 때까지 지겹게 뜸을 들이고 입을 열었다.

"바로바로~"

정면의 대형 스크린에 불이 들어왔다.

'소속사 목록이라도 뜨나.'

주변에서 '캐스팅 콜'을 언급하며 수군거리는 소리가 불어날 때쯤, MC가 팔을 활짝 벌리고 말을 이었다.

"심리 테스트!"

"…!?"

"준비된 성격 유형 검사를 통해서, 여러분에게 딱 맞는 KPOP 컨셉 을 매칭할 겁니다~"

주변에서 긴장 풀린 참가자들이 '와….' 하는 소리가 울렸다.

"……."

나는 짜게 식었다.

'그냥 예능 분량이었나.'

아니면 저 데이터를 토대로 또 다음 팀전을 결정할 수도 있다. 어쨌 든 확실한 건…… 내가 낚였다는 점이다.

'젠장.'

참가자들은 스탭의 인도를 따라 열 명씩 각각 작은 방으로 이동했 다. 이름순으로 끊은 덕분에 기다리지 않은 점은 좋았으나, 현타 때문에 뒷맛이 나빴다. 괜히 김칫국만 마셨군.

"들어가세요~"

입장한 방 안은 1인 연습용 부스를 개조해 놓은 곳으로 2인용 작은 책상 가운데 카메라가 설치되어 있었다. 전형적인 단독 앵글 컷용 공간이었다. 나는 한숨을 참으며 맞은편으로 돌아가서 책상 앞에 앉았다. 미리 세팅된 태블릿에 문답 표가 떠 있었다.

요새 유행하는 SNS 감성 디자인이 신뢰도를 낮췄다. 어디 인터넷에 떠돌아다니는 양식 같은데, 아마 급하게 외주를 준 것이 아닌가 짐작하며 툭툭 오지선다형 질문을 선택해 갔다.

태블릿에 뜬 성격 유형 문답은 주로 이런 식이었다. 상황을 설명하고 행동을 고르라는 것.

물론, 다 아이돌 특수 상황이다.

[1. 당신은 21개국 글로벌 팬들에게 선보이는 세계적인 KPOP 콘서트, TaKon(테이콘)의 퍼포머로 선정되었습니다!

피땀 흘리는 연습에 매진하던 중, 당신에게 갑작스럽게 완전히 새로운 아이디어가 떠올랐습니다!

그러나 공연까지 남은 기간은 일주일뿐입니다. 당신의 선택은?]

일단 노골적으로 끼워 넣은 자기들 콘서트 간접광고는 무시하자. 차 떼고 포 떼면 대충… 데드라인 얼마 안 남은 상태에서 하던 거 엎어버리고 다시 할 거냐는 질문이다.

'당연히 안 하지.'

이게 무슨 학교 과제인 줄 아나. 일주일 남았으면 무대 세트부터 의상까지 거의 픽스됐을 텐데, 아이디어 생겼으니 다 갈아엎자고?

'애초에 엎을 짬이 생기려면 한… 5년 이상은 걸릴 것 같은데.'

웬만하면 불가능한 상황이라는 뜻이다. 아무리 내가 절실함을 어필하고 싶어도 그렇지, 이건 열정이 아니라 만용이었다.

[⑤ 아쉽지만 기간이 얼마 남지 않았다. 하던 준비를 완벽하게 끝내자.]

나는 최대한 고민하는 척하다가 이 선택지를 골랐다. 그리고 편집할수 없도록 동시에 카메라를 보고 중얼거렸다.

"저 혼자 하는 거면 한번 도전해 보고 싶은데…… 무대는 종합 예술이니까, 그 상황을 고려해야 할 것 같습니다. 좋은 아이디어는 잘 정리해 두고 바로 다음에 써보겠습니다."

이렇게까지 양념을 쳐놨는데 또 이상한 캐릭터를 잡기는 힘들겠지. 나는 다음 문답으로 넘어갔다.

[2. 당신은 아시아 최대 규모의 뮤직 어워드, ToneA에서 신인상을 수상하게 되었습니다. 그러나 시상식에 참석하기 위해 이동하던 도중, 교통사고로 인해 한 멤버가 중상을 입게 됩니다.

다행히 당신은 경미한 타박상만 입었습니다. 곧바로 출발하면 시상식에 참석할 수 있을 것 같습니다. 당신의 선택은?]

"······."

당연히 X발 몸을 정양해야지. 당장 탑승자 중에 중상자가 나왔는데 뭘 믿고 타박상이니 시상식을 가냐.

근데 아무리 봐도 이거 의지와 노오력으로 시상식에 간다는 선택지가 긍정적으로 뜰 것 같다.

'뭣 같네.'

나는 눈썹이 꿈틀거리는 것을 참으며, 중립 답안을 골랐다.

[④ 병원에서 원격으로 수상소감을 전하는 방법을 알아본다.]

"직접 가면 더 좋겠지만, 교통사고 후유증은 즉각 드러나지 않을 수도 있으니까요. 검진을 통해서 몸 상태를 확실히 확인해야 활동에 차질이 없을 것 같습니다."

부연 설명을 붙이면서도 어이가 없었다.

'설마 계속 이런 식인가?'

어. 그런 식이 맞았다.

놀랍게도 10가지 문답이 전부 이런 말도 안 되는 상황을 가정하고 있었다. 대체 이게 그놈의 KPOP 컨셉과 무슨 관련이 있는지는 제작진만 알 것이다.

나는 한숨을 참으며 나머지 문제를 풀었다.

(은근히 자사 제품을 들먹이는)광고와 관련된 9번 질문까지 넘기고 나니 드디어 마지막 문제가 떴다.

드디어 끝이군. 얼른 10번 문제를 훑어보았다.

[10. 당신은 세계적으로 활약할 글로벌 KPOP 아이돌을 뽑는 〈재상장! 아이돌 주식회사〉에 출연했습니다.

끝없는 노력과 극복을 통해 마침내 마지막 관문 앞에 선 지금. 어마어마한 캐스팅 콜이 당신을 부릅니다. 당신의 선택은?]

"......."

이걸 여기다 넣어?

이중으로 낚였음을 깨닫는 순간, 태블릿 화면이 바뀌었다. 3부터 카운트다운에 들어간 것이다.

'뭔 놈의 카운트다운을 3초만 주냐.'

기겁하는 참가자 리액션을 뽑고야 말겠다는 굳은 의지가 느껴졌다.

[3]
[2]
[1]

순식간에 숫자는 사라졌다. 그리고 다른 생각할 새도 없이 곧장 문구가 떴다.

[지금 선택하세요!]

그 순간, 예고도 없이 정면의 문이 벌컥 열렸다.

"…!"

"안녕하세요?"

문밖에는 낯익은 얼굴이 서 있었다.

'잠깐.'

정정하겠다. 나 혼자 일방적으로 낯이 익었다. 왜냐하면… 많이 찍어봤기 때문이다.

"반갑습니다."

VTIC의 멤버가 웃는 얼굴로 문을 열고 들어왔다.

"…!"

상상도 못 한 거물의 등장이었다.

나는 반사적으로 고개를 숙여 인사했다. 이거 조금만 인사 늦었다가는 인터넷에서 주리가 틀릴 각이다.

"아, 방송 잘 보고 있습니다."

"감사합니다."

VTIC 멤버가 손을 뻗어서 악수를 청했다. 나는 거래처 사장이라도 만난 것처럼 두 손 뻗어 악수했다. 등 뒤로 식은땀이 흘렀다.

'대체 무슨 수로 섭외했냐.'

〈아주사〉가 아무리 잘됐어도 그렇지, VTIC 소속사에서 투자 지분 있는 것도 아닌데 무슨 수로 출연하게 만들었냐는 말이다. VTIC이 Tnet에서 독점 리얼리티라도 진행하나. T1 계열사 광고라도 잡았나.

'…아니, 그런 건 아무래도 상관없다.'

중요한 건 말조심해야 한다는 것이다. 입 한번 잘못 놀렸다가는 SNS에 무슨 캡처본이 돌아다닐지 몰랐다. 나는 VTIC 멤버가 앉는 것을 확인하고 나서 다시 착석했다. 그리고 침착하게 상대를 확인했다.

'리더였던가.'

이름과 인기 척도는 기억나는데 다른 포지션은 그다지 기억나지 않았다. 일단 저 팀 내에서도 개인 지표가 괜찮았고 춤을 잘 춰서 직캠 수요가 좋았던 것만 기억났다.

활동명은 청려.

"일단 제 소개부터 드릴게요. VTIC에서 리더 역할을 수행 중인 청려라고 합니다."

본명은 따로 있던 것 같은데 당연히 모른다. 어쨌든 본인도 '박문대'가 자신을 모를 것이라 생각하는 눈치는 아니었다. 그냥 방송 그림상 한 번 소개한 거지.

"박문대라고 합니다. 잘 부탁드립니다."

내가 말하고도 뭘 잘 부탁하는 건지는 모르겠지만 일단 적당히 예의 바르게 인사했다.

'더 놀라서 호들갑을 떨었어야 했나?'

당황해서 오히려 리액션을 깜박했다.

"방송에서도 그러시던데, 굉장히 침착하시네요."

"…너무 놀라서 굳었습니다."

"하하, 그런가요?"

저거 지금 안 믿는다는 뜻이지? 청려는 적당히 분위기 가벼워질 만큼만 웃고 바로 본론으로 들어갔다.

"오늘 제가 박문대 참가자님을 만나러 온 이유는… 저희 VTIC의 소속사인 LeTi로부터의 캐스팅 콜을 전달하기 위해서입니다."

저 발언이 나올 것을 예상은 했다. 그러나 이 생각이 안 들 수가 없다.

'제작진 돌았나?'

지금 LeTi 이름값이면 순위가 한 자릿수여도 탈주할 놈이 나올 수 있겠는데?

물론 저기 들어간다고 차기 남자 아이돌로 데뷔할 수 있는 보장은 없다. 이미 소속사가 보유한 연습생이 한둘도 아닐 것이고. 그러나 워낙 현재 VTIC의 위상이 높아서 20살 전후의 어린애들은 홀라당 넘어가기 딱 좋았다. 심지어 VTIC 멤버 본인이 왔으니까.

'이미 소속사 있는 놈도 눈 딱 감고 사인할 정도다.'

청려는 계속 준비된 것 같은 대사를 쳤다.

"물론 모든 참가자분께 드리는 제안은 아닙니다. 아까 푸신 문답 기억나시나요?"

"예…"

"9가지 상황 문답에서, 박문대 참가자님이 저희 VTIC 멤버들과 가장 응답 일치율이 높은 참가자세요."

청려가 작게 손바닥을 쳤다.

"저희 LeTi 소속사의 아티스트들과 비슷한 인재상을 공유하신다고 볼 수 있습니다."

"…감사합니다."

그럼 다른 방에는 각각 다른 소속사 사람들이 들어가서 캐스팅 콜을 진행 중이라는 뜻이었다.

'예고편 뽑기 쉽겠는데.'

VTIC까지 나온 걸 봐서는 Tnet하고 친하면서 이름 있는 소속사는 다 긁어모았을 테니, 시청자들은 이런 재미가 없을 것이다.

"우선 LeTi 소속사를 선택하시면 누릴 수 있는 장점부터 말씀드리겠습니다."

이후 이어지는 말은 뻔했다. 대충 복지랑 업적이랑 비전을 읊은 것이다.

'소속사 이미지 챙기기용인가.'

외운 게 신기했다. 리더라 대외용으로 이미 알아둔 거겠지만. 어쨌든 참 감명 깊은 이야기 듣는 것처럼 성의껏 고개를 끄덕이고 감탄사를 냈다. 청려는 이번에도 적당선에서 이야기를 끝내고 준비한 듯 유머를 덧붙였다.

"그리고 박문대 참가자님은 이미 아시겠지만, LeTi는 말랑달콤 선배님들의 소속사이기도 합니다. 음… 같이 〈POP☆CON〉을 추실 기회가 생기지 않을까요?"

"하하……, 네."

이놈의 팝콘 망령은 떨어질 생각을 안 하는군. 어쨌든 내가 솔깃했다고 생각한 건지 청려는 빙긋 웃었다.

"자, 그럼."

책상 위로 서류와 펜이 올라왔다.

계약서였다. 도장 찍힌 모양새나 양식을 보니 정말 쓰는 것 같다.

'진짜냐.'

이렇게까지 연출에 진심일 필요가 있나. 나는 떨떠름하게 계약서를 훑었다.

"박문대 참가자님은 VTIC의 소속사, LeTi의 캐스팅 콜에 응답하시겠습니까?"

"……."

생각해 보자.

내가 10명이 들어가는 첫 조였다. 남은 인원은 30명. 3조.

'그럼 적어도 두 명은 더 LeTi의 캐스팅 콜을 받는다는 소리다.'

만약에 여기 온 VTIC 멤버가 둘 이상이라면? 그럼 나를 포함 총 6명까지 이 캐스팅 콜을 받는다는 게 된다.

여기서 나 말고 한 사람만이라도 더 오케이했다고 치자. LeTi가 바보도 아니고, 만약에 2명 이상 탈주해서 그 소속사로 간다면 한두 번은 묶어서 활동을 시켜줄 확률이 높았다. 〈아주사〉가 그냥 잘된 것도 아니고 지금은 거의 신드롬 수준이니까.

'소속사가 이 유명세를 그냥 버리진 못하지.'

그러니 만약 내가 '박문대'의 몸으로 계속 아이돌을 하고 싶지 않다면, 이쪽이 오히려 나은 선택지일 수도 있다. 일이 년만 활동하고 흐지부지될 확률이 높으니까.

이후에는 원래 몸으로 돌아갈 단서를 찾거나… 새로운 진로를 찾아보면 된다. 활동을 중단하면 금방 잊힐 것이다. 매년 새로 데뷔하는 아이돌만 수십 팀이다.

나는 계약서 위로 펜을 들어 올렸다.

"……."

그리고, 얌전히 펜을 내려놓고 깊게 고개를 숙였다.

"죄송하지만… 저는 계속 도전해 보고 싶습니다."

"아……."

청려가 아쉬운 것처럼 대응해 준다. 무대에서 팬서비스가 좋더니 카메라 앞에서도 인성이 좋군.

"아쉽네요. 박문대 참가자님, 정말 LeTi에서 잘하실 것 같았는데."

"과찬이십니다."

나는 깍듯하게 다시 한번 인사했다.

"혹시 이유가 있을까요?"

왜 거절했냐고?

일단……. 혹시라도 나 혼자 오케이한 거면 큰일이기 때문이다.

'얘네 솔로 활동을 안 시켜주거든.'

심지어 VTIC도 유닛 활동만 시켜줬다. 아마 솔로 활동이 그룹 수명을 깎아 먹는다고 생각하는 것 같다. 게다가 내가 이 몸에 들어오기 전, 3년 후 미래에도 LeTi의 신인 남자 아이돌은 데뷔하지 않았었다.

즉, 돌연사 확정이다.

'절대 안 되지.'

차라리 프로그램을 하차하면 하차했지 LeTi에서 데뷔 기다리는 건 미친 짓이었다. 등골이 서늘해지네. 하지만 이 말을 그대로 할 수는 없으니 다른 쪽 이유를 대답해야겠지.

"음……. 투자비용이라는 게 있으니까요."

"예?"

"지금까지 제 데뷔를 위해 주식을 매입해 주신 분들이 계시니까, 그 투자만큼은 돌려드리고 싶어서요."

그렇다.

'…기왕 아이돌을 한다면, 제대로 해보는 게 낫지.'

〈아주사〉에서 데뷔하면 T1 산하 레이블과 5년 계약이었다. 그럼 적어도 '박문대'가 데뷔하라고 돈과 시간을 쓴 사람들이 만족할 만큼은 활동하게 될 것이다.

…뭐 내 입장에서도 그렇다. 어차피 다른 꿈이나 비전이 있는 것도 아니니까. 사람들이 좋아하는 건… 좀 즐거웠고.

'의외로 적성에 맞나.'

무대도 재밌었으니까.

"여기서 데뷔할 수 있도록, 더 노력해 보려고 합니다."

이 정도면 괜찮은 대답이겠지. 하필 VTIC이 튀어나오는 바람에 절실함을 어필할 타이밍은 잡지 못했지만 까이진 않을 것이다.

청려는 내 대답을 경청하더니, 고개를 끄덕였다.

"그래요. 박문대 참가자님, 응원하겠습니다."

"감사합니다."

청려는 가타부타 더 말 붙이지 않고 깔끔하게 거절을 수긍했다. 좀 더 대화를 뽑아서 절실한 컷을 뽑아내겠다는 계획대로 진행해 보고 싶었지만, 그런 시나리오가 통할 만한 상대로는 보이지 않았다.

일단 이름값이 너무 크다. 작년 대상 수상자라 급 차이가 나도 너무 났다. 도리어 '박문대'만 구질구질해 보일 확률이 높았다.

"그럼 이 계약서는 파기하겠습니다."

청려는 계약서를 집어 들고, 카메라에 잘 보이게 들어서 두 쪽으로 찢었다.

'퍼포먼스군.'

아마 사전에 언질 받은 행위인 것 같았다.

"어려운 결정 하느라 고생 많으셨습니다. 앞으로도 건승하시길 바라요."

"감사합니다. 청려 선배님께서도 활동 건강하게 마치시길 바랍니다."

대충 파장 분위기에 맞춰 악수하고 허리를 숙였다.

"아, 저희 이번 활동 보셨나요?"

"예? 예."

이만 촬영 끝내는 거 아니었나. 이유는 모르겠는데 대화를 잇는다. 성의껏 대꾸해주자.

"이번 앨범 정말 잘 듣고 있습니다."

"와~ 혹시 제일 좋아하는 곡이?"

이 새끼 일부러 이러는 건가? 설마 거절했다고 먹으려는 건 아니겠지.

"음, '별 보라'를 특히 좋아합니다."

나는 적당히 수록곡을 뽑았다. 사실 시간 없어서 들어본 적은 없고, '박문대' 서치하다가 SNS에서 공유된 팬 글에서 본 곡이었다.

"아, 그거 제가 작사한 건데."

청려가 반갑게 자신을 가리켰다.

'홍보도 알뜰하게 챙겨가는군.'

이미 이 이상 잘나갈 수 없을 만큼 잘나가는 와중인데 말이지. 과연 짬 있는 아이돌다웠다.

"아하, 저 왔다고 일부러 말해주셨구나."

나는 그냥 웃고 말았다. 여기서 아니라고 해도 이상하고 그렇다고 해도 이상하니까 별수 없었다. 청려는 마주 웃다가, 문득 생각난 것처럼 갑자기 문밖으로 나갔다.

'뭐지.'

다시 들어온 청려의 손에는 웬 봉투가 들려 있었다.

"별건 아니고 홍삼인데, 먹고 힘내시라고 가져와 봤습니다."

"아, 감사합니다."

빨간 봉투에 금색으로 적힌 브랜드 로고가 선명한 걸 봐서는 확신의 PPL이었다.

'어찌 됐든 홍삼은 환영이지.'

얼른 받아 들자, 청려가 다시 한번 마무리 인사를 했다.

"그럼 화이팅!"

"네, 화이팅."

싱글벙글 마주 보며 웃는 것으로 촬영이 끝났다.

곧바로 스탭들이 들어와서 청려를 챙기기 시작했다. 몇몇은 카메라를 조정하고 태블릿PC를 만졌지만, 다수가 청려에게 붙은 것은 확실했다. 아마 VTIC 쪽 인원인 것 같았다.

'지극정성이군.'

하기야 몸값이 얼만데 나라도 저런다.

청려는 스탭이 옷에 붙은 마이크를 수거해 가는 것을 확인한 후, 조용히 말을 걸었다.

"문대 씨."

"예."

아까와 달리 별 웃음기 없는 얼굴이었다. 그렇다고 굳은 표정이라는 건 아니고, 그냥 자연스럽게 말 거는 사람 표정이었다는 말이다.

"내 입으로 말하긴 그렇지만 LeTi 괜찮은 소속사 맞아요. 정산도 괜찮고. 혹시 프로그램 끝나고 상황 되면 연락해요."

"…!"

탈락하면 컨택해 보자는 뜻이었다.

'진심인가.'

아니, 소속사 임원도 아니고 뭐 하러 여기서 연습생을 섭외하고 있다는 말인가.

'아, 회사 주식 가지고 있나.'

그러면 말 된다. 그래도 굳이 박문대한테 이러는 이유는 모르겠지만, 뭐… 데뷔조에 쓸 만한 메인보컬이 없을 수도 있겠지. 나는 긴말 않고 고개를 끄덕였다.

"네. 감사합니다."

"별말씀을."

대화는 거기서 끝이었다.

나는 스탭의 인도에 따라 자연스럽게 방에서 퇴장해서 대기실로 이동했다. 아마 스포일러나 유출을 막기 위해 아직 이 깜짝 심리 테스트를 받지 못한 참가자와 격리한 것 같았다.

"형!"

들어가자마자 먼저 앉아 있던 김래빈이 말을 걸었다.

"혹시 어디서 제안받으셨습니까?"

"LeTi였어."

"저도 LeTi였습니다!"

역시 VTIC 멤버가 더 왔었군.

김래빈이 답지 않게 흥분해서 VTIC을 만난 이야기를 풀었다. 고개 끄덕이며 들어주고 있자니, 피곤한 얼굴로 들어오던 류청우가 아는 척을 했다.

"아, 너희 먼저 끝냈구나."

류청우는 표정만 봐도 심적 갈등했다는 티가 났다.

'설마 여기도 VTIC인가.'

3/10은 너무 후한 확률인데. 그렇게 생각하자니 마침 옆에서 안면만 있는 참가자가 치고 들어왔다.

"형님! 어디서 캐스팅 콜 받으셨습니까!"

"나는… 원더홀."

티홀릭의 소속사였다. 오랜 기간 아이돌 잘 뽑기로 유명한 대형 소속사, 이쪽도 이름값이 상당하다. 물어본 놈이 감탄하는 소리가 들렸다. 하지만 류청우는 기 빨린 표정으로 입만 웃으며 자리에 앉았다.

'의원데.'

거의 데뷔가 확실한데도 탈주 각을 본 것 같다는 점이 좀 신기하긴 한데, 뭐 사정이 있겠지.

대기실은 속속들이 참가자들이 돌아왔다. 곧 첫 타자였던 10명이 다 모였다.

'일단 첫판에는 다 거절했군.'

솔직히 하위권 한둘쯤은 탈주할 줄 알았는데 의외였다. 생각보다도 소속사 라인업이 워낙 좋았기 때문이다.

두 번째 판에도 전원이 대기실로 돌아왔다. 이쯤 되니 이상한 공명심이라도 생기는지 뿌듯해하는 놈들이 속출했다.

"조, 좋은 분 같았어."

느지막이 돌아온 선아현이 밝은 얼굴로 중얼거렸다. 솔로 활동 중인 모 가수가 몹시 친절하게 격려의 말을 해준 듯했다.

"그래도 거절했네."

"으, 으응?"

장난삼아 한 소리에 선아현이 펄쩍 뛰었다. 선아현은 충격받은 얼굴로 중얼거렸다.

"다, 당연히 끝까지 해야지…! 거, 거기 가면… 같이 데뷔 못 하잖아……."

"……."

아무래도 선아현은 처음 찍어 먹어본 긍정적인 또래 관계에 극도로 과몰입한 것 같다.

'딜이 조금만 더 좋았으면 다른 놈들은 다 튀었을 텐데.'

나는 약간 안쓰럽게 놈을 보다가, 그냥 고개를 끄덕여 줬다.

"그래."

"으, 응!"

선아현은 기운차게 긍정했다. 김래빈은 신기한 것을 보는 표정으로 선아현을 옆에서 쳐다보고 있었다.

그 오묘한 판에 3번째 그룹이 슬슬 돌아오기 시작했다.

"레티 아깝네~ 아까워!"

첫 번째로 돌아온 큰세진은 자리에 앉자마자 싱글벙글 웃으며 저렇게 말했다. 이놈도 LeTi에서 제안을 받았다는 거군.

'김래빈, 큰세진, 그리고 나인가.'

우연의 일치일 수도 있겠지만 대충 소속사 경향성이 보이는 게 제법 흥미로웠다.

그리고 큰세진의 말은 더 웃겼다. 아깝다니, 마음에도 없는 소리를 하는군. 목표가 최대한 빨리 데뷔하는 것 같았는데 이렇게 사리에 밝은 놈이 LeTi로 갈 리가 없었다.

그러나 큰세진은 마이크가 없고 카메라가 돌아가지 않는 것을 확인하고 작게 중얼거렸다.

"아~ 갈아탈 걸 그랬나. 좀 아쉽네."

"……."

생각보다 고민을 좀 한 것 같은데?

기존에 본인 소속사가 영 믿음직스럽지 않다 보니 저절로 흘러나온 말인 것 같았다.

사실 드문 기회이기도 하다. 계약 기간을 다 채우지 않고 더 좋은 소속사로 갈아타는 건 사실 업계 환경상 불가능한 일이니까. 〈아주사〉에서 최종 데뷔하는 연습생들의 소속을 양도받는 것은 사실 거대 방송사의 횡포나 다름없었다.

'속된 말로 깡패짓이지.'

소속사야 울며 겨자 먹기식이긴 했지만, 어차피 데뷔조 탈락한 연습생이니 방송에 내보내서 재활용하는 것 같았다. 투자개념으로, 방송국과의 관계에서 윤활유 역할로라도 써보려는 거다.

하지만 이번 시즌이 너무 잘되다 보니 은근한 압박이 있는 모양이다. 자진 탈락해서 소속사에 남아줬으면 하는 압박 말이다.

나는 촬영 쉬는 기간에 큰세진에게 지나가듯 들었던 말을 떠올렸다.

─어, 요새 그런 말 좀 듣지. '지금까지 같이 연습한 동생들하고 같이 데뷔하는 게 더 좋지 않겠냐'… 사람들 진짜 재밌다니까?'

무슨 혜택이라도 걸고 꼬시는 것도 아니고 저러고 있으니 사람 마음이 내킬 리가 없다.

"농담이야. 여기서 데뷔 가야지~"

큰세진은 웃으며 너스레를 떨었지만, 농담이 아니라 진짜 고민했던 게 분명했다. 의외로 상위권에서 흔들리는 놈들이 많았군. 나는 어깨를 으쓱했다.

'누구라도 하나 나가서 경쟁률 좀 줄여줄 생각은 없나.'

하지만 아쉽게도 그런 일은 일어나지 않았다. 탈주한 것은 하위권 한 명뿐이었다.

"최원길 참가자는 소속사 트레블러의 캐스팅 콜에 응답하여, 오늘부터 〈아이돌 주식회사〉를 떠나게 됩니다."

나는 감탄했다.

'각 잘 봤네.'

이번 화 여론 보고 빨리 손절한 것이 틀림없었다. 어려서 그런지 감정을 주체하지 못하는 것 같았지만 머리는 좀 쓰는 것 같았으니 싱글벙글 웃으며 가진 않았겠지.

"우, 우리 소속사?"

뒤에서 골드 1이 당황해서 중얼거리는 소리가 들렸다.

'아, 저놈 트레블러 소속이었지.'

티홀릭 소속사의 제안을 어렵게 거절했다던데 아무래도 원소속사에 어느 정도 애착이 있었던 것 같다. 여기서 계속해 보겠다는 배짱도 있던 것 같고.

어쨌든 그걸로 〈캐스팅 콜〉 이벤트는 마무리되었다. 목적을 못 이뤘다는 것에 약간 입맛이 씁쓸했지만, 분량은 확보했다.

'VTIC 분량을 자르진 않겠지.'

기껏 섭외해 놓고 날릴 일은 없을 테니 말이다.

제작진들은 최원길 하차에 대한 연습생들의 리액션을 몇 컷 따고는 곧바로 순위 발표식 준비에 들어갔다. 덕분에 참가자들은 〈캐스팅 콜〉 이벤트가 시작되기 전 착석했던 자리에 그대로 앉아서 지루한 대기 시간을 견디게 됐다.

하지만 이번에는 대화 소재가 화려해서 그런지 다들 떠드느라 정신이 없어 보였다.

"헐, 그 기획사가?"

"대박."

"와… 청려 님 실물 어때요?"

순위 발표식 직전의 긴장감마저 수위가 낮아졌을 정도였다.

"후~ 라인업 장난 아니었네. 갈등한 애들이 많을 만했다."

큰세진이 휘파람을 불며 소속사 이름을 하나씩 꼽았다. 그리고 살짝 주변을 살피더니, 희한한 미소와 함께 속닥거렸다.

"야 그거 아냐?"

"뭐."

"저기 앉은 내 동명이인 형님도 엄청 갈등했대."

아역배우 출신 이세진을 가리키는 것 같았다.

'그러고 보니 제일 늦게 합류했군.'

이세진은 거의 최원길 하차 소식과 동시에 도착했었다. 별 관심이 없어서 신경을 안 썼는데, 음…… 사실 지금도 별 관심 없다. 큰세진은 예전부터 이세진에게 별 좋은 감정이 없어 뵀지만, 어지간히 '박문대'가 편해졌는지 웃으면서 본심을 슬슬 풀어놨다.

"원래 배우 소속사였잖아. 진짜 아이돌로 갈아타고 싶었나?"

"그럴 수도 있지."

탈락할 것 같은데 아이돌이 계속하고 싶으면 갈아타는 것도 고려해 볼 법했다. 나이 때문에 당장 데뷔하지 않는 이상 차기 팀 노리기는 힘들어 보이지만.

'자기 알아서 할 일이지 뭐.'

내가 별 관심 없다는 것을 깨달았는지 큰세진은 어깨를 으쓱했다.

"그런가."

자투리 시간은 그걸로 끝이었다. 그리고 드디어 본격적인 순위 발표식 촬영이 시작되었다.

참가자들이 순위 발표식을 준비할 무렵, 〈캐스팅 콜〉 이벤트로 깜짝 출연했던 소속사 연예인들은 이미 다른 스케줄로 자리를 뜬 후였다.

활동 시작하면 스케줄이 분 단위로 있다는 VTIC도 마찬가지였다. 밴에 탄 두 사람은 각자 스마트폰을 들여다보다가 점심을 주문할 때야 겨우 말문을 텄다.

"형, 어땠어요?"

"그냥 일한 거지."

청려는 덤덤히 대답했다.

"형도 세 명 봤나, 눈에 띄는 애 없었어요? 난 만난 애들 괜찮던데."

"글쎄."

'눈에 띄는 참가자라.'

청려는 웃으며 〈아주사〉 참가자들과의 촬영을 끝마친 것과 관계없이 그들의 장기적 성공에 대해선 회의적이었다. 그 프로그램의 현재 상위권이 오디션 예능의 힘으로 잘나가는 중이긴 했다. 그러나 실제 시장에 나왔을 때의 경쟁력은 또 별개의 이야기였기 때문이다.

'프로그램 스토리 내에서 잘하는 것처럼 보이는 것뿐일 수도.'

어차피 소속사 내부 경쟁에서 탈락하고 오디션 프로그램으로 팽 당한 케이스가 다수였으니까. 청려는 그냥 점심 메뉴 이야기나 계속하려다가, 무심코 떠오른 한 참가자를 입에 담았다.

"박문대?"

"아, 닭발?"

그보다 어린 멤버가 웃는 소리를 들으면서도 청려는 웃지 않았다.

"설문지 답이 나랑 전부 일치했어."

"헐! 진짜? 신기하네. …형이랑 성격이 비슷한가?"

"…어느 정도는."

"헉, 진짜?"

청려는 경악하는 동생을 무시하며, 약간 아쉬워했다.

'그런 타입이 팀에 하나 있으면 좋은데.'

박문대는 설문의 보기가 멍청하다고 생각하는 게 분명했다. 방송을 신경 써서 어떻게든 중립적인 답을 찍은 기색이 역력했다.

"음, 형이랑 비슷한 성격이면 굉장히… 냉정하겠는데?"

"현실적이라는 뜻이지?"

"그, 그렇지."

타인의 사정에 몰입하지 않으며 비현실적인 사고는 잘 못 하는 타입. 연예인보다 일반 기업에 더 어울리는 인재상 말이다.

대체로 아이돌 지망생들, 특히 재능 있는 어린 애들은 예체능 계열 특유의 장단점을 모두 보유하고 있었다. 좋은 의미로든, 나쁜 의미로든 덜 차갑다는 뜻이었다. 그러나 아직 어린 그들이 직면할 현실은 자본주의 논리가 지배하는 성인 사회였다.

"뭐, 형 같은 사람이 리더인 게 좋긴 해."

"그래? 고맙다."

자기 얼굴에 금칠이라고 볼 사람도 있겠지만, 청려도 동생의 말에 동의했다.

'머리 식은 사람이 분위기 잡는 편이 좋다.'

꼭 자신이 리더를 맡은 VTIC처럼 말이다. 그런 의미에서 박문대는 꽤 괜찮은 차기 데뷔조 후보군이었다.

'한 일이 년 구르면 춤도 되겠지.'

그리고 그 성격에, 연상이라면 연차가 짧아도 저절로 팀에서 발언권이 강해질 수밖에 없었다. 청려 본인이 직접 경험해 본 일이라 장담할 수 있었다.

'그럼 같이 일하기 편해질 텐데.'

팀과 회사 모두에게 좋은 일이었다. 그러나 VTIC이 회사와 재계약하며 지분을 좀 받았다고 해서 차기 남자 아이돌에게 더 신경 써줄 필요도, 여유도 없었다.

어차피 데뷔하면 경쟁자인 건 매한가지이기 때문이다. 양심상 권유 한번 해줬으니 충분했다.

'본인이 생각 있으면 연락하겠지.'

짧은 결론을 끝으로 청려는 머리에서 '이미 끝낸 스케줄'에 줄을 긋고 치웠다. 바쁜 계절이었다.

순위 발표식이 시작된 지 얼마 지나지 않은 〈아이돌 주식회사〉 촬영장 안. 이전과 포맷은 똑같았으나 인원은 확 줄어들었다.

붙을 수 있는 것은 20명뿐. 그것만으로도 장내에 긴장감이 조성되었다. 그리고 그 비좁은 인원에 변동을 일으킬 요소가 아직 하나 남아 있었다.

"3차 팀전의 두 1위 후보팀 리더분들께서는 자리에서 일어나 주시기 바랍니다!"

바로 팀전 우승 혜택이다. 1위 팀에서 합의한 한 명이 무조건 다음 라운드에 진출하는 생존권. 우리 쪽은 당연히 골드 1으로 합의가 끝난 상태다. 촬영 전에 사전 인터뷰 때 이미 제출했기도 하고.

"저희 〈달토끼〉 팀은… 하일준 참가자를 선정했습니다."

그러나 큰세진의 말이 끝나고도 꽤 오랫동안 〈허스키야〉 팀의 리더, 류청우는 말이 없었다. 아무래도 문제가 있어 보였다.

"〈허스키야〉 팀, 선정한 팀원을 발표해 주시기 바랍니다."

MC의 재촉이 신난 것처럼 들리는 건 내 피해의식 때문이겠지. 류청우가 느리게 입을 열었다.

"저희 팀은 최원길 참가자를 선정했었습니다."

"…!"

이야, 끝까지 한 건 하고 가네.

'걔가 의외로 난 놈이었나?'

솔직히 저걸 챙겼을 줄은 몰랐다. 그럼 최원길은 50%의 프리패스권을 과감히 포기하고 갈아탔다는 뜻이다.

그리고 어쨌든, 놈 덕분에 상황이 애매해졌다. 이미 누구를 선정했는지 촬영 전에 제작진에게 전달했었기 때문이다. 눈치 보니 최원길이 탈주한 후 급하게 바꾸는 것도 제작진 측에서 컨펌이 떨어지지 않았던 모양이다.

그러나 이제 와서 제작진은 당황한 것처럼 다급히 회의하는 모션을 취하더니, MC에게 사인을 보냈다. MC는 제작진의 스케치북을 보고 천천히 대사를 완성했다.

"예기치 못한 상황이 발생했는데요, 원칙상 자진하차가 발생할 경우 당연히 그 참가자의 혜택은 사라집니다. 그러나 〈캐스팅 콜〉이라는 특수 상황을 고려하여, 〈허스키야〉 팀에게 3분간의 상의 시간을 추가로 드리도록 하겠습니다!"

"…알겠습니다."

류청우는 묵례하고 앉아서 팀원을 모았다. 그리고 나는 내심 혀를 찼다.

'…끝났군.'

이건 안 봐도 저 팀이 1등이다. 저렇게까지 화면을 뽑아놓고 혜택을 안 주면 그림이 안 산다. 제작진이 바보도 아니고 그렇게 판을 짰을 리가 없었다.

결국, 골드 1은 알아서 생존해야 한다는 뜻이다.

'부전승은 물 건너갔군.'

애써 긴장하지 않은 척하려는 골드 1의 얼굴을 보니 저쪽도 은근한 싸함을 느끼는 중인 것 같았다.

그리고 아나나 다를까, 1등은 〈달토끼〉 팀이 아니었다.

"축하드립니다! 1등은… 〈허스키야〉 팀!"

"감사합니다."

그러나 웃기는 상황은 끝나지 않았다.

"〈허스키야〉 팀의 추가 합의에 따라, 무조건 생존의 혜택을 받는 참가자는… 차유진 참가자입니다!"

저 미친놈들이 혜택을 차유진에게 줬던 것이다.

'둘 중 하나겠어.'

합의가 결렬됐거나 차유진이 말도 안 되게 밉보였거나. 어쨌든 그건 자기들 알아서 할 사정이고, 〈달토끼〉 팀 쪽은 2등스러운 분위기였다.

"좀 아쉽네요."

"그, 그러니까요."

"야야, 아니야! 정정당당하게 등수 받는 거지!"

골드 1이야 호쾌한 척 외치고 있긴 한데 솔직히 속으로 〈허스키야〉 놈들에게 쌍욕을 퍼붓고 있어도 이상하지 않았다.

'나라도 벌써 했다.'

팀전 1위 발표는 그렇게 마무리되었다. 그리고 진짜 순위 발표가 시작되었다.

"18위는… 권희승 참가자입니다!"

〈케스팅 콜〉로 풀어졌던 분위기가 거짓말인 것처럼 순위가 발표되는 순간 공기가 조여들기 시작했다.

"가, 감사합니다……."

초반에 불린 골드 2가 대놓고 안심한 표정으로 단상에 올라갔다.

'저놈도 은근히 계속 가네.'

최종까지 갈 줄은 몰랐다. 턱걸이긴 했지만.

그렇게 10위까지 별다른 이변 없이 순위가 발표되었다. 붙을 만한 사람들이 쭉 붙었다는 소리다. 그나마 놀라운 점은 이세진이 소폭 상승했다는 정도일까.

"11위는… 이세진~ A! 참가자입니다!"

직전 팀전에서 대놓고 싸운 것치고는 괜찮은 성적이었다. 아마 빌런으로 찍힌 최원길과 싸운 덕에 의문의 보정을 받은 모양이다. 옆에서 큰세진이 가슴을 쓸어내리며 이세진에게 박수를 보내고 있었다.

"아, 부럽다."

큰세진은 마치 떨어질까 걱정된다는 것처럼, 살짝 아련하게 중얼거렸다.

"……."

저 정도면 기만 아닌가?

기세상 누가 봐도 붙을 놈이었다. 속으로 '제발 늦게 불러라' 염불을 외우고 있을 게 분명했다. 정말 프로다운 카메라 의식이었다.

"축하드립니다~"

단상에서는 MC가 적당히 뜸을 들이며 쭉쭉 순위를 발표해 나갔다. 친분 있는 참가자들 대부분은 이름이 불려 단상 위에 올라갔다.

그리고 박문대의 이름은 전보다 늦지 않게 불렸다.

"감사합니다."

나는 6위 자리에 착석했다. 지난번보다 소폭 하락세였다.

'역시 순위가 떨어졌군.'

표수가 줄어든 것은 아니었다. 단지 상위권 인플레만큼 내 표가 불어나지 않은 것뿐이다.

인플레가 일어난 이유는 간단했다. 돈 쓴 만큼 투표할 수 있으니, 팬들은 마이너스 투표를 의식할수록 불안감에 더 표를 사게 됐다. 그리고 이 경향성은 참가자가 간절해 보일수록 더 강해질 수밖에 없었다.

'쫄리면 더 지르라는 거지.'

하여간 제작진 놈들이 지갑 쥐어짜는 방법은 기가 막히게 채택했다는 말이다. 그러나 분량이든 등수든 과거든 논란이 있는 다른 최상위권들과 비교할 때 최근 '박문대'는 특별히 꼬투리 잡힐 상황이 없었다.

'어쩔 수 없나.'

그렇다고 논란거리를 만드는 건 미친 짓이었다. 편집에서 수위를 조절하는 건 내가 아니라 제작진이니까.

'〈캐스팅 콜〉을 그냥 넘긴 게 역시 좀 아깝다.'

약간 아쉬웠지만, 이미 지나간 배였다. 어차피 VTIC이 튀어나온 이상 박문대 중심의 분량을 뽑기는 글렀던 것이다.

"축하한다~"

"어. 고맙다."

소폭 상승해서 7위로 마감한 큰세진이 싱글벙글 웃으며 하이파이브를 요청했다. 아주 정석적인 동료 참가자의 리액션이었다.

'이놈도 기세를 봐서는 데뷔할 것 같은데.'

학폭 논란 때 붙은 마이너스 표를 제외하면 큰세진이 박문대보다 표수가 많았다. 예상대로 투표자들이 결집한 모양이다. 선행이 내 뒤통수를 위협할 줄이야.

'역시 호구 짓이었나….'

그 당시 같은 팀이라 별수 없긴 했다. 그래도 약간 배알이 꼴리는 건 어쩔 수 없는 일이었다. 나는 내심 짧게 혀를 차고, 도로 MC에게 시선을 돌렸다.

1위는 차유진이었다.

"와우!!"

차유진은 신나게 웃으며 1위 배지를 받다가, 문득 진지하게 태도를 가다듬고 소감과 감사를 전했다.

"여기 나와서… 많이 배우고, 많이 생각하게 됩니다. 앞으로 더 열심히, 더 강하게 멋진 모습 만들겠습니다. 1위 정말 감사합니다."

문법은 여전히 해괴했지만 지금까지 보여준 적 없을 만큼 진중한 목소리였다. 최근 분량과 시너지가 날 만한 면모였다.

'저래서 1등 했군.'

노리고 저러는 게 아닌 것 같다는 점이 과연 여기서 끼 스탯이 가장 높은 놈다웠다.

"주주 여러분께서 선택하신 1등 주식, 차유진 참가자! 다시 한번 축하드립니다~"

적당한 박수 소리와 함께 차유진은 1등 좌석으로 올라가 앉았다.

남은 생존자는 최하위 두 자리. 그리고 아직까지도 골드 1은 단상에 올라오지 못했다.

'일단 후보에는 들었다.'

20위, 19위 후보 넷이 전광판에 뜨고, 골드 1의 얼굴이 보일 때까지만 해도 상황은 희망적이었다. 확률은 50%였으니까.

그리고 골드 1의 이름이 불리는 일은…….

"20위! 〈재상장! 아이돌 주식회사〉의 결승 무대에 진출할 마지막 참가자는… 서태문입니다!"

…없었다.

팀전 1위 때처럼, 절반의 확률이 또다시 골드 1을 배신한 것이다. 확률 50%랑 원수라도 졌나 싶은 결과였다.

"여기까지 왔다는 것에 자부심을 가지고 돌아가겠습니다. 투표해 주신 주주님들, 정말 감사합니다!"

결국 골드 1, 하일준은 21위로 오디션 참가를 마무리하게 되었다.

"형!!"

"야, 연락해!"

MC의 마무리 멘트가 끝나자마자 탈락자들은 전보다 덜 형식적인 배웅의 시간을 가졌다. 몇 달간 부대끼고 지냈으니 어지간하면 친한 놈이 서넛은 생겼을 테니까.

　그리고 나는 눈물을 줄줄 흘리고 있는 골드 2, 선아현 다음으로 골드 1과 인사하게 되었다. 카메라가 돌아가는데 하필 감성에 푹 젖은 둘 다음에 대화하게 되어 부담스럽기 짝이 없었다.

　일단 적당히 악수를 하자.

　"문대~"

　그러나 이쪽도 만만찮게 감성 빌드업이 됐는지 허그로 시작했다.

　'이걸 떼어낼 수도 없고.'

　찜찜해하려니 골드 1이 담담하게 말했다. 아쉬운 기색을 꾹 누른 것 같은 말을.

　"넌 데뷔할 것 같다. 힘내."

　"......"

　'박문대'의 몸에 막 들어온 나에게, 몇 달 뒤 아이돌 지망생의 덕담에 복잡한 심정이 될 거라고 말해줬다면 과연 믿었을까 모르겠다.

　'거참.'

　나는 한숨 대신 덕담을 돌려줬다.

　"형도요."

　"뭐?"

　"형도 금방 데뷔하실 것 같습니다."

　골드 1, 하일준은 허그를 풀고 히죽 웃었다.

　"그렇지? 난 잘될 준비가 됐다니까."

　모른다. 21위라는 애매한 최종 등수로 과연 성적을 낼 수 있을지.

　그러나 나는 그냥 고개를 끄덕였다. 놀랍게도 카메라가 돌고 있으니 적당히 해치우자는 생각에서 나온 행동은 아니었다.

"그동안 감사했습니다."

"나야말로 고마웠다!"

57명이 탈락하고 남은 20명의 참가자. 이제 기다리는 건 결승전뿐이었다.

탈락자들이 다 방 빼고 나간 뒤, 남은 참가자들은 숙소에서 트레이닝복으로 갈아입고 재집합했다. 눈물 콧물 짜며 배웅할 때는 언제고 이젠 다들 이상한 선민의식에 차 있는 분위기다.

'어쩔 수 없지.'

불특정 다수의 응원을 받으며 파이널까지 왔으니 자아가 비대해질 만도 했다. 웬만큼 멘탈 강한 놈이 아니면 분위기에 취할 만도 했다. 나이도 어리고.

MC는 퇴근했는지 보이지 않았다. 대신 영린이 촬영을 진행했다.

"〈재상장! 아이돌 주식회사〉, 그 마지막 무대를 완성할 20명의 참가자분들. 축하드립니다. 우리 박수 칠까요?"

"네!"

짝짝짝. 박수 소리가 울렸다. 하지만 지금 중요한 건 이런 인사치레가 아니다.

'왜 아무것도 없냐.'

분명 마지막 팀 가르기를 해야 할 타이밍이었다. 그러나 촬영장에는 아무것도 없었다. 대기 중인 소품 하나 보이지 않는다. 그 대신 있는 건 전광판뿐이었다. 어쩌려는 거지.

"우선 파이널 스테이지에서 여러분이 공연할 곡을 공개하겠습니다."

[안녕하세요! 이글러입니다.]

"헉."
전광판에서 작곡가 팀이 나와 인사했다. 유명 아이돌 타이틀 몇 곡 작업했던 이름 있는 팀이었다. 익숙한 뮤비들이 몇 컷 지나가자 참가자들이 흥분했다.

[저희 이글러가 참가자분들께 드리는 곡을… 바로 공개하겠습니다!]

'새 곡이군.'
파이널까지 와서야 데뷔 팀 앨범에 넣을 수 있는 곡을 줬다. 시즌 시작 전 예산 규모가 짐작이 간다.

[Lalu~ La Li~]

어쨌든 곡은 좋았다. 귀에 잘 붙는 게 음원차트에서 프로그램빨로 반짝 진입했다가 순식간에 사라질 곡은 아니었다. 문제는 가이드 보컬이 뭐라고 하는지 모르겠다는 점이다.
'이거 그냥 되는 대로 부르는 것 같은데.'
잠깐, 설마?
"이 곡의 제목은 〈Final〉입니다. 그리고 가사는… 없습니다!"

"예?"

"가사가 없어요?"

영린의 말에 참가자들의 리액션이 쏟아졌다. 곧 전광판의 작곡 팀 중 하나가 어색하게 화이팅 포즈를 잡으며 대본을 읽었다.

[여러분의 창의력을 발휘해서, 〈Final〉 데모 버전을 완성해 주시기 바랍니다! 파이팅!]

영린이 영상의 소리를 이어받듯 말했다.

"그렇습니다. 〈Final〉은 미완성 곡입니다."

"…!"

"참가자분들께서 직접 가사를 짓고, 안무를 완성해 이 곡에 어울리는 부제를 붙여주셔야 합니다. 또한, 편곡도 가능합니다."

이럴 줄 알았다.

'자체제작 망령이라도 붙었나.'

아무리 셀프 프로듀싱하는 아이돌이 잘나간다고 해도 파이널에서까지 이럴 줄은 몰랐다. 3차 팀전에서 〈달토끼〉 팀 빼고는 사실상 제작 파트 다 죽 쑨 거 못 봤나? 〈허스키야〉 팀 1등은 차유진빨이었지, 거기도 음원만 들으면 별로였다.

'심지어 결승은 생방송인데 어쩌려는 거냐.'

아무리 봐도 무리수였다. 그 무리수 사이를 뚫고 갈 방법을 이번에도 찾아야겠지만. 나는 떨떠름한 채로 전광판에서 흘러나오는 마지막 무대 곡을 마저 들었다.

확실한 건 일단 김래빈이랑 같은 팀이 되어야 한다. 작사에 편곡? 더 볼 것도 없고 이놈부터 무조건 잡고 가자.

'그러니까 대체 어떻게 팀을 짜는데.'

마치 그 생각에 응답이라도 하듯이 영린이 발표했다.

"그리고 함께 무대를 만들어갈 팀 구성은… 완전히 자유입니다."

"…!!"

"누구와 어떤 팀을 구성하든 제작진은 전혀 관여하지 않겠습니다. 최대 인원 7명 안으로 팀을 구성해, 연습을 진행해 주시면 됩니다."

아이고, 개판 났군.

'이거 누구든 처신 잘못하면 막판에 논란 글 생성기 되겠는데.'

내가 알기론 결승 당일 생방송에도 만만치 않게 지뢰를 깔아놨었다. 설마 결승 무대 준비 파트에서도 벌써부터 지뢰밭일 줄은 몰랐다만.

"그리고 파이널 무대 우승 혜택은… 천만 원입니다."

"허억!"

여기저기서 이상한 소리가 터졌다. 갑작스러운 상금에 다들 당황한 모양새였다.

"공정한 경쟁을 위해, 제작진은 참가자들의 최종 데뷔 여부는 온전히 주주님들의 손에 맡기기로 결정했습니다."

이 마음에도 없을 소리는 됐고, 천만 원이면… 세금 떼면 대충 780만 원쯤 받을 것 같다.

'어떻게 되든 저건 타 가고 싶은데.'

참고로 장기자랑에서 탄 냉장고는 아직도 못 받았다. 설마 이놈들 상금도 미루다 입 싹 닦는 건 아니겠지. 계산하면서 영린의 남은 말을 들었다.

"그럼 함께 파이널 스테이지를 만들어 나갈 팀원 구성, 지금… 시작하세요!"

그 말이 떨어지게 무섭게 참가자들이 우르르 행동을 개시했다.

"문대야."

"형."

양옆에서 곧바로 말을 걸어왔다. 7위 큰세진, 5위 김래빈이다. 큰세진이 김래빈을 확인하고 빙긋 웃었다. 겹치는 포지션 없다 이건가.

"일단 우리 셋은 같이 갈래?"

"좋습니다."

"그래."

순식간에 합의가 끝났다. 그 와중에 저쪽에서 2위 자리에 서 있던 선아현 우물쭈물 다가왔다. 뭐, 선아현이야…… 끼워도 손해는 안 보는 놈이니까 괜찮겠지.

"같이할까?"

"으, 으응!"

선아현의 얼굴이 환해졌다. 다른 팀원들도 별 반발 없이 고개를 끄덕였다.

이걸로 4명. 나는 눈썹을 찌푸렸다.

-2위, 5위, 6위, 7위.

'좀 과한가.'

자칫하면 상위권이 친목으로 자기들끼리만 했다고 적폐로 욕먹을 것 같은데. 슬슬 실력은 괜찮고 순위가 비교적 낮으며, 친분 없는 참가자를 넣어야 할 것 같았다.

"형. 차유진은…."

"음."

김래빈이 운을 띄웠다. 나는 저쪽에서 이미 이야기를 나누는 차유진과 류청우를 확인했다.

−1위, 4위.

아, 이건 안 되겠는데.

"그냥 여기서 마감하는 건 어때."

"예?"

어차피 이걸 거절하고 안 친한 낮은 순위 넣자고 하면 안 통한다. 나는 깔끔히 추가모집을 포기했다.

큰세진이 곧바로 지원사격으로 들어왔다. 이놈도 벌써 상황을 파악한 모양이다.

"우리 무대에서 비중도 생각해야 하잖아~ 마지막이니까 많이 보여주면 좋지 않을까? 지금 각자 포지션도 딱 좋고!"

"……."

부정 못 할 것이다. 차유진 들어오면 편집이나 분량에 무슨 왜곡이 나타날지 모른다. 김래빈은 고민하는 얼굴로 잠시 말이 없더니, 곧 평안하게 고개를 끄덕였다.

"맞는 말씀입니다."

현명한 판단이었다.

'표가 걸린 것도 아니고 상금일 뿐이니까.'

아직 투표 방식은 모르겠지만 혹시 개인투표라 승리에 불리하다고 해도 상관없었다. 최종적으로 무대 분량이 더 중요했다. 4명이면 충분하다.

정리된 상황에 큰세진이 활기차게 발을 돌렸다.

"그럼 이대로 보고……."

"저기. 형님들!"

그때, 큰세진의 말을 끊고 누군가 들어왔다. 골드 2였다.

"아, 저희… 같이할 수 있을까요?"

골드 2는 놀랍게도 11위 이세진과 함께 우리에게 다가왔다.

'무슨 수로 꼬셨냐.'

골드 2는 초조하고 긴장한 것을 내색하지 않으려 애쓰고 있었지만, 솔직히 뻔히 보였다.

"……."

저걸 어떻게 거절해야 욕을 안 먹을 수 있을까.

힐끔 큰세진을 쳐다보니 안쓰러운 미소를 짓고 있었다. 거절 문구를 쥐어짜 내고 있는 게 분명했다. 기껏 괜찮은 소수정예로 맞춰놨는데 귀찮다고 생각하고 있겠군.

하지만 골드 2는 씩씩했다. 좀 서글픈 의미로 그랬다는 뜻이다.

"저 진짜! 열심히 할 자신 있습니다! 어느 파트 맡아도 딴소리 없이 잘할 수 있구요!"

이거 그림이 이상해지는데.

차라리 차유진이 와서 끼워달라고 하면 거절해도 괜찮았다. 적당히 유머 좀 섞어서 라이벌 기믹으로 가르면 되니까. 그런데 최하위권인 18위, 심지어 고1이 이러는데 거른다? 게다가 이 팀 과반수가 첫 번째 팀전에서 재랑 같은 조였다.

'편집거리 주게 생겼군.'

나는 한숨을 참았다. 차라리 말 걸자마자 '미안, 넷이 하기로 했어.' 같은 말로 빠르게 끝내고 갔어야 했다. 다만 아무도 그걸 총대 메고 싶진 않았겠지.

이러면 그냥 받아주는 게 낫긴 한데, 이미 직전에 분량 핑계로 차유진을 쳐냈다. 발언한 나나 큰세진 입으로 받자고 하기도 이상했다.

"가, 같이하면 안 되나……?"

다행히 여기서 제일 마음 약한 놈이 먼저 항복 선언을 해줬다. 선아현이 슬금슬금 눈치를 보며 입을 연 것이다.

'잘했다.'

이제 김래빈 설득이 관건인데…….

"괜찮을 것 같습니다."

어?

'이걸 쉽게 받아줬다?'

김래빈이 의외로 선선히 고개를 끄덕인 것이다. 한번 편집 매운맛을 봐서 기민하게 반응한 건지, 아니면 다른 이유가 있는 건지는 모르겠다.

"으음, 문대는 어때?"

"괜찮아."

"그래. 그럼 우리 같이할까?"

"허업! 감사합니다!"

골드 2가 양손을 들어 올리며 만세 포즈를 취했다. 뒤에서 이세진이 굳은 표정으로 고개를 숙였다가 폈다. 저건 아직도 뻣뻣하게 굴 수 있다는 게 정말 놀라웠다.

"감사는 무슨, 잘해보자."

큰세진은 빠르게 상황을 정리하고 영린에게 향했다. 그리고 몇 마디 주고받는가 싶더니, 금방 전광판에 글자가 떴다.

[1조 확정!]

[선아현(2), 김래빈(5), 박문대(6), 이세진B(7), 이세진A(11), 권희승(18)]

확정됐다.

생각보다 얼렁뚱땅 만든 꼴이 돼서 좀 떨떠름하긴 했다. 이세진 같은 요주의 폭탄을 끼우고 싶지도 않았다만…… 우리끼리 하겠다고 설치는 밉상으로 찍히는 것보다는 낫겠지.

그때, 뒤에서 아쉬움 가득한 차유진의 목소리가 울렸다.

"아, 놓쳤어요!"

"……."

아무래도 저 팀에서 메인보컬로 '박문대'를 거론하고 있었나 보다. 1조가 너무 빠르게 만들어져서 타이밍도 오지 않던 것이다.

"형! 다음에 같이해요!"

"그러면 좋지."

나는 참가자들 틈에서 손을 붕붕 흔드는 차유진에게 대답하며 생각했다.

'이게 마지막인데 다음이 어디 있냐.'

차유진은 끝까지 해맑은 뇌의 소유자였다.

"이야, 우리 팀 빨리 만들어서 연습 시간이 확 늘었네요!"

큰세진이 싱글벙글 웃으며 대화를 진행했다. 4차까지 왔다 보니 슬슬 쓸데없는 '서로 알아가는 과정'의 시간 소비가 없어서 좋았다.

"일단 리더를 뽑고, 바로 진행하면 될 것 같습니다!"

"오~"

사람들은 감탄사와 함께 큰세진을 계속 바라보았다. 지금까지 모든 팀전에서 리더를 맡았으니 이번에도 하겠거니 생각하는 기색이었다.

그러나 큰세진이 웃으며 고개를 저었다.

"아, 저는 리더 입후보 안 하겠습니다!"

"…!?"

"왜, 왜?"

충격에 휩싸인 팀원들에게, 큰세진이 일부러 부끄러운 것처럼 과장되게 눈을 깜박였다. 눈알 찌르고 싶네 저거.

"저… 메인댄서 하고 싶어요!"

"……."

두 가지가 무슨 겸직 불가 포지션도 아니고 이제 와서 웬 개소린지 모르겠다.

'너 2차 때 둘 다 해먹었잖냐.'

설마 저 발언을 메인댄서 노릴 때 써먹을 생각인가. '리더도 포기했어요!' 같은 구린 멘트랑 함께 말이다.

의외로 배우 출신 이세진이 툭 말을 던졌다.

"둘 다 할 수 있잖아."

"아~ 그쵸. 근데 이번에는 좀 더 혼신을 다해서 도전해 보려구요."

큰세진이 웃으며 손을 모았다.

"게다가 이번에는 짤 게 많으니까, 음, 3차 때도 생각했던 건데요. 창작에 재능 있는 사람이 리더를 하는 게 어떨까 싶습니다!"

그 말에 김래빈에게 눈을 돌렸다. 녀석은 멀뚱멀뚱 큰세진을 보다가 내 시선을 눈치채고 '아,' 하는 감탄사와 함께 입을 열었다.

"저는 박문대 형 추천하고 싶습니다."

"……."

그거 아니다.

"문대 형이 리더요?"

"예."

골드 2의 되물음에 김래빈이 진지하게 고개를 끄덕였다. 어이없어하는 얼굴이 딱 2차 팀전 당시 팀원들의 반응이 떠오른다.

'그만해라.'

이 이상 개그 분량을 받고 싶지 않다. 하지만 김래빈은 말릴 새도 없이 꿋꿋이 말을 이었다.

"우선 침착하고, 안목이 좋고, 주변을 잘 챙기십니다."

"오."

큰세진은 턱을 긁적이고 있었다. 옆에서 선아현이 마구 고개를 끄덕였다.

"마, 맞아!"

반응에 흥이 올랐는지 김래빈이 속사포처럼 와다다 말을 풀어놓았다. 자기 논리에 자기가 감화된 것 같았다.

"무엇보다 순간 판단력이 좋으시다는 점이 리더로서 가장 뛰어난 장점이라고 생각합니다. 이런 면모들로 볼 때 종합적인 창작이 필요한 상황에서 좋은 역량을 발휘하실 것 같습니다."

"…그건 그렇네요."

분위기에 휩쓸렸는지, 골드 2가 멍한 표정으로 고개를 끄덕였다. 이세진도 의외로 별말 없이 얌전하다.

'이게 먹혔냐.'

나는 떨떠름하게 상황을 살피다가, 문득 괜찮은 기회라는 것을 깨달았다.

'리더면 간절해 보이는 분량 뽑기 좋지 않나?'

어차피 막판인데 모 아니면 도다. 좀 고생한다 생각하고 한번 해보는 것도 괜찮겠지.

"난 해도 상관은 없는데. 너희 괜찮겠어?"

"그, 그럼요!"

골드 2가 지레 찔려서 왁 대답하자 팀원들이 화기애애하게 웃었다. 나도 피식 웃고 상황을 정리했다.

"그럼 제가 해보겠습니다. 잘 부탁드립니다."

"오오~!"

"축하해~"

박수받고 리더 배지를 찼다. 싸구려 금속 배지에서 'L'이 반짝였다. 흐름이 나쁘지 않군. 작사는 김래빈이 하고 안무는 선아현이 짤 테니 큰 부담도 없었다.

'이세진만 좀 주의하면 되겠어.'

지난 팀전에서 몇 번 써먹고 잊은 '듣고 보니 맞는 말이군' 특성이 이번에는 등급값을 해주길 바랄 뿐이다.

아, 특성 이야기가 나와서 말인데. 나 드디어 레벨업했다. 지난 팀전 연습하며 1,000번째 연습 포인트들을 모은 덕분이다. 노래랑 춤을 둘다 해서 겨우 레벨을 올렸지.

나는 혀를 차며 오랜만에 상태창을 불렀다.

[이름 : 박문대 (류건우)]

Level : 13

칭호 : 없음

가창 : A

춤 : C+

외모 : B+

끼 : B−

특성 : 잠재력 무한, 듣고 보니 맞는 말이군(C), 센터가 되고 싶어(C), 바쿠스500(B)

!상태이상 : 데뷔가 아니면 죽음을

남은 포인트 : 1

'춤에 찍고 싶은 걸 간신히 참았다.'

C+ 능력치로 선아현, 큰세진 듀오가 수정한 안무를 따라가는 건 지옥이었다. 상황이 어떻게 변할지 모르니 여분 포인트 하나는 남겨두려는 계획이 박살 나기 직전까지 갔었다는 것만 확실히 해두고 싶다.

그리고 하나 더 남겨둔 것이 있다.

[명성의 농익음!]
1,000,000명의 사람들이 당신의 존재를 기억했습니다!
: 영웅 특성 뽑기 ☜ Click!

'100만 명이라니.'

살 떨리는 수치다. '박문대'의 이름과 얼굴, 특징을 기억하는 사람들이 천문학적인 숫자로 불었다는 게 실감이 난다.

사실 이 뽑기를 남겨두고 싶어서 남겨둔 건 아니다. 순위 발표 도중에 달성해서 지금까지 신경 쓸 겨를이 없었을 뿐이다. 어쨌든…… 이건 지금 돌려보겠다.

상태창에 능숙하게 눈짓하자 슬롯머신이 돌아가기 시작했다. 그리고 은빛 칸에 멈췄다.

[특성 : '부동심(B)' 획득!]
─마음이 외부의 충동에도 흔들리지 않는다.

: 정신적 충격 −50%

'나쁘지 않군.'

리더가 된 상황에 필요한 특성이었다. 빡치지 않게 도와주겠군. 나는 적당히 만족했다.

그러나 또 팝업이 떴다.

[특성은 총 3가지만 보유할 수 있습니다!]
[듣고 보니 맞는 말이군(C)] ◀ 삭제
[센터가 되고 싶어(C)]
[바쿠스500(B)]
[부동심(B) new!]

뭐?

'이런 식으로 밸런스를 맞추냐.'

하기야 게임 시스템이라면 무한정 특성을 계속 가질 수 있는 것도 이상했다. 나는 한숨을 참으며 특성 목록을 훑었다.

일단 '잠재력 무한'은 없다.

이건 삭제 불가, 그리고 아예 카운트되지 않는 것 같다. 지금 팝업에 따르면 보유 가능 특성은 3가지였다. 그런데 '잠재력 무한'을 포함해 지금까지 4가지 특성을 가지고 있었으니 아마 이게 맞을 것이다.

'흠.'

나는 잠시 고민하다가, 삭제할 것을 골랐다.

[특성 : 부동심(B)이 삭제되었습니다!]

방금 얻어서 아깝지만 어쩔 수 없었다.

'다른 건 이미 쓸데가 있다.'

'센터가 되고 싶어(C)'는 끼 스탯을 보정해 주기 때문에 버리기 아까웠다. '부동심(B)'보다 등급은 낮지만, 눈에 보이는 수치로 효과가 있으니까. 그리고 내가 리더인 시점에서 선아현과 또 팀이 된 이상 '듣고 보니 맞는 말이군(C)'도 버리고 가기 위험하다.

게다가 '바쿠스500(B)'는 웬만한 게 나와도 버릴 생각이 없다. 이건 RPG에서 체력 포션이나 다름없었다. 끝까지 가지고 가야 한다.

'그럼 남는 게 부동심뿐이지.'

좀 아깝지만 별수 있나. 애초에 내가 그렇게 감성이 충만한 편도 아니니 큰 타격도 아니다.

'이대로 간다.'

그렇게 상태창을 끄자마자 주변에서 신난 목소리가 들렸다.

"문대장님! 그래서 우리 뭐부터 하나요!"

"박리더! 문대장!"

"……."

와, 벌써 별명이 생겼네.

부동심을 버린 게 옳은 판단이긴 한데, 왠지 이번 연습 내내 후회할 것 같은 예감이 들었다. 나는 올라오는 회의감을 무시하고 회의를 진행했다.

"일단, 컨셉부터 잡을까 합니다."
파이널 연습은 그렇게 시작됐다.

박문대가 팔자에 없던 리더 노릇을 하며 파이널 무대 연습에 매진
하던 며칠 뒤, 바깥에서는 순위 발표식이 포함된 11화가 방영되었다.

박문대의 팬들은 물론 문대가 VTIC과 만난 〈캐스팅 콜〉 분량에 재
밌어했다. 특히 청려가 인터뷰에서 대놓고 '자신과 박문대의 모든 문답
이 일치했다'고 대답한 것을 보고 몇몇 VTIC의 팬들까지 섞여서 신나
게 방송을 즐겼다.

-청려님 만나고 수줍어진 멍댕 (동영상)

-VTIC 분 들어오실 때 문댕 놀라서 벌떡 일어나는 거 봤냐고ㅠㅠ 오구구 우
리 댕댕 놀랐어요?

-아니 문대 하나 찍을 때마다 코멘트 하는 거 너무 귀여운데 청려도 똑같이
하고 있엌ㅋㅋ

└심지어 코멘트 내용도 비슷해... 하... 둘이 케미 좋다 나중에 예능이라도
같이 해주지 않을까ㅠㅠ

└응 아냐 어디서 VTIC에 느그 빵대를 비벼ㅎ

└청려팬인데 무시하세요 하급 어그로입니다. 문대군 너무 귀여웠어요~

└넵 고맙습니다ㅠㅠ

프로그램이 후반에 접어들며 어느새 관록이 붙은 팬들은 이제 웬만한 어그로에는 흔들리지 않는 모습을 보여주었다.

-방금 우리 리더님이랑 아이돌 심리테스트 완전히 일치하는 참가자분 누구임?
└박문대(21, 메인보컬) 별명 문댕댕, 닭발을 좋아합니다. 귀엽고 항상 열심히 하는 참가자예요ㅠㅠ (사진 여러 장)
└앗 감사합니다. 주식 살게요~ㅎㅎ
└허억 고맙습니다 저희 한 주는 무료거든요. 구매 후 인증해주시면 치킨 기프티콘 이벤트 중입니다ㅠㅠ (링크)

훈훈한 나눔이 오가던 그 분위기가 깨진 것은 박문대의 순위가 발표된 순간이었다.

-?
-방금 문대 부름?
-6위
-미친
-떨어졌네
-실화임?

현재 박문대의 기세면 당연히 3위 이상은 할 줄 알았던 팬들은 당황했다. 그리고 잠시 혼란 속에서 현실을 부정하다가…… 분노에 찼다.

스스로에 대한 분노였다.

-ㅋㅋㅋ어처구니가 없네 문대가 이럴 상황이냐?

-매번 무대마다 레전드 찍고 유입이 넘치는데 하락ㅋㅋㅋ 하....

-아니 주식 본인은 매번 온갖 호재만 올리는데 시발 순위가 떨어져?ㅋㅋ이건 팬이 게으른 탓이다 문대는 잘못이 없다

-애가 초반악편 말고 무슨 논란이 있냐 실력이 부족하냐 얼굴이 별로냐...다 아니잖아. 진짜 뭐든 잘하고 신경쓰는게 눈에 보이는데 이러면 안 되잖아.

-가뜩이나 간절감별사들이 개소리하는 것도 열받는데ㅋㅋㅋ 미치겠다

방송이 끝난 뒤 새벽에도 이 분위기는 잦아들지 않았다. 대신 좀 더 침착해졌다.

-잠이 안 온다.

-사실상 큰세1진이 역전한 거임 루머 때문에 주식 매도 잠깐 확 늘었는데 그거 빼면 순위 바뀐다?

-그러니까 문대 원래 7위라는 거지?

-아 정말 할 말을 잃어버림

-솔직히 이번 무대가 순위 떨어질 무대는 아니었잖아. 떡상하면 모를까.

-문대 메인보컬 포지션인데도 직캠 조회수하고 좋아요 합산 4위였어. 말도 안 되는 상황이 맞아.

-다른 참가자 주주들 하는 거 봄? 우리만 주식믿고 어지간히 몸 사리면서 해온 거임

그리고 이 모든 의견은 하나로 수렴되었다.

-이렇게 가면 문대 떨어질 수도 있어. 정신 차리자.

그리하여 해 뜨기 직전의 새벽, 박문대의 팬사이트들은 온통 불타오르고 있었다. 그들의 뇌리에 꽂힌 것은 하나였다.

'뭔가 보여주겠다!'

"바깥 공기가 맑구나."

오랜만에 촬영장 밖으로 나왔다. 옆에서 큰세진이 드물게 우중충한 목소리로 중얼거렸다.

'일주일 만인가.'

갑작스러운 숙소와 촬영 세트장 정비 문제로 참가자들은 예기치 못한 짧은 이틀의 휴식 기간을 얻었다. 파이널까지 열흘, 다음 방송까지는 사흘 남은 시점이었다.

참고로 〈아이돌 주식회사〉는 파이널 전주에 본방송을 안 한다. 대신 생존 참가자들과 함께하는 토크쇼로 한 회차를 때우는데, 막말로 쉬어가는 화라지만 그것도 생방송이라서 말이다. 그전에 짧게라도 쉴 시간이 생긴 건 다행이긴 했다.

연습량이 좀 걱정되긴 한다만 그건 사흘 뒤 내가 알아서 죽도록 하겠지.

"문대는 이번에도 아현이 집?"

"으, 응!"

휴식 동안 선아현에게 짧게 더 신세를 지게 됐다.

'아무것도 안 하고 싶다.'

리더 노릇은⋯ 생각보다 칼로리 소모가 심했다. 나는 곧바로 선아현을 따라 발걸음을 옮겼다. 또 부모님이 데리러 오셨다고 한다.

"형!"

뒤에서 이 며칠간 매일 들은 목소리가 또 들렸다.

"응, 왜."

"혹시 이틀간 특별히 스케줄 없으시면 이번에야말로 팬분들께서 걸어주신 광고 보러 가실 생각 없으십니까?"

"음."

없다고 즉답하고 싶다.

하지만 도리상 말문이 막혔다. 한번 보러 갈 타이밍이긴 했으니까. 기껏 돈 써서 걸어줬는데 본인이 인증도 안 하면 기운 빠질 것 아닌가.

그래도 간다면 혼자 가고 싶다. 하지만 거절하면 김래빈과 사이가 나빠지겠지.

'이게 무슨 미연시도 아니고⋯⋯.'

좀 황당했지만, 별수 없었다.

"그래. 가자."

"⋯! 네!"

김래빈은 신난 표정으로 고개를 끄덕였다. 그리고 스마트폰을 꺼내서 뭔가를 열심히 작업하기 시작했다.

"가장 효과적으로 많은 광고를 볼 수 있는 루트가… 이런 식이면 어떨까요?"

나는 김래빈이 내미는 화면을 들여다보았다.

지하철 노선 위로 줄을 그어 놓은 그림 하나가 떴다. 아무래도 내 광고가 걸린 역을 표시해 놓은 맵 위로 이동 위치를 덧그린 것 같았다. 아니나 다를까, 하단에 관련 문구가…….

[박문대 지하철 광고 최신 ver (27개 역)]

"……."

27개?

심지어 하나같이 유동 인구 많은 곳만 알차게 동그라미 표시가 되어 있었다. ……이게 가능한가? 무슨 VTIC 글로벌 모금 생일광고도 아니고 혼자 27개 역에 걸리는 게 가능한 일이었나?

옆에서 자기 스마트폰을 들여다보던 큰세진이 내 등을 쳤다.

"야, 너 차유진보다 하나 더 걸렸어! 지하철 광고! 네가 1등이야!"

"오… 형, 축하드립니다."

"……."

대체 연습하는 일주일 동안 무슨 일이 일어난 거지.

'27개 역'이라는 숫자에 말문이 막힌 사이, 광고 인증 원정대는 착실하게 숫자가 불어났다.

"지금 갈 거야? 그럼 나도 갈래. 여기 몇 군데 겹치네!"

"팀 스포일러 금지 조항이 있으니 다른 팀 사람도 같이 가는 건 어떨까요."

"차유진?"

"예."

"난 괜찮아. 문대는?"

"그러든가."

"네!"

조용히 얼른 보고 오는 건 그 시점에서 끝났다. 의외였던 점은 선아현이 아쉬워 죽겠다는 얼굴로 빠졌다는 점이다.

"부, 부모님이랑… 여행 가기로 해서."

"그래?"

이게 사유면 선아현 자취 집에 나 혼자 가 있는 것도 웃긴 일인데?

"아, 그럼 나도 다른 데 묵을까."

"아, 아니! 써!"

선아현이 기겁했다.

"키, 키 줄게."

"음, 고맙다."

내 뭘 믿고 키까지 빌려주는 건지 모르겠다. 떨떠름하게 키를 받아 들자, 선아현이 뜬금없이 이실직고했다.

"워, 원래는, 같이 가자고 하려고……."

"……."

가족여행에 박문대를 대체 왜 끼워주려고 했는지 알 수가 없다. 부모님이 허락은 한 건가?

"…마음만 고맙게 받는다."

"으응."

이렇게 된 거면 차라리 김래빈과 광고 투어가 낫겠군. 하마터면 얼굴 한 번 본 남의 부모님과 여행까지 갈 뻔했다.

"촬영 날 봐~"

손을 붕붕 흔드는 큰세진 주도로 선아현을 배웅했다. 그리고 선아현이 차를 타고 사라시사마자, 차유진이 나타났다.

"완전 신나요!"

차유진이 눈을 빛내며 백팩을 흔들었다. 벌써부터 피곤한 예감이 들었다.

'하루는 날렸군.'

날아간 내 휴일에 묵념이나 하자.

일단 이 인원으로 대중교통을 타고 이동하자는 미친 안건은 기각했다. 이미 전적이 있기 때문이다.

"한 역도 못 가서 도망쳐야 할걸."

"맞아."

차유진은 아쉬워했지만 금방 회복했다. 택시를 타고 이동하는 것도 재밌어하더라. 이유는 모르겠지만.

어쨌든, 첫 타자는 촬영장과 제일 가까운 여의도역이었다.

"찍는다?"

이건 어찌저찌 잘 끝났다. 여의도역에 걸린 건 나와 김래빈뿐이었기 때문에 각자 군말 없이 얼른 사진을 찍고 자리를 떴기 때문이다. 마스크 벗을 때 눈치챈 사람이 한두 명 있던 것 같긴 했지만, 직장인이 많은 역에 평일 오전인지라 소란이 일어나지 않고 넘어갔다.

아무 문제 없었다.

"좋았어!"

비밀 지령이라도 수행한 것처럼 신난 동행인들과 택시에 도로 타자, 문득 의문이 들었다.

'…이러면 아무 의미 없는 거 아닌가?'

목격담이 없으면 그냥 혼자 광고판 실물 구경한 것과 뭐가 다르단 말인가. 인증이라고 해도 인터넷에 사진을 올릴 수 있는 것도 아닌데 말이다.

'목격담인 것처럼 내가 유출이라도 해야 하나.'

그러나 이 걱정은 쓸모없는 상념이었다. 바로 다음 방문지인 고속터미널역부터 난장판이 벌어졌기 때문이다.

"어어어!!"

"차유진! 야 차유진이야!"

"쟤네 걔들이야? 아주사?"

"광고판 보러 왔나 봐. 헐…."

이 모든 말을 고속터미널역 광고판 전방 3M 안에 접근하자마자 동시에 들었다.

당연히 모두 마스크도 벗지 않은 상태였다. 지난번의 실패를 교훈

삼아 다들 모자나 후드까지 뒤집어쓰고 있었는데, 대체 어떻게 알아본 건지는 알 수가 없었다. 머리카락도 보이지 않았는데 말이다.

그리고 어마어마한 인파가 몰리기 시작했다. 농담이 아니라 지하상가에서부터 이쪽을 보고 뛰어오는 사람까지 보인다.

'이건… 민폐다.'

사고 나기 딱 좋은 상황이었다.

'뛰자.'

대충 시선만 교환한 뒤 얼른 역을 벗어났다. 사진은 당연히 찍지 못했다. 이제 뭐로 가려도 쓸모가 없다는 것만 확인했을 뿐이다.

그리고 택시에 타서 한숨을 돌리는 것도 잠시, 택시 뒤로 다른 택시가 따라붙은 것까지 확인했다.

"저거 우리 따라오는 거지?"

"조수석에 앉은 사람이 카메라를 들고 있습니다."

김래빈의 확인에 택시 분위기가 우중충해졌다. 택시 기사분은 '뭔 재밌는 일들을 그렇게 하셔~' 하고 농담을 하셨다가 심각한 분위기에 조용히 입을 다무셨다.

'망했네.'

그렇게 광고 투어는 초반부터 장렬하게 망했다. 간신히 따라오는 차를 따돌리고 난 뒤, 모두 현 상황을 납득했다.

"…따로 가자."

"그래."

"예……."

"인형탈 쓰고 가요!"

"…??"

조용한 합의 분위기를 깨고 차유진이 갑자기 뜬금없는 제안을 했다.

"인형탈?"

"네! 귀엽고 사람들 모르고!"

그 말에 큰세진이 제일 먼저 반응했다.

"잠깐… 아, 강남 쪽에 대여업체 있네."

"오우!"

"가격도 괜찮다! 인당 5, 6만 원만 쓰면 되겠는데?"

5만 원이 뉘 집 개 이름도 아니고.

하지만 괜찮은 발상이긴 했다. 나는 한숨을 쉬고 첨언했다.

"하는 건 좋은데, 그래도 각자 알아서 광고 보러 가는 걸로 하자."

"응?"

"왜요?!"

차유진의 되물음에 김래빈이 우울하게 대답했다.

"그거야, 인형탈 넷이 돌아다니면 시선이 더 집중될 테니까……."

"아."

모두 즉각 납득했다.

"그럼 일단 대여까지는 같이하자. 괜찮지?"

"네!"

"오키. 기사님! 저희 여기로 가고 싶은데요……."

큰세진이 곧바로 택시 목적지를 변경했다. 그리고 택시는 20분도 지나지 않아 웬 상가건물 구석에 위치한 파티용품 대여점에 도착하게 되었다.

차유진은 입장하자마자 곧장 인형탈 하나를 집어 들고 신나게 계산

대로 향했다.

"나 이거!"

아마 백호 비슷한 뭔가였던 것 같다.

"빠르네."

"우리도 얼른 고를까."

그러자 인형탈 앞에 남은 인원 옆으로 다가온 직원이 초롱초롱한 눈으로 말을 걸었다.

"저기, 혹시 사인받을 수 있을까요?"

"…그럼요."

혹시라도 오늘 중에는 인터넷에 올리지 말아달라고 부탁한 뒤에, 우리는 줄을 서서 사인을 했다. 굉장히 어색했다.

"난 이거."

사인이 끝난 뒤, 직원분을 대동한 채로 인형탈을 골라갔다. 큰세진이 거대한 곰 인형탈을 고르자 옆에서 김래빈이 토끼탈을 골랐다. 누가 봐도 다분히 팬 여론을 의식한 선택이었다.

'이렇게 되면 나도 결국 이건가.'

나는 떨떠름하게 인형탈 하나를 잡아들었다. 5년 전 인형탈 알바 이후 처음 써보는 인형탈은 묵직했다.

'이것도 고생이겠군.'

이걸 쓰고 돌아다닐 생각을 하니 눈앞이 까마득했다. 일단… 루트부터 새로 짤까.

박문대의 팬사이트들은 투표 독려에 이어서 결승전 때 문자 투표를 끌어모으기 위해 대중교통마다 광고를 걸었다. 래핑버스에 영화관까지 별 광고를 다 잡았지만 준비 시일이 짧은 탓에 현재 실행된 것은 지하철역 광고들 정도였다.

여기, 강남역 지하상가 부근 대형 전광판을 선점한 사람도 마찬가지였다.

'잘 나왔다!'

제작발표회 때 박문대의 볼 콕 포즈를 뽑아낸 이 여성은 기어코 그 사진으로 광고판을 뽑았다.

'아껴두길 잘했어.'

참고로 잠실역에는 2차 팀전의 히어로 슈트를 입은 박문대 전신을 디지털 포스터 광고로 걸었다. 이다음에는 그걸 보러 갈 예정이었다.

'하나 더 하고 싶었는데.'

맞은편 전광판의 선아현을 보며 그녀는 아쉬움을 삼켰다. 저 자리가 탐났던 것이다.

사실 며칠 전에 선아현의 팬들이 아현역을 통째로 빌리다시피 해서 지하철 안전문부터 출구까지 광고를 깔아놨다는 포스팅도 봤다.

'거기를 그럴 정도면 강남은 좀 놔주지.'

모금액도 충분해서 그녀가 보태려던 사비가 남았기 때문에 더 아까웠다.

'어찌 됐든 색도 잘 나왔고, 됐다.'

그녀는 전광판을 다시 한번 카메라로 찍었다. 그때, 잠시 커피를 사러

갔던 그녀의 친구가 다가와서 웃음기 가득한 목소리로 그녀를 불렀다.

"야, 저거 봐!"

"어?"

커피 빨대가 가리키는 쪽으로 고개를 돌리자, 웬 귀 쫑긋한 노란 강아지탈이 뒤뚱뒤뚱 전광판으로 다가오고 있었다.

'웰시코기?'

멍하니 보고 있자니, 웰시코기의 손에 들린 스케치북이 보였다.

[박문대 데뷔해]

"뭐야 저게!"

그녀는 빵 터져 웃으면서 웰시코기에게 자리를 비켜주었다. 주변에서 전광판을 보던 몇몇 사람들도 웰시코기를 보며 웃고 있었다.

아무래도 문대 머리색과 별명에 맞춰서 노란 강아지탈을 쓰고 온 모양이었다. 키 큰 사람이 뒤뚱뒤뚱 인형탈을 움직이는 것이 제법 귀여워 보였다.

"사진 찍어드릴까요?"

그녀의 친구가 전광판 앞에서 멀뚱히 선 웰시코기에게 물어봤다. 웰시코기는 고개를 끄덕이며 자신의 폰을 내밀었다.

'아, 재밌는 사람 진짜 많아.'

그녀는 웃음을 가리지 못한 채 웰시코기에게 말을 걸었다.

"저 사진 하나 찍어서 올려도 될까요? 아이디어 좋으시네요!"

웰시코기가 열심히 고개를 끄덕였다. 그녀는 얼른 사진을 찍고 자신의 팬 계정에 사진을 업로드했다.

[광고 확인하러 왔는데 문댕댕 인형탈 쓴 팬분 만났어요! :D (사진) (사진)]

사람들이 좋아할 만한 소재였기에 순식간에 공유와 좋아요수가 늘
어났다. 그사이, 웰시코기는 인증 샷을 다 찍고 그녀의 친구에게 폰을
돌려받았다.

"잘 들어가세요~"

웰시코기가 그녀와 친구에게 고개를 꾸벅 숙여 보이고는 다시 뒤뚱
뒤뚱 길을 떠났다. 그녀도 키득키득 웃으며 친구와 2호선을 타러 이동
했다. 잠실역 근처에서 점심을 먹고 그곳 광고도 확인해 볼 생각이었기
때문이다.

근처 맛집에 들어가서 밥을 먹고 2차로 카페에 가서 시킨 음료를 기
다리고 있자니, 그녀의 친구가 웃으며 뭔가를 보여주었다.

"이거 봐! 아까 웰시코기 팬분 잠실도 갔었나 봐. 사진 또 떴었네."

"와, 대단하네. 그거 입고 이동하기 힘들 텐데."

문대가 봐도 재밌어하겠다며 그녀는 웃는 얼굴로 SNS에 뜬 사진들
을 확인했다. 웰시코기는 부지런하게도 오전과 점심 내내 여기저기 역
마다 방문해서 인증 샷을 찍은 것 같았다.

'이거 하려고 서울 올라오셨나?'

간혹 그런 팬분들을 보기도 해서 낯선 일은 아니었다. 인형탈은 재

있는 발상이긴 했지만 말이다. 그렇게 관련 게시글들을 휙휙 넘기다 보니 아까 그녀가 찍은 사진들도 보였다.

그러다, 무언가를 발견하고 손을 멈추었다. 그녀의 친구가 웰시코기를 찍어주는 장면.

"…어?"

"왜 그래?"

그녀는 떨리는 목소리로 친구에게 물었다.

"그… 아까 웰시코기 찍어줄 때."

"응."

"호, 혹시… 폰 확인했어?"

친구가 고개를 갸우뚱 기울였다.

"뭐… 그냥 스마트폰이지. 좀 낡았고… 케이스도 안 꼈…… 자, 잠깐."

친구는 말하다가 스스로 깨달았다. 그녀는 그 말을 다 듣지도 않고 다급히 문대의 PR 영상을 확인하고 있었다.

'이 기종.'

그리고 다시 자신이 찍은 사진을 확인했다. 친구 손에 들린 웰시코기의 폰은…… PR 영상의 것과 똑같은 모양이었다.

등에 쭈욱 소름이 돋았다.

"야, 야야야, 야……."

"…진짜야? 진짜? 진짜?"

"아니, 이게, 어……."

그녀와 친구가 믿기지 않는 추측에 문장을 완성하지 못하고 말을 더듬을 때, 스마트폰에 새로운 알림이 들어왔다.

그 글에는 신촌역 전광판 앞에서 땀에 젖은 채로 탈을 벗고 미소 짓
고 있는 박문대의 상반신 사진이 첨부되어 있었다.

오전에 그녀들이 본 그 인형탈이 맞았다.

"……."

두 사람은 음료가 나올 때까지 입을 벌리고 자리에 앉아 있었다. 그
리고 아메리카노가 나왔다.

"맛있게 드세요."

"……."

그제야 얼음물을 목구멍에 꽂아 넣으며 내면으로 울부짖었다.

'악수라도 할걸!!'

분명 계를 타서 기쁘고 문대가 좋아서 죽을 것 같은데, 동시에 아쉬
워서 토할 것 같은 괴상한 기분이었다.

"팬싸 가자."

"꼭 간다."

팬사인회를 기약하며, 둘은 조용히 불타올랐다.

나는 해가 지기 전에 인형탈을 반납하고 선아현의 자취 집으로 귀가했다. 온몸이 인형탈 안의 습기로 쪄진 것 같았다.

'더워.'

지출이 상당했다. 게다가 피곤했다. 그런데 기분은 나쁘지 않았다.

'좋은 소리만 듣고 와서 그런가.'

마지막에 탈 벗을 때 반응도 신기했지만 사실 탈 쓰고 돌아다닐 때가 더 흥미로웠던 것 같다. 사람들이 웃으면서 함께 사진을 찍고 싶어하거나, 박문대의 인화 사진이나 간식 등을 건네주는 것은 신선한 경험이었다.

'물론, 이런 사진까지 나올 줄은… 몰랐지만.'

노란 동물 귀를 합성한 사진도 있더라고. 나는 그 사진을 포함해 받은 물건들을 적당히 짐 속에 넣어뒀다. 나중에 더 살펴볼 생각이었다.

그리고 즉시 샤워를 했다.

'살 것 같다.'

몸을 말린 뒤 옷을 갈아입고 나오자 한결 상쾌해졌다. 침구에 앉아서 찬물을 마시고 있자니, 새로 생긴 단체 메시지방이 끝도 없이 울렸다.

[큰세진 : 이야 소식 다 봤다 다들 잘 다녀왔더라ㅋㅋ 유진이 빼고!]

[차유진 : ;()]

[김래빈 : 인형탈까지 쓰고 왜 말을 했어.]

[차유진 : 나는 몰랐어…]

위로 올려서 대충 확인해 보니, 차유진이 고맙다고 외쳐서 단번에 들통난 뒤 도주하는 모습이 찍힌 동영상이 올라와 있었다.

'어쩐지 놀랍진 않군.'

[큰세진 : 야 문대는 15군데나 돌았더라? 진짜 대단하다 의지의 한국인임 다들 박수 가자]

[김래빈 : (박수 치는 올드한 이모티콘)]

[차유진 : 축하합니다...]

[큰세진 : 문대야 1 사라진거 다 보임 대답해라ㅋㅋㅋ]

나는 피식 웃고 답을 달았다.

[나 : 그래 고맙다.]

[김래빈 : (인사하는 기본 이모티콘)]

[차유진 : 멋져요!]

[큰세진 : ㅋㅋ별말씀을 (하트 이모티콘)]

나는 이모티콘이 남발된 단체방을 끄고 SNS에 접속했다.

'좀 더 자세히 살펴볼까.'

혹시라도 '쉬는 시간에 싸돌아다니지 말고 연습이나 하지 뇌가 없나.' 따위의 이상한 소리가 나오진 않았는지 확인해 볼 생각이었다.

"흠."

다행히 그런 일은 없었다. 사람들은 다들 즐거워 보였다.

타임라인을 좀 더 위로 당겨봤다. 웬 4명이 인형탈을 쓰고 각자 다른 참가자의 광고를 찾아다녔다는 걸 사람들이 눈치챘을 때, 사람들은 처음엔 팬들끼리 장난삼아 한 일이라고 생각한 모양이었다.

-나도 덕친이랑 해보고 싶어짐

-화목하고 귀엽다 이렇게 팬들끼리 싸우지 말고 친하게 지냈으면ㅠㅠ

-차래문큰 다 데뷔합시다♡

하지만 차유진이 들통나고, 하나둘씩 참가자들이 탈을 벗을 때마다 분위기는 경악의 도가니탕이 됐다.

-미미미친
-허억 얘들아 이게 무슨 일이야
-나 어제 잠실역 갔는데ㅜㅜ 아아악 문대야ㅠㅠ 누나가... 알았으면 오늘 거기서 캠핑을 했지...
-쌩얼 뭐임 광나는 거 실화냐
-님들 저 웰시코기 문대한테 사진주고 왔는데ㅠㅠ어어어엉 문대야 사랑한다 으아아!!! (강아지 귀 합성한 문대 사진)

이후 사람들은 혹시 이것도 〈아주사〉 촬영인가 술렁거리다가, 인형탈 대여업체에서 사인과 함께 후기를 올리자 더 행복해하기 시작했다.

[애들끼리 자기 이미지대로 맞춰서 빌렸나봐 인형탈 렌탈 업체에서 후기 뜸 (링크)]

-세상에 이 미친놈들 어떻게 지들끼리 이런 생각을ㅠㅠ
-우리 애 인형탈 뒤져서 굳이 웰시코기 탈 골랐을 거 생각하면 진짜 귀여워

서 죽고싶어진다 (죽도록 사랑해 밈 캡처)

　-팬들이 자기 댕댕이라고 부른다고 강아지 찾아서 노란 거 고르고 뿌듯해했을 거 아니야ㅠㅠㅠㅠ심장 아프다

　'…즐거웠다니 다행이군.'

　좀 민망했지만, 사람들이 워낙 좋아하니 참을 만했다. 그러나 이렇게 귀엽다고 연발할 일인지는… 잘 모르겠다, 내 감성의 문제인가.

　알 수 없는 노릇이었다. 나는 어깨를 으쓱하고 침구를 정리해 누웠다. 그리고 깨달았다.

　'오늘 먹은 게 없어.'

　종일 인형탈 쓰고 질주하느라 정신이 없어서 깜박했다. 하지만 이상하게 속이 허하진 않았다. 뭐라도 먹고 자야 하나 짧은 생각이 들었지만, 곧 까무룩 잠들었다. 꿈도 없는 단잠이었다.

　그렇게 이른 저녁 시간에 빠진 잠은 그다음 날 정오까지 계속되었다. 뭐… 알찬 휴일이었다.

　반나절 동안 가벼운 운동만 하며 푹 쉬었다.

　그리고 그다음 날 새벽. 생방송 토크 준비를 위해 촬영장으로 향했다. 야밤에 웬 호두과자를 싸 들고 여행에서 돌아온 선아현도 물론 같이 왔다. 참고로 호두과자는 맛있었다. 앙금에 흰 강낭콩을 써서 부드럽더라.

"문대구나. 잘 쉬었어?"

"예."

촬영장의 대기공간에 들어가자, 가장 먼저 도착한 류청우가 인사를 해왔다. 선아현은 제작진에게 호출받아서 자리에 없었다.

"형은 잘 쉬셨어요?"

"음……. 그래."

류청우가 씩 웃었다. 그냥 보기에도 안색이 좋아 보이지 않았다. 그러고 보니 이번에 리더도 안 했군. 전해 듣기로는 양보했다는 것 같던데 무슨 일인지는 자세히 모르겠다. 사실 관심도 없고.

"너희 인형탈 한 거 봤어. 재밌어 보이더라."

"아, 감사합니다. 형도 인증 몇 번 하셨던데."

혹시 데뷔할 경우를 생각해서 이 정도로 반응 접대는 해주자. 류청우는 약간 머뭇거리다 대답했다.

"…최근에는 못 했지."

"……."

뭐 어쩌라는 건가. 사연을 물어봐 달라는 것 같은데 굳이 내가 류청우의 구구절절한 이야기를 알 필요는 없을 것 같다. 나는 어깨를 으쓱하고 마무리 멘트를 했다.

"방송 끝나면 한번 하시면 되죠."

"음… 데뷔 못 하면 면목이 없을 것 같아서."

류청우가 하하 웃었다.

'왜 계속 말꼬리를 잡는 것 같지.'

나는 말을 잘랐다.

"형 데뷔하실 것 같은데요."

"고맙다. 근데 그건 알 수 없는 일이야. 나도 순위 하락했잖아."

설마 1위에서 4위로 떨어진 걸 말하는 건가.

'너 데뷔해서 리더까지 해먹는 걸 아는데.'

나는 떨떠름하게 류청우를 훑었지만, 이 시점의 참가자는 누구든 불안할 수도 있겠다는 걸 인정했다. 게다가 이놈은 좀… 번아웃 같은 게 온 느낌이다.

'잠깐, 류청우가 이대로 탈락하면 공석이 하나 생긴다.'

나는 잠시 희망찬 생각을 했지만, 곧 버렸다. 이제 와서 멘탈 깨져도 남은 건 결승뿐이니 별 소용 없겠지. 그냥 되는 대로 편하게 대답하기로 했다.

"탈락해도 팬분들은 광고 인증 안 하는 것보단 하는 걸 더 좋아하시지 않을까요."

"글쎄… 탈락하고, 프로그램 끝나도 팬분들이 계속 계실까 모르겠다."

"광고에 돈까지 썼는데 갑자기 사라지실 것 같지는 않은데요."

"어?"

"그거 환승역이면 단가 최소 이백에, 목 좋은 곳은 천만 원인 거 아시죠."

"그, 그래?"

"예."

류청우가 침 삼키는 소리가 들렸다. 설마 몰랐나.

"열심히… 해야겠네."

"그럼요."

나는 멀뚱하게 류청우를 마주 보았다.

"문대!"

마침 큰세진이 한 손을 들고 힘차게 입장했다.

'저걸 핑계 삼으면 되겠군.'

나는 자연스럽게 류청우에게 목례하고 큰세진에게 다가갔다. 그리고 새삼스럽게 생각했다.

'그렇다면 나는… 최소 단가로 잡아도 5,400만 원을 빚진 셈인가.'

소처럼 활동해야 양심이 박살 나지 않을 것 같은 액수였다. 돌연사 다음으로 확실한 동기부여가 이렇게 생길 줄은 몰랐다.

〈재상장! 아이돌 주식회사〉의 이번 주 본방송 부제는 이랬다.

〈재상장! 아이돌 주식회사 - 실적발표회〉

토크쇼에 이런 컨셉충 같은 부제가 붙을 줄은 몰랐다만, 어쨌든 꽤 인상적인 네이밍 센스였다.

내용은 통상적인 오디션 프로 특집과 다를 게 없었다. 아직 생존한 참가자들을 불러서 앉혀놓고 질문하고 에피소드 관련 썰도 좀 푸는 식이다. 다만 생방송이기 때문에 편집의 마법은 없었고, 당연히 평상시보다 질문 수위는 많이 낮아졌다.

"오~ 찍먹과 14명! 역시 찍먹이 더 대세군요!"

고로 이런 식의 TMI 대방출이 분량의 다수였다.

'날로 먹는군.'

나는 들고 있던 찍먹 판넬을 내리며 내심 생각했다.

기존에 프로그램을 진행하던 MC 대신 토크쇼에서 자주 보던 탤런트가 방송을 진행하고 있었다. 워낙 입담이 괜찮아서 아마추어 20명을 데리고도 마가 안 뜨는 것은 대단했다.

'그래도 이대로면 시청률 반토막 날 것 같은데.'

그렇게 생각하는 순간마다 MC가 새로운 컨텐츠를 입에 넣어줬다.

"이번 코너는~ 랜덤 플레이 댄스입니다!"

음악이 나오면 달려와서 춤추는 심플한 룰의 유명한 컨텐츠였지만, 20명이 마구 달려 나와서 하니 나름대로 엉망진창 흥겨운 재미가 있었다.

―Come to me

Come to me

눈부셔 네 곁의 Paradise

"와악!"

"나 해보고 싶었어!"

말랑달콤의 〈새로운 세상으로〉에 맞춰 차유진과 몇몇 참가자들이 달려 나와 춤을 췄다.

"오~"

완전히 몰입한 것처럼 1차 팀전 당시의 안무를 따라 하는 모습에 악토버31 출신 참가자들이 폭소하며 박수를 보냈다. 이렇게 프로그램에서 나왔던 곡만 써서 돌렸기 때문에 다른 팀의 안무를 추는 참가자들의 모습을 볼 수 있는 것도 꽤 수요가 있을 것 같았다.

'나쁘지 않군.'

…이라고 생각하는 순간, 익숙한 멜로디가 귓가를 때렸다.

−POP! POP!

넌 나의 팝콘~

"어어?"

"와 이거!"

"으하핫!!"

들어가던 참가자들이 순식간에 튀어나와서 팝콘을 추기 시작했다. 워낙 쉽고 유명한 춤이라 거의 스무 명 전원이 나온 것 같다.

나 빼고 다 나왔다는 뜻이다.

"문대 씨! 문대 씨!"

"……."

MC가 신나게 박문대를 불렀다.

'은퇴할 때까지 출 것 같군…'

나는 터벅터벅 걸어 나와서 참가자들에게 합류했다. 기왕 하는 거니 열심히 추자.

−POP POP POP!

POP☆CON!

기어코 엔딩까지 음원을 틀어준 제작진 덕분에 마지막 포즈까지 하고 들어가게 됐다. 마지막까지 안무를 하며 앞자리에 붙어 있던 놈들이 같이 들어가며 좋아거렸다.

"야~ 문대 진짜 늘었다!"

"천재입니다, 천재."

"…그만하자."

"어어~? 칭찬인데? 부끄러우세요?"

"형님 너무 겸손하신데요~?"

"……."

큰세진과 골드 2를 같은 팀으로 받은 것은 실수였던 게 아닐까 싶다.

어쨌든 방송은 그런 식으로 제법 흐름을 탔다. 빼는 사람 없이 필사적으로 컨텐츠에 달려드는 20명의 참가자들은 계속 적극적으로 MC의 발언에 따랐다.

"자자, 이쯤 해서 우리 시청자 여러분께 받은 질문을 한번 여쭤보겠습니다."

"오~"

"잠시만요, 제가 이름을 하나 뽑으면…."

MC는 세트 구석에 준비된 박스에서 볼을 뽑아내더니, 안에 있는 이름을 읽었다.

"박문대 참가자님!"

"…예."

20분의 1 확률에 걸릴 줄은 몰랐다.

나는 얼른 손을 들고 대답했다. MC는 〈아주사〉에서 PPL 중인 태블릿PC를 가져와서 손에 들고는 슥슥 화면을 넘겼다. 아무래도 방송용으로 적절한 질문을 거르는 중인 것 같았다.

"지금 올라오는 질문 중에⋯ 아, 이거!"

MC는 화면을 터치해서 질문 크기를 키우더니, 카메라 쪽으로 돌려서 보여주며 읽었다.

"음, '문대 개명한 게 사실인가요?'라는 질문입니다!"

"⋯⋯."

뭐라고?

뒷골이 싸해지는 게 느낌이 안 좋았다. 어쨌든 어색해 보이면 안 되겠지. 나는 곧바로 마이크를 들고 말했다.

"⋯출생신고할 때부터 박문대였는데요."

"으허허!"

MC가 리액션이 좋군. 어쨌든 이건 사실이었다.

내가 이 몸에 들어오자마자 주민등록등본, 초본, 가족관계증명서까지 떼어봤다. 바보도 아니고 당연한 일이었다. 혹시라도 문제가 될 만한 요소는 다 찾아봐야지.

박문대는 이 이름으로 계속 살았었고 다른 특이사항은 없었다. 본인이 직접 적어둔 고등학교 자퇴를 제외하면 깨끗했다. 그리고 그 자퇴도 유서 보니 따돌림 때문이었으니까 데뷔에 문제 될 이유는 아니라는 뜻이다.

그러나 저 구체적인 '개명 여부 확인'은⋯ 확실히 마음에 걸리는 구석이 있었다.

'끝나면 바로 인터넷을 찾아봐야겠어.'

"아~ 문대 씨 이름이 워낙 유니크해서 물어보셨나 보네요!"

MC는 더 뽑을 것이 없다고 느꼈는지 곧바로 질문을 마무리했다. 나는 다른 참가자가 질문을 받는 것을 확인하며 촬영이 끝나기를 기다렸다.

나는 막 인터넷에서 밈화된 SNS 글 하나를 찾았다.

[문댕이 뭘 하고 살았을지 궁금한데 아무 것도 나오지 않는다 혹시 개명한 외계인인 건 아닐까]

'이게 문제였군.'

좀 허탈했다. 원래 계정 주인이 유명 일러스트레이터였기 때문에 단기간 내에 빠르게 밈이 된 것 같았다. 팬 커뮤니티 내에서이긴 하지만.

-(일 리가... 있다!)

-먹는데 진심인 걸 보니까 외계인 맞는 듯 지구의 식문화를 조사하러 파견된 거임 암튼 그럼

-문대 본체 강아지 귀 달렸다 내가 봤다

이런 농담을 하며 사람들이 웃는 거야 상관없었지만, 상황 자체는

좀 의구심이 생기긴 했다.

'하나도 안 나올 줄은 몰랐는데.'

〈아주사〉의 프로필에는 박문대의 생년월일에 이름까지 적혀 있었다. 그러니 방영 중간에 출신 고등학교 정도는 밝혀질 줄 알았다.

하다못해 '나 같은 학교였는데 애 좀 이상했음. 혼자 다니다 자퇴한 애임' 같은 말까지도 예상했던 것이다. 그리고 이 정도 발언이야 타격도 없을 터다. 오히려 학교에서 약자였으니 누굴 괴롭힐 깜냥은 아니라고 팬들이 안심했겠지.

그런데 언급도 없다……라.

'인상이 많이 달라져서인가.'

이 추측이 그나마 제일 일리가 있을 것 같았다. 처음 이 몸에 들어왔을 때, 박문대는 비쩍 마른 데다 머리카락도 덥수룩했었다. 거기다 아예 다른 사람(나)이 들어왔으니 말투나 동작, 분위기도 달라졌을 것이다.

그래도 언젠가는 이야기가 나오긴 하겠지. 가명을 쓴 것도 아니니까.

'기왕이면 프로그램 끝나고 나왔으면 좋겠군.'

이제 생방송까지 스마트폰을 보기는 힘들 테니 말이다.

토크쇼 촬영이 끝난 뒤, 숙소에 다시 들어가며 언제나처럼 스마트폰을 반납했다.

'연습이나 열심히 하자.'

이제 결승 무대까지 남은 시간은 일주일뿐이었다. 다른 생각할 여유는 없는 것이다.

…그러나 여유가 없어도, 당장 문제가 생기면 다른 생각을 할 수밖

에 없다. 나는 이걸 얼마 지나지 않아 체감하게 되었다.

일이 터진 것은 이틀 후 저녁이었다.

반쯤 졸면서 저녁을 입에 밀어 넣고 있을 때 제작진에게서 급한 호출이 왔다. 지금까지 경험상 무슨 인터뷰 컷이라도 딸 줄 알았다. 그러나 스탭룸 분위기는 심각했다.

"문대 씨."

날 노래방에서 캐스팅했던 작가는 간신히 걱정하는 것처럼 들리는 말투로 말을 시작했다.

"지금 인터넷에… 글이 올라왔는데."

"……예."

이거 기분이 더럽게 싸한데.

심지어 저 작가가 이걸 어떻게 말해야 좋을지 모르겠다는 것처럼 나를 앞에 두고 말을 고르고 있었다. 나는 두통이 밀려오는 것을 느끼며, 두 손을 내밀었다.

"그냥 제가 직접 봐도 괜찮을까요."

"음, 그래요."

작가는 나를 아래위로 훑어보고는 냉큼 자신의 폰을 건넸고, 나는 화면을 봤다. 낯익은 인터페이스가 큰세진 학폭 논란이 올라온 그 커뮤니티다.

그리고 상단에 큰 폰트로 써진 제목이 보였다.

"……."

이게 X발 무슨 개소리야.

상상도 못 한 타이틀에 정신이 아득해졌다. 머릿속이 턱 막히는 기분은 정말 오랜만이었다.

나는 충격 때문에 안 돌아가는 뇌로 내용을 확인했다.

박문대 인천 시정고 출신인 건 이미 다 떴으니까 설명 생략할게

나 시정고 나왔는데 박문대랑 동갑임. 박문대 3반이었는데 개음침하고 이상한 애였음. 나 사실 이름도 몰랐어 지금 뜬 거 보고 아주 사 박문대인 거 알았다

응 근데 여기까지 읽고 안심하지마 빠들아ㅎㅎ ★박문대 자퇴한 거 같은 반 여자애 생리대 훔치다 걸려서 맞음★

심지어 이것 때문에 생리대 도둑맞은 여자애도 소문 이상하게 나서 얼마 안 가서 자퇴했음

그리고 이거 아는 애들 꽤 있다? 학폭위 열리는 거 아니냐고 한동안 난리였다니까ㅎ 박문대가 자퇴하고 튀어버렸지만!

혹시 안 믿을까봐 내 졸업앨범이랑 교복 인증할게. 근데 굳이 안 이래도 아는 애들 계속 나올 거임~

(사진) (사진) (사진)

그 밑으로 자신도 이 사건을 안다고 주장하는 자칭 시정고 출신 네티즌들의 증언 글이 줄줄 베스트 댓글로 달려 있었다.

"……."

등골이 싸늘하게 식었다.

이건… 답이 없었다. 차라리 누굴 때리거나 돈을 훔친 게 나았다.

훔칠 게 없어서 여자애 생리대를 훔쳐? 내가 현실에서 봤어도 답 없는 새끼라고 생각했을 일이었는데, 아이돌 오디션 참가자한테 이런 일이 터졌다고.

"다 읽었어요?"

읽었는데 할 말이 없다.

박문대 이 새끼 미친 거 아닌가?

'이딴 병신 짓을 저지르고 유서에 따돌림당한 게 억울하다고 적어?'

그래, 혹시 훔친 게 아니었다면 그럴 만도 했다. 근데 당장 이 새끼가 안 훔쳤다는 걸 증명할 방법이 있냐는 말이다.

"……예."

나는 간신히 대답했다. 작가는 쓸데없이 '진짜냐 아니냐' 같은 소리는 꺼내지도 않았다.

"지금 어떻게 하면 좋을지 빨리 생각해 보는 게 좋겠어요."

수습하든가, 하차하든가 알아서 하라는 뜻이다. 나는 침을 삼키고 대답했다.

"…잠시, 생각해 보고 말씀드리겠, …습니다."

"예. 빨리 해주세요."

말도 제대로 안 나올 지경이었다.

그대로 정신 나간 채로 숙소로 돌아갔다. 아직 연습할 시간이라 숙소의 방은 텅 비어 있었다. 탁자에 앉으면 위에 있는 물건을 다 박살 낼 것 같아서 침대에 앉았다.

그리고 최대한 냉정하게 생각하려 노력… X발, 노력 같은 소리 하네.

나는 침대를 후려쳤다. '퍽, 퍽' 거리는 둔탁한 소리가 울렸지만, 뭐 하나 이 빡침이 해소되지를 않았다.

'이대로 뒈지라고?'

이걸 씨X 어떻게 하라는 말인가. 이런 하자 있는 몸에 처넣어놓고 아닌 척 레벨업으로 퍼주는 척 1년 내로 데뷔하라고 등 떠민 이 상황에 악의 외에는 찾아볼 수가 없었다.

머리가 아팠다. 그 엿 같은 부동심 특성을 받아왔어야 했다.

'이제… 뭘 어쩌지.'

빡침 다음으로 밀려온 것은 우습게도 진한 무력감이었다.

할 수 있는 일이 없었다. 정말로.

아는 게 없으니까.

하다못해 스마트폰이라도 있었으면 서치라도… 아니다, 이건 미친 짓이었다. 지금 그나마 여론을 안 보고 있어서 이 정도로 끝나는 것이다.

아무리 내가 다른 사람이 뭐라고 하든 별 신경 안 쓰면서 살았다고 하지만, 불특정 다수가 원색적인 비난을 쏟는 걸 보고도 멀쩡할지는 장담할 수가 없었다. 게다가…….

'……그 사람들은.'

박문대를 응원했던 사람들이 대체 무슨 심정이겠냐는 말이다. 있는 대로 돈과 시간을 썼는데 설마 이런 식으로 뒤통수 맞을 줄은 상상도 못 했을 것이다.

내가 한 게 아니라서 더 어이가 없다. 아주 미칠 지경이다.

……이렇게 상황에 압도되는 느낌은 고아 될 때 이후로 처음이었다.

"……."

포기할까.

짧게 그 생각이 스칠 때 즈음, 누군가 숙소 방문을 삐걱 열었다.

"저, 저기……."

"……."

지금 꺼지라고 말하지 않는 것만으로도 초인적인 인내심을 발휘했다고 생각한다. 나는 대꾸하지 않고 계속 침대에 앉아서 머리를 숙이고 있었다. 뇌가 끓는 것 같았다.

"야 박문대."

그때, 방문이 벌컥 열리며 큰세진이 들어왔다. 벌써 소문이 돌았나 보군. 눈치 빠른 놈이 먼저 알아차린 것도 이상한 건 없었다.

"너 그 얘기 진짜냐?"

몰라.

나는 대답하지 않았다고 생각했으나, 극도의 스트레스로 입이 제어되지 않았던 것 같다. 저 새끼가 대꾸를 하더라.

"왜 몰라. 너 진짜 그것 때문에 자퇴했어?"

"모른다니까."

왜 이렇게 귀찮게 구는지 모르겠다. 어차피 결승만 남았으니 내가 하차하면 오히려 이득 아닌가.

"…너 지금 말도 안 되는 소리 하는 거 알지?"

나는 이를 악물었다.

"기억이 안 나."

"뭐?"

"X발. 자살하려다가 깨서 아무것도 기억이 안 난다. 됐냐?"

투두툭.

옆에서 어정쩡하게 서 있던 선아현이 들고 있던 초코바를 떨어뜨리는 소리가 요란했다.

나는 탄식했다. 쓸데없이 사실대로 이야기했다. 그나마 몸이 바뀌어서 과거로 돌아왔다고 지껄이지 않은 걸 다행으로 여겨야 할지도 모르겠다. 상태창까지 보인다고 했으면 빼도 박도 못하고 허언증 아니면 정신병자다.

아니, 지금 그런 게 다 무슨 소용이란 말인가. 어차피 이 일 해결 못 하면 1년 내로 데뷔는 턱도 없을 것을.

"지, 지, 진짜……."

"어, 진짜."

가뜩이나 침착하기 어려운데 쓸데없는 대화에 기운 쓰게 하는군.

"알았으면 좀… 가만히 둬. 알아서 정리할 테니까."

"…기억도 안 난다면서 무슨 수로 정리하게."

"좀 나가라."

"어차피 너도 아는 게 없으면 상의할 사람 있는 게 낫잖아. 소속사도 없으면서."

"······."

맞는 말이었다.

"솔직히 믿기 힘든데, 네가 이런 일로 거짓말할 거라는 생각은 안 들어. 생리대 훔쳤다는 루머는 더 이상하고."

"마, 맞아."

"너처럼 계산 빠른 놈이 그런 바보짓을 할 것 같지가 않거든."

"···!! 아, 아니······. 그, 그런 뜻은 아니고, 어, 그, 그러니까······."

선아현이 고장 났다. 큰세진은 선아현을 무시했다.

"그래. 피해자나 피해자 지인이 올린 거면 달랐겠지. 근데 보니까 그 것도 아니라네."

"······."

머리가 좀 식었다. 나는 고개를 들고 큰세진을 봤다. 놈은 침착하게 맞은편 바닥에 앉아 있었다. 안 그럴 것 같은 놈이 웬 오지랖인지 모 르겠다.

'자기 일 도와줬다고 저러나.'

그래도 결승을 코앞에 두고 이러는 건 의외긴 했다. 지금 내가 이딴 걸 신경 쓸 처지는 아니지만.

"일단··· 이 사건은 그럼 기억이 안 난다고 치자. 고등학교 때 일 기 억나?"

"고등학교고 뭐고 아예 기억 자체가 없어. 정신 차리니까 앞에 유서 만 있던데."

잠시 침묵이 흘렀다.

"…유서에는, 뭐 언급 없었고?"

"구체적인 사건 언급 자체가 없었지. 억울하다는 표현은 있었지만 그건 누구든 아무 때나 할 수 있는 말이고."

"본인인데 냉정하네."

큰세진이 힘없이 헛웃음을 지었다. 나는 코웃음을 치고 싶었지만, 그럴 심적 여유가 없었다.

"저, 저기."

선아현이 힘들게 말에 끼어들었다.

"그, 그럼… 다, 당사자분이 계신지, 찾아서 확인하는 건… 히, 힘들까."

"……."

자퇴했다는 여자애를 말하는 거겠지.

"지금같이 촬영 중이면 찾을 시간도, 기회도 없지. …하차하면 모를까."

…말할수록 상황이 명확해졌다. 일단 하차해서 급한 불을 끄고, 상황을 정확히 알아보는 게 그나마 생존율이 높을 것 같다는 것이.

"……하, 하지 마."

"뭐?"

"그, 그만두지 말고, 조, 조금 기, 기다려 보자."

나는 한숨을 쉬었다.

"뭘 기다려."

선아현은 하차하지 말고 기다리라고 패기 있게 말을 꺼낸 것 치고는 금방이라도 눈물 콧물 다 짤 것 같은 표정이다. 누가 보면 자기가 하차하는 줄 알겠군.

반대로 내 뇌는 점점 차가워졌다.

'이건 속된 말로… 존버한다고 해결될 일이 아니다.'

내가 이미 데뷔한 아이돌이었다면 일단 자숙하면서 기다려 본다는 선택지가 있을지도 모르겠다. 하지만 결승전이 코앞인 오디션 참가자에게는 불가능한 접근법이었다.

사람들이 오디션에서 성공할 자격이 없다고 생각하는 놈이 기어코 버티고 있는 모습은 반감을 더 키울 뿐이니까. 그냥 오디션도 아니고, 케이블이면서 현재 시청률이 10%를 넘고 실시간 검색어를 장악한 이 프로그램에서는 더 자살행위다.

'어차피 결승에서 떨어질 거라면, 빨리 사퇴해서 정황을 파악하는 게 차선이다.'

일단 '건강 문제' 같은 모호한 말로 모른 척 뭉개두자. 그편이 대미지가 가장 적었다. 혹시 박문대가 진짜 억울한 거면 해명하기도 편할 것이다.

그리고 알아봐서 진짜 이 새끼가 잘못한 거면… 당사자를 찾아가서, 사과를……. 젠장, 그 여자애도 자퇴까지 했는데 나라도 박문대가 활동하게 그냥 두진 않겠다.

그러나 다른 방법은 없다.

"박문대가 아니라는 증거가 없으면 기다려도 상황만 악화될 뿐이야."

"하, 하지만… 세, 세진이도,"

"그때는 바로 합성 사진 찾았잖아. 마침 스마트폰도 있었고."

"……."

저렇게 운이 좋은 경우는 별로 없지.

선아현은 고개를 푹 숙였다. 짧은 침묵이 다시 숙소에 흘렀다.

그때였다.

"…계십니까?"

또다시 누군가 숙소 방문을 두드렸다.

"……."

"어."

큰세진의 짧은 답을 듣고 방문이 열렸다.

김래빈이 들어왔다. 그리고 그 뒤로 차유진이 졸졸 따라왔다. 남의 숙소에 왜 따라온 건지는 모르겠지만, 일부러 온 거면 정말 더럽게 눈치 없는 놈이었다.

김래빈은 방 분위기가 어지간히 쓰레기 같았는지 바로 눈치를 보기 시작했다.

"……개인 연습, 지금 끝났습니다…."

"……."

얘네 둘 자율 연습 빼먹고 온 거였군. 별 도움은 안 됐지만, 솔직히… 고맙긴 했다. 나는 마지막 인내심을 짜냈다.

"가서 연습해."

"…! 아, 아니……."

"며칠 안 남았는데 후회하지 말고."

"…넌 어쩌고?"

나는 담담하게 대답했다.

"하차 상담해야지."

"…!!"

"아, 아니야……."

마지막으로 여론 한 번 더 확인해 보고, 예상대로 가고 있으면 하차 사유나 잘 짜내봐야겠다.

"예? 형, 왜 갑자기……."

김래빈이 기겁했다. 아무래도 이 사회성 없는 놈은 아직도 소문을 듣지 못한 모양이었다.

'피곤하다.'

더 뭘 떠들고 싶지가 않았다. 어차피 내일쯤 되면 주워듣겠지. 나는 그냥 김래빈을 지나쳐서 문으로 향했다. 바로 작가를 만날 생각이었다.

그러자 양옆에서 어깨가 붙들렸다.

"자자, 문대야. 일단 너 쉬었다가 일어나서 생각해 봐."

"마, 마, 맞아. 이, 일단… 쉬, 쉬고. 머리를 쉬고."

두 명이 달라붙자 순간적으로 육탄전에서 밀렸다. 덕분에 진압당하는 개처럼 질질 끌려서 침대로 도로 끌려가기 시작했다. 이 새끼들 미쳤나?

"미쳤냐?"

"너나 정신 차려. 지금 너 일 터진 거 확인하고 삼십 분도 안 지났거든. 몇 달간 이 고생한 걸 삼십 분 만에 버리게?"

"그러니까 미룰수록 상황만 나빠진…."

"어차피 지금 하차해도 기사는 내일 아침에나 뜰 거 아냐. 아침에 해도 똑같다고."

큰세진과 선아현은 나를 침대로 도로 몰아넣었다.

"뭐든 맨정신으로 결정해야 후회 안 할 거 아니야! 너 지금 쫄아서 제정신 아닌 거 알아?"

"뭐?"

나는 침대에서 몸을 일으키려다가 멈췄다. 이건 또 무슨 황당한 소리지.

"난 제정신이야."

"응. 아니야. 너 지금 당황하고 겁먹었어."

큰세진이 작게 덧붙였다.

"…내가 전에 그랬거든."

"……."

"아니면 너 내가 말하기 전에 알았을걸. 지금 하차하든 내일 아침에 하차하든 차이가 없다는 거."

"…!"

그건…… 젠장, 맞았다. 반박할 수가 없었다.

'내가 패닉 상태라니.'

나는 한숨을 쉬었다. 그 빌어먹을 부동심 특성을 버리지 말았어야 했다는 생각이 계속 드는군.

일단 이놈들이 미는 대로 침대에 누웠다. 선아현이 안도하는 소리가 대놓고 들렸다.

"대체 무슨 상황인……."

"자자, 나가자."

큰세진이 김래빈과 차유진을 몰아서 방 밖으로 나가는 소리가 들렸다. 선아현이 그 뒤를 따라서 나가더니, 침을 삼키며 내게 말했다.

"쉬, 쉬어."

끼이익.

그리고 아주 조심스럽게 방문이 닫혔다.

'…나가봤자 저놈들 침대가 여기 있는데.'

뭐, 세 시간쯤 뒤에 머쓱하게 들어오는 연습실에서 자든 알아서 할 것이다. 내가 거기까지 신경 쓸 여유 넘치는 상황이 아니다.

나는 눈을 감고 팔짱을 꼈다. 그리고 박문대의 사건을 객관적으로 바라보려 노력해 봤… 자 갑자기 가능할 리가 있나. 사회적 죽음에 진짜 돌연사까지 당하게 생겼는데.

'상태창.'

여전히 아무 변동도 없는 상태창을 불러봤자 눈에 들어오는 건 하나뿐이었다.

[!상태이상 : 데뷔가 아니면 죽음을]

"대체 나한테 왜 이러냐."

왜 하필 나였는가. 왜 하필 박문대인가.

내가 처한 상황에 대해 아는 것이 없고 알아낼 방법도 없다는 건 더럽게 짜증 나는 일이었다.

당연히 아침까지 갑자기 뾰족한 수가 생각날 것 같지도 않았다. 갑자기 상황이 좋아질 리도 없고 말이다.

'행운을 바라는 건 바보짓이지.'

보통 경악스럽게 나쁜 일이 삶에 예고 없이 찾아올 수는 있어도 반대의 경우는 극히 드문 게 당연했다. 로또가 될 확률과 길 가다 교통

사고 당할 확률을 비교해 봐라. 후자가 압도적이다.

날 봐라. 초자연적 기적이 일어나서 인생이 송두리째 바뀌었는데 그 인생도 이미 망했을 줄이야.

"……허."

젠장. 더 초조해지기만 한다. 어차피 할 거 당장 사퇴하고 싶어지는군.

'…그래도 오늘 밤은 넘겨볼까.'

아무것도 기대되는 건 없었다. 순전히 말린 놈들 성의를 생각해서, 나는 한숨을 쉬고 팔짱을 뺐다. 상념이 어지러웠다. 내가 뭘 해야 합리적일지 계산을 할수록.

'어디로 가도 답이 없다……'

그렇게 설핏 잠이 들었던 것 같다.

펑!

나는 웬 소음 때문에 정신을 차렸다.

'…나무 박살 나는 소리?'

덜 깬 채로 눈만 돌리자, 방문을 박차고 들어온 선아현이 보였다.

"무, 무문대야."

선아현의 얼굴이 시뻘겋다.

'또 뭐가 터졌나.'

나 말고 다른 놈이 혹시 터진 거면 그 덕에 좀 묻어갔으면 좋겠다고 생각하는 순간, 선아현이 내 코앞에 무언가를 불쑥 내밀었다. 화면이

켜진 스마트폰이었다.

"이, 이거 봐…!"

화면 빛이 눈을 찔렀다. 나는 눈을 찌푸리고 스마트폰을 잡아 들었다.

'어디서 났지.'

촬영장 반입금지품목을 손에 들고 떨떠름하게 화면을 읽어내렸다.

"…!"

기적이 일어나 있었다.

[(2위!) 아이돌 주식회사 출연자인 박문대 최근 논란 당사자입니다. (632)]

: 공개적으로 이런 글을 적는다는 것이 아직 많이 두렵습니다. 그러나 더는 죄 없는 사람이 고통받는 것을 보고 싶지 않아서 글을 적습니다.

저는 생리대 도난사건 이후로 자퇴한 것이 맞습니다.

그러나 생리대를 훔친 것은 박문대가 아닙니다.

…….

글은 아주 구체적으로 당시 정황을 설명하기 시작했다.

글쓴이는 별것도 아닌 꼬투리로 몇몇 질 나쁜 동급생들에게 학기 초부터 지속적 괴롭힘을 당하고 있었다고 한다. 처음에는 뒷담으로 시작한 괴롭힘이 점점 수위가 올라가더니, 결국 버틸 수 없을 지경까지 갔다. 그러나 집안 사정으로 인해 대처가 힘들어 참을 수밖에 없었다고 한다.

그리고 생리대 도난 건이 터졌다. 아무래도 놈들은 반에서 별 친한 친구도 없이 혼자 다니던 박문대한테 도난을 뒤집어씌워서 두 배의 재미를 노렸던 모양이다.

살고 싶지 않았습니다.

행간에서 구체적으로 언급이 되지 않지만, 아마 이 조롱이 성추행 급이었던 것 같다. 글쓴이는 극도의 스트레스 상황에서 완전히 멘탈이 박살 나며 열흘간 무단결석했다.

그리고 이 기간에 박문대가 그대로 자퇴했던 것이다.

글쓴이는 본인이 피해자면서도, 박문대가 누명을 쓴 것이 마음에 걸렸는지 자퇴 후 박문대에게 연락을 시도했다. 그러나 사과와 안부를 묻는 문자에 대한 박문대의 답은 이러했다고 한다.

'네가 잘못한 건 없으니 당연히 사과할 건 없으며, 자신은 어차피 자퇴하려 했기에 괜찮다. 그러나 네가 힘들어서, 널 괴롭힌 가해자들을 고발하고 싶은 거라면 돕겠다.'라는 장문의 답변이 왔습니다.

글쓴이는 당시 항우울제를 복용 중이었으며 학교 근처에만 가도 과

호흡을 일으킬 상태였기 때문에 고발을 진행할 수 없었다. 그래서 박문대와 흐지부지 말을 끝냈지만, 사건으로부터 어느 정도 벗어난 후에도 계속 그것이 신경 쓰여 연락을 시도해 보기도 했다고 한다.

그러나 박문대의 연락처는 없는 번호라고 떴다.

'…박문대는 휴대폰을 해지했으니까.'

오디션 프로그램에 나온 문대를 봤을 때, 워낙 스타일과 인상이 바뀌어서 알아보진 못했습니다. 이번 논란이 나고서야 박문대가 그 친구였다는 것을 알았습니다.

학교 다닐 때도 조용했지만, 누구한테 폐 끼치거나 이상한 친구 아니었습니다. 자퇴한 후에는 사려 깊고 착한 친구였다는 것을 깨달았구요.

부디 문대가 이번 일로 상처받지 않으면 좋겠습니다.

글은 주인공이 녹음본을 토대로 고등학교 때 가해자들에 대한 고소를 진행할 것이라는 통쾌한 문장으로 끝났다. 아래로 몇 가지 인증 사진이 붙어 있었다.

최신 댓글에서는 현실 부정하는 사람들이 몰매를 맞고 댓글을 삭제하거나 도망가고 있었다. 그리고 태세 전환한 의견들이 베스트 댓글을 점령했다.

-미친 어쩐지 이상했어 문대 엄청 담백해 보이던데 저런 음습한 짓 할 리가

없지ㅠㅠ

-잘 알지도 못하면서 박문대랑 글쓴이 루머 퍼뜨리던 자칭 동창분들 합의
금 준비하세요~ㅎㅎ

-아...ㅠㅠ글쓴분 고마워요... 정말 고마워요 진짜...문대야 진짜 고생했어 어
쩌면 좋아...

"······."

속이 울렁거렸다.

'박문대가 아니었다고.'

심지어 그걸 당사자가 나타나서 인증까지 하며 증명했다고. 그것도
사건 일어난 지 하루 만에.

"······."

"돼, 됐어!"

선아현이 뭐라고 떠들기 시작했지만, 제대로 듣기 힘들었다. 머리가
띵했기 때문이다.

'이게··· 가능한 일인가?'

내가 뭘 한 것도 아닌데 갑자기 상황이 이렇게 좋아진다고? 이렇게
그냥 해결이 돼?

안도와 기쁨보다는 이상한 느낌이 들었다. 인생에 이런 일이 일어날
수 있다는 게 낯설었다.

내가 아무것도 하지 않는데 삶이 변한다면, 웬만하면 나쁜 쪽이
라는 것을 경험적으로 체득했다고 생각했는데. ···남의 몸에 들어와서
반례를 체험할 줄이야.

"야!!"

문을 박차고 우르르 사람이 들어 왔다. 큰세진을 필두로 같은 팀 놈들의 얼굴이 보였다.

'그러고 보니… 내가 리더였지.'

저 정도로 친해지진 않았던 것 같은데 이상하다 했다. 리더가 슈뢰딩거의 사퇴 상태니 연습을 바꾸기도 애매했겠지. 간밤에 이놈들도 여러 생각을 했을 것 같다.

"야! 내가 뭐랬어! 기다리랬지?"

큰세진이 선아현을 보고 상황을 파악하고는 큰소리를 쳤다. 벌써 다 알고 온 모양이었다.

"…그러게."

나는 순순히 수긍했다.

"고맙다."

"…!"

이놈들 아니었으면 벌써 간밤에 때려치우고 짐 뺐다가 아침에 후회할 뻔했다.

"덕분에 방송 계속하네."

나는 웃었다. 선아현은 '아니다', '다행이다'를 반복하며 행복해했다. 큰세진은 씩 웃었다.

"고마우면 소 사줘."

"……서로 없던 일로 하자."

"야!"

돈 없어.

나는 투덜거리는 큰세진과 축하하는 팀원들의 말을 들으며, 그제야 안도했다.

'이제 결승까지 조용히 연습할 수 있겠군.'

"이거 가져와 줘서 고맙다. 어떻게 가져왔냐?"

"다, 달라고 부탁했어!"

선아현이 밝게 웃으며 폰을 가져갔다. 이제 결승까지는 볼 일이 없었으면 좋겠다.

그러나 내가 스마트폰에서 눈을 뗀 사이, 상황이 더욱 이상하게 돌아가기 시작할 줄은 몰랐다.

첫 타는 골드 1이 올린 글이었다.

인터넷에서는 박문대의 루머가 빠르게 정정되고 있었다.

당사자가 직접 나서서 해명해 준 덕분에 쓸데없이 꼬투리를 잡는 사람은 거의 없었다. 다만 '욕해도 정당한 박문대'에게 화풀이를 할 수 없게 된 악플러들의 끈질긴 비아냥만 남았을 뿐이다.

-인상이 바뀌었다니 다른 건 몰라도 성형한 건 빼박인 듯 우욱 피해망상 찐따가 성형하고 자기가 뭐라도 된 것처럼 컨셉충 짓ㅋㅋㅋ 환상 개박살남ㅎㅎ

-방송에서 개쎈 척 마이웨이인 척하더니 그냥 찐따였잖아 그거나 생리대도 둑이나 다 기만질 아님?

-응 박문대 자퇴충인 거 안 변했어 고졸도 못한 성인 안 빨아요🖐

어차피 결승도 코앞이겠다, 어떻게든 조금이라도 이미지에 흠집을 내기 위해 달려드는 사람들을 보며 팬들은 분을 삭였다.

-인류애 박살이다...
-문대는 잘못하는 게 하나도 없는데 왜 정신병자들이 계속 붙지?
-무조건 데뷔해야 된다 이건... 문대 데뷔 못 하면 억울해서 내가 못 살 듯.
-PDF 다 따고 있음 문대 소속사만 생기길 기다리는 중

골드 1, 하일준의 글이 올라온 것은 그 타이밍이었다. 그는 〈아주사〉에서 탈락하자마자 바로 SNS를 개설해서 프로그램 참가 소감문과 연습 일지 등을 올리고 있었는데, 이번 글의 주제가 바로 결승 응원이었다.

[곧 결승이네요! 저도 본방사수!]

+) 악토버31 형님 동생들 응원합니다. 특히 #문대! 등급 평가 때 일주일 하루도 안 자고 연습해서 저희 사이에서 전설이었음🖤 화이팅!

#아주사 #본방사수 #하일준 #트레블러

하일준이야 마침 문대가 두들겨 맞다 회복하는 것을 보고 안쓰러움 반, 화제성 목적 반으로 언급한 것이었으나 내용이 문제였다. 아무도

박문대가 등급평가 때 밤을 새운 걸 몰랐던 것이다.

　마침 한창 인터넷에서 박문대 언급량이 폭주했었기 때문에 이 SNS 게시글은 훌륭한 어그로감이 되었다.

　-진정한 잠죽자;;;;
　-미쳤나 봐 무슨 일주일을...
　-과장이겠지
　-ㅇㅇ 제대로 안 자고 열심히 했다~ 그런 내용 아님?
　-연습생 사이에서 전설이었다잖아ㅋㅋㅋ 굳이 저 정도로 과장할 필요가 있나?

　결국 SNS에 달린 여러 질문 글에 하일준이 답변을 달았다.

　-항상 응원하고 있어요 하일준 님! 혹시 언급하신 박문대 참가자 내용 말인데요, 정말 일주일간 안 잤나요?
　└하일준 : 네! 저희 같은 방이었어요. 문대 맨날 밤에 잠깐 들어와서 간식만 먹고 나갔어요~ 잠자기 시작한 건 등급 평가 직전쯤? 컨디션 관리한다고ㅋㅋ

　그리고 박문대의 팬들은 충격의 도가니탕에 빠졌다.

　-우리 애 너무 진심인데?
　-야 어떻게 해... 나 문대 천재라 그냥 실력 막 느는 줄 알았다고ㅠㅠ 근데 잠도 안 자고 했던 거야? 왜 방송에서 한 번도 안 나왔냐고...
　-문대 분량 있으면 매번 '재미 삼아 나왔는데 왜 잘하냐' 같은 캐릭터만 줬

잖아ㅋㅋㅋㅋ 하...

　-생각해보면 열정이 없는 사람이 그렇게 매번 아이디어 내고 매번 성장해서 나올 수가 없다

　-이 악물고 했을 텐데 아ㅠㅠ 이제라도 알아서 진짜 다행이다 일준아 고맙다ㅠㅠ

　충격이 가신 뒤에는 어떻게든 박문대를 데뷔시켜야 한다는 사명감으로 커뮤니티마다 불타올랐다. 많은 팬들이 영업 글을 올리며 주식 홍보에 더 열을 올렸고, 몇몇 팬들은 자체적으로 변호사를 통해 악플러에 대한 제삼자 고발을 알아보기 시작했다.

　-더는 못 참겠다.

　-일단 고발한다고 올려서 분위기라도 잡죠!

　원래 아무리 빨리 진행해도 결승 전에 성과가 나올 리가 없으니 소속사가 생기면 시작하려 했다. 그러나 불타오른 몇몇 팬들은 더는 박문대에 대한 개소리를 참을 수가 없었다.

　하지만 악플러에게 경고라도 하려는 목적으로 시작한 이 일로 의외의 것을 발견하게 되었다.

　-이거 뭐야?

　악플러를 특정하던 도중 그들의 단체 메신저방을 찾아낸 것이다.

덕분에 그 중 몇몇이 박문대의 집에 무단침입했었다는 사실이 밝혀졌다. 그들은 별다른 성과 없이 경찰에 연행되어 갔으나 곧 훈방조치되었고, 그 과정에서 딱 하나 챙길 수 있었던 것이 있었다.

바로 박문대의 주민등록초본이었다. 물론 박문대는 진작에 그것을 잘라서 분리수거용 박스에 넣어두었지만, 쓰레기통을 뒤져서라도 조각난 그 초본을 챙길 또라이들이 집에 침입할 줄은 꿈에도 몰랐을 것이다.

그들은 한 땀 한 땀 맞춰낸 그 개인정보를 바탕으로 문대의 자퇴 사실과 출신 학교를 파내서 인터넷에 올렸다. 문대가 고아라는 사실은 '동정을 살 여지가 있기에' 밝히지 않았으나 이들의 메신저방에는 이것을 비꼰 수많은 모욕이 난무했다.

-이 미친 것들이 진짜...
-사람이 어떻게 이러고 살지?

고발을 진행하던 팬들은 분노하면서도 당연히 이 사실을 공표하지 않고 조용히 일만 진행하려 했다. 그러나 다수가 함께 이런 일을 처리하면 언제나 그렇듯이, 유출되었다.

———————————————————————

[(1위!) 박문대 고아임 (1373)]
: 박문대 원룸에 사생이 침입해서 주민등록초본 발견했다고 함. 부모님 두 분 다 사망 상태. 형제 없음. (단체메신저방 캡처 사진) (테이프 붙인 초본 사진)

———————————————————————

당연히 글 내리라고 비판하는 사람이 많았으나 조회수는 거짓말을 하지 않았다. 그리고 얼마 안 가서 기사까지 나오기 시작했다.

[<아이돌 주식회사> 박문대 참가자, 가족 잃은 슬픔 딛고 도전한 오디션.]

이것 역시 어마어마한 비판에 직면하며 몇 시간 뒤 기사를 내리긴 했지만, 이미 알려진 내용은 어쩔 수 없었다.

하지만 의외의 순작용을 불러오기도 했다. 당장은 박문대를 욕하면 쓰레기가 되는 것이다. 게다가 감성에 약한 사람들에게 오디션 참가자의 비극적인 과거는 당연한 셀링 포인트가 되었다.

-어린 것이 부모님 여의고 이렇게 도전하는 게 어디 쉬웠겠습니까 박문대군 힘내고 우승하길 바랍니다

-방송에서 어찌 그리 의연해 보일 수 있는지 참으로 감동적이다 하늘에 계신 부모님께서도 자랑스러워하실 것이다

-박문대 참가자 힘내세요~ㅠㅠ 노래 넘 잘하세요 파이팅!

물론 모든 정보가 그렇듯이, 이 분위기가 잠잠해지면 박문대가 고아라는 것이 조롱의 도구로 활용될 수도 있었다.

그러나 지금은 아니었다.

덕분에 박문대는 어마어마한 옹호와 동정여론 속에서 결승전을 맞게 되었다. 본인이 원하던 '절실한 이미지와 서사'를 얼결에 챙긴 덕이

었다.

이게 다 무슨 일이냐.

오랜만에 들여다본 인터넷에서는 별 미친 상황이 연달아 일어나 있었다.

'다 까발려졌네.'

그 무단침입한 4명이 제정신이 아닌 것 같긴 했지만, 쓰레기통을 뒤져서 찢어진 종이를 맞추기까지 했을 줄은 몰랐다. 그리고 그게 유출돼서 고아인 게 전 국민에게 알려질 줄이야. 대체 왜 일이 이렇게 됐는지 궁금했는데 차라리 속 시원한 감은 있었다.

'뭐… 가족 없는 거야 남들이 알아도 상관없고.'

오디션 프로그램 캐스팅 당한 시점에서 이미 말한 건데 오히려 제작진이 언급도 안 한 탓에 너무 늦게 알려졌다. 문제는 이게 밝혀진 타이밍이 맞물리며 기세가 심상치 않다는 점이다.

'데뷔하겠는데…?'

아니, 데뷔의 문제가 아니라… 1등 할 수도 있겠는데?

"……."

이거… 좋지 않다. 데뷔는 좋은데, 1등은 아니다.

'거기 지뢰가 있다고.'

나는 식은땀이 날 것 같은 기분으로 우선 컴퓨터에서 떨어졌다. 무대 가사 수정 핑계로 빌려서 슬쩍 서치했던 건데, 이렇게 많은 걸 알게 될 줄은 몰랐다.

"형, 괜찮으세요?"

옆에서 같이 서치를 하던 김래빈이 상황을 파악하고 물었다. 고아인 게 밝혀진 건 괜찮냐는 뜻이겠지.

"어. 이미 인터뷰 때 말했는데 안 나갔던 거야."

나는 고개를 끄덕였다. 김래빈은 한결 안심한 표정이 되더니, 갑자기 아이디어가 생각난 건지 눈을 번뜩였다.

"형, 그럼 이 기세를 몰아서 기억상실도 밝히시는 건 어떨까요?"

"뭐?"

이놈도 일 정리된 날 아침에 상황을 들어서 기억상실은 얼추 알고 있었다. 근데 별개로 무슨 뜬금없는 소리란 말인가.

"현재 여론에서 그걸 밝히면 형에 대한 악성 댓글이 원천봉쇄될 것 같습니다! 그리고 분명히 표도 늘어날……."

"안 돼."

"예?"

여기서 표를 더 받아서 1등 하면 부상으로 지뢰밭을 받는다고. 물론 그렇게 말할 수는 없으니 나는 그냥 적당히 핑계를 댔다.

"증거 없어. 분위기만 이상해질걸."

"아, 진단서를 올리시면……."

"그런 거 없다."

"…기억이 사라졌는데 병원을 안 가셨…?"

"몸도 멀쩡한데 그럴 돈 없어."

쿠궁. 돌 맞은 표정이 된 김래빈이 조용히 중얼거렸다.

"예……."

알았으면 됐다.

나와 김래빈은 그대로 컴퓨터가 있는 방에서 나왔다. 곧바로 카메라가 따라붙었다.

"단어는 잘 찾았고?"

"어. 그 뜻이 맞더라."

수정사항이 없다는 말에 연습실에서 작게 박수가 터져 나왔다. 어차피 몰래 인터넷 들여다볼 용도로 간 걸 뻔히 알면서도, 방송을 의식한 행동이었다.

"자, 내일이 결승인데… 리더님, 한 말씀 해주시죠?"

"오오!"

"돌아가면서 하자."

나는 황급히 말을 끊었다. 그러자 낄낄 웃은 팀원들이 헛기침을 하다가 제각기 감상을 말하기 시작했다.

즐거워 보이는군. 거의 탈락이 확정인 골드 2도 의외로 포기한 눈치는 아니었다. 아마 데뷔 인원수가 아직도 공표되지 않은 점이 희망을 준 것 같다.

이 팀에서 죽상인 건 다른 한 명뿐이었다.

'이세진.'

아역배우 출신 그 이세진 말이다.

연습은 아득바득 어떻게 따라오던데 리액션도 이런 방송용 분량도 영 시원치 않았다. 그래도 이번 팀전 연습에서 별다르게 반발한 건 아니지만 말이다. 그냥 사교성이 더럽게 없고 이걸 하고 싶어 보이지 않는다는 거지.

'기왕이면 이놈 말고 다른 사람이 됐으면 좋겠는데.'

내가 데뷔할 것 같으니 이제 같이 데뷔할 놈들을 재고 앉아 있군. 나는 한숨을 쉬고 생각을 버렸다.

'나나 신경 쓰자.'

"자! 마지막으로 박문대 리더 형님~ 한마디 부탁드립니다!"

"…아쉬움 남지 않게, 준비한 건 다 보여줍시다."

"오~"

적당히 상투적인 발언에도 마지막이랍시고 반응을 잘해준다. 나는 어깨를 으쓱거리고 연습실 바닥에 앉았다. 의외로 긴장감이 쭉 올라왔다.

'내일이면 끝난다.'

상태이상을 삭제할 수 있는 거의 확정된 기회.

"자, 연습 다시 하자!"

결승전이 코앞이었다.

〈재상장! 아이돌 주식회사〉의 마지막 촬영이 진행되는 곳은 한 유명 대학교의 공연장이었다.

생방송으로 진행되는 만큼, 흥을 돋우기 위해 방청객을 3,000명 가까이 수용한 그 홀은 벌써부터 끈적거리는 열기로 가득 차 있었다. 수천 명의 사람이 각자 응원하는 참가자의 푯말이나 슬로건 등을 들고 서서 방송 시작을 기다리고 있었다.

MC와 심사위원들이 속속들이 입장해서 자리를 잡았다. 관객석에서 방청객들이 보내는 환호에 몇몇 심사위원들이 답례로 가벼운 인사를 되돌렸다.

그리고 방송시간 정각, 딜레이되지 않고 방송이 시작되었다.

"〈재상장! 아이돌 주식회사!〉 지난 12화의 긴 여정을 함께해 주신 여러분, 감사합니다!"

불 꺼진 거대한 공연장 안, 영린의 목소리가 사방에 울렸다.

"이제 남은 것은 그룹 결성을 위한 단 한 번의 의사결정! 주주 여러분, 마음을 정하셨나요?"

여기저기서 비명 같은 '예!' 소리가 울렸다. 혹은 괴로운 것 같은 '아니오'가 섞여 있기도 했다.

"그렇다면 참가자들을 소개하겠습니다. …당신의 주식이 있나요?"

꺄아아악!!!

아악!!!

넘치는 환호, 비명과 함께 무대에 불이 들어왔다. 사방으로 솟구치는 조명 속에서 참가자들이 무대 장치를 타고 무대 위로 올라왔다.

"지금 투자해 주세요!"

13화는 그렇게 시작되었다.

참가자들이 가장 첫 번째로 한 무대는 새로운 테마송이었다. 시즌이 한도 끝도 없이 흥행하면서 구색 맞추기 용도로 급하게 두 번째 테마곡을 집어넣은 것이다.

'어디서 들어본 것 같은데.'

박문대는 부디 자신이 미래에 이 곡을 들어본 탓이길 바랐다. 아니면 표절이라는 뜻이니까.

어쨌든 모르는 곡인데도 방청객들의 반응은 엄청났다. 실물로 살아 움직이는 참가자들을 보는 것만으로도 즐겁던 것이다.

물론, 화면으로 시청 중인 시청자들의 반응은 또 달랐다.

-? 뭔 곡임

-걍 <바로 나>나 부르지 왜 띵곡 두고 이상한 걸 받아왔어

-얘들아 데뷔하자ㅜㅜ

-무슨 곡이든 선아현은 잘한다 이건 반박할 수 없는 사실이다

-유진아 평생 센터해

-아 긴장돼서 심장 튀어나올 것 같아ㅜㅜ

-문대야 데뷔해서 더 행복해지자

응원하는 참가자를 부르짖는 댓글들이 순식간에 페이지를 넘기고, 넘기고, 거의 읽을 수 없을 만큼 빠르게 갱신했다.

"허어어."

"땀 나."

처음으로 몇천 명 앞에서 무대를 하고 내려온 참가자들은 숨을 몰아쉬면서도 즐거워했다.

'뭘 한 건지도 모르겠다.'

막판에 급하게 익힌 탓에 틀리지 않는 것에 온 신경을 집중한 박문대가 눈썹을 꿈틀거렸다. 사람들이 많았던 것 같긴 한데 무대와의 거리가

멀어서 거의 무슨 홀로그램 같았다. 실감이 나지 않았기 때문이다.

그리고 참가자들이 정신을 차려서 긴장감이 몸에 깃들기도 전에, 시간을 맞추기 위해 의상을 갈아입으며 바쁘게 뛰어다니게 되었다.

그동안 무대 위에서는 MC가 등장해서 진행을 끌어가고 있었다.

"아, 정말 멋진 첫 무대였습니다!"

장장 3시간이 넘게 진행될 생방송이기에 각 파트마다 다른 사람이 진행을 맡으며 최대한 피로를 줄이려 애썼다.

"준비된 무대가 아직 많이 남아 있습니다! 여러분, 채널을 고정해 주시기 바랍니다!"

이런저런 오디션 프로를 여러 번 진행해 본 MC가 능숙하게 애드립을 쳐가며 VCR이 뜨기까지 시간을 끌었다.

"참가자들이 이번 결승전을 위해 준비한 팀전 무대, 과연 어떤 순서로 결정되었을까요?"

곧 참가자들이 미니게임을 통해 순서를 정하는 가벼운 분위기의 영상이 상영되었다.

'저걸 자정에 찍어서 잠을 못 잤었지.'

무대 아래에서 소리를 주워들은 박문대는 당시 상황을 회상했다. 하필 전원 닭싸움 같은 원초적인 수단을 선택해서 류청우가 완승했었다.

'예정된 결과라고 해야 하나.'

놀라운 건 선아현이 선방했다는 점이다. 류청우 직전까지 남아 있어준 덕분에 박문대의 팀은 두 번째로 우선순위를 확보했다.

물론 마음 편히 빈칸이 남은 순서를 고르는 것은 아니었다. 제작진은 꼴등부터 순서를 넣고 그 순서를 밀어내도록 만들었다. 좀 잔인하다 싶은 서바이벌이면 어김없이 등장하는 그 방식이었다.

그러나 이미 고여 버린 참가자들은 능숙하게 그 덫을 피해갔다. 그들은 과장되게 반응하고 웃으면서 분위기를 유하게 조절해 갔다.

[박찬주 : 어, 어어?!]
[이세진(큰) : 아이고~]

박문대는 마침 큰세진이 실실 웃으면서 순서를 미는 장면이 위에서 상영되는 소리를 들었다. 직전에 밀린 덕에 원하지 않는 순서에 있던 상대 팀 사람들이 의아한 소리를 내는 것도 들렸다.

"와, 무섭네."

마침 박문대의 옆에서 의상에 마이크를 옮겨 달던 큰세진이 소리를 듣고 혀를 내둘렀다.

그가 상승세이긴 해도 데뷔 확정 수준이 아니었으니 팀전 무대를 앞두고 더 긴장한 것이다. 큰세진은 드물게도 아예 손을 떨고 있었다. 박문대는 혀를 찼다.

"김래빈이 청심환 가지고 있다던데."

"됐습니다~ 먹어본 적도 없고."

박문대를 향해 손을 내저은 큰세진의 뒤로 의상을 다 갈아입은 다른 팀원들이 달려왔다.

"박 팀 올라갑니다~"

스탭이 외치며 옆으로 뛰어갔다. 무대 위에 아래에 모두 스탭이 필요한 탓에 숫자가 부족하며 여기저기 빈틈이 생겼다.

"우리도 가는 거 맞지?"

참가자들이 알아서 따라가려던 순간, 선아현이 번쩍 손을 들었다.

"자, 잠깐만, 화, 화이팅하고… 가면 안 될까!"

"그럴까."

박문대가 군말 없이 손을 내밀었다. 그러자 팀원들도 얼른 손을 그 위에 올렸다. 이세진도 마지못해 손을 얹었다.

"화이팅!"

방송 탈 일 없는 기합은 짧게 끝났다.

"명언 말하고 싶은데 시간이 없으니까 얼른 뛰자고~"

큰세진의 익살맞은 말에 헛웃음을 흘리며, 팀원들은 열심히 복도를 뛰었다.

그리고 같은 시간의 공연장. 최종 순서를 보여주지 않고 끝난 VCR 이후, MC가 마침내 다음으로 진행을 끌고 갔다.

"치열한 순서 공방전 끝에 결정된 첫 번째 공연 팀을 소개합니다……."

VCR이 나오던 화면에 대신 참가자들의 프로필이 떴다.

[선아현(2), 김래빈(5), 박문대(6), 이세진B(7), 이세진A(11), 권희승(18)]

"팀 〈Challenger〉가 첫 번째로 무대에 오르게 되었습니다!"

프로필이 사라지고, 1번에 붙은 자신들의 팀명을 보며 하이파이브를 하는 참가자들의 연출된 모습이 화면에 나왔다.

-???

-뭐야 너희 왜 벌써 나와

-얘들아? 얘들아?

-이놈들아 왜 오프닝을ㅠㅠ

일반 경연 프로그램을 떠올리고 당황하던 팬들은 곧 상황을 깨달았다.

-바보들아 무조건 먼저 송출되는 게 이득이야

무대가 끝나고 투표하는 게 아니라 이미 투표를 받고 있으니 먼저 하는 게 무조건 유리한 것이다.

물론, 잘할 자신만 있다면!

순식간에 시청자 반응이 변했다.

-맞네. 일찍 하는 게 답이네

-아ㅋㅋ 진작 알았지 니들은 몰랐냐?

-캬 머리 좋네

-애들이 똑똑해 난 애들만 믿고 가면 될 듯^^

-난 이미 믿고 있었다구!

게다가, 어쨌든 스타트를 끊겠다는 건 어지간히 배짱 있는 선택은 맞았다. 사람들은 기대에 차서 무대 준비 과정을 시청했다.

[팀원 일동 : 잘 먹겠습니다~]

PPL인 프랜차이즈 카페 안에 앉아서 음료수를 마시며 대화하는 참가자들의 모습이 우선 방송을 탔다.

-문대 딸기 쉐이크 먹어... 볼 쭈압쭈압 빨고 싶다 개 귀엽네
　└신고했습니다. (사유 : 변태)
　└너무해 잘못한 건 문대라구ㅜㅜ
　└PPT 땄습니다 발표하세요
　└미친 놈들ㅋㅋㅋㅋ

긴장감 없는 화면에 짧게 댓글의 긴장감도 풀어졌다. 참가자들은 영상에서 조곤조곤 이야기를 나누고 있었다.

[박문대 : 우선 하고 싶은 컨셉 있습니까?]
[권희승 : 저저! 지금까지 안 해본 거 하고 싶어요!]
[이세진(큰) : 나도!]
[선아현 : 나도!]
[박문대 : 음… 그래.]

자막으로 〈토끼 반 박 선생님〉이 지나갔다.

-ㅋㅋㅋㅋ

-애들 다 순해서 시청 편안

└이세진은?ㅋ 이세진은?ㅋ 이세진은?ㅋ 이세진은?ㅋ

└열사님 까지 말아라 최원길 보내버려 주셨다

└너나 원길이 까지 마세요 위선자 새끼ㅋㅋㅋ

-애들은 순한데 시청자가 안 순해서 문제다

물론 화면에서 더욱 순해 보이는 건 이미 컨셉을 정한 뒤에 PPL용으로 다시 찍고 있기 때문이다.

[김래빈 : 저는 〈Final〉이라는 가제에 잘 어울리는 컨셉이면 좋겠습니다.]

[이세진(큰) : 와, 그것도 좋다!]

[이세진(배우님) : 그래서 어떤 컨셉이 어울릴 것 같은데?]

그 말을 끝으로 잠시 침묵이 흘렀다. 자막으로 〈생각에 잠긴 팀원들〉이 나왔다.

침묵을 깬 것은 박문대였다.

[박문대 : '마지막'이라는 이미지 중에서도 '막판'… 쪽 느낌을 살리면 어떨까요.]

[이세진(큰) : 아, 딱 하나 남았다. 이런 느낌?]

[박문대 : 응, 근데 너무 무게 잡지 않는 선에서. 보는 사람이 너무

심각하지 않고 즐길 수 있으면 더 좋고요.]

그러자 선아현이 손을 들었다. 참고로 선아현의 말을 더듬는 증상은 몇 화 동안 제작진이 욕을 처먹은 끝에 마침내 자막에 구현되지 않았다.

[선아현 : 그러면… '■■' 같은 건 어때?]

화면 여기저기 참가자들의 머리 위로 느낌표 표시가 떴다.

[김래빈 : 저는 하고 싶습니다…!]
[이세진(큰) : 오, 나도! 재밌을 것 같아.]
[권희승 : 너무 좋은데요?]

고개를 끄덕이는 이세진까지 방송에 나왔다.

[박문대 : 그럼 저희의 테마는… '■■'으로 결정하겠습니다.]

와아! 감탄사와 함께 박수하는 참가자들의 웃는 얼굴로 화면이 전환되었다.
그 후로 테마 키워드가 다시 언급되는 일은 없었다. 연습하는 참가자들과 녹음하며 칭찬받는 모습이 영상에 몇 컷 나왔을 뿐이다.

[이글러(작곡가) : 목소리가 굉장히 좋네요!]

[선아현 : 감사합니다…….]

선아현은 귀가 빨개져서 고개를 꾸벅꾸벅 숙이며 자리로 들어갔다. 그리고 이어서 나온 박문대가 부른 자신의 파트는 한 번에 오케이가 났다. 작곡가들은 서로를 바라보며 피식피식 웃더니 박문대에게 요청했다.

[이글러(작곡가) : 혹시 처음부터 끝까지 다시 불러볼 수 있겠어요?]
[박문대: 예. 해보겠습니다.]

물론 처음부터 다시 부르는 것을 보여주진 않았고, 작곡가들과의 인터뷰 컷이 삽입되었다.

[이글러(작곡가) : 다 마음에 들어요. 이 팀은 진짜 잘해요. 곡 편곡도 '오~ 너무 좋은데?' 이런 느낌?]
[이글러(작곡가) : 수정해 줄 것도 거의 없어요. 그냥 이대로 하면(잘할 것 같습니다).]

그리고 다른 팀원들의 훈훈한 녹음 장면도 몇 컷 교차되었다. 결승이라 억지로 이상한 컷을 넣지 않은 덕인지 편집에 악의는 느껴지지 않았다. 하지만 녹음하는 부분의 가사를 별 특징 없는 부분만 귀신같이 뽑아낸 탓에 주제를 짐작할 수 없었다.

덕분에 시청자들은 '삐——' 처리된 단어가 궁금해서 뒹굴고 있었다.

-뭐임

-뭐야 나도 알려줘

-녀석들에게 보여준 걸 나에게도 보여줘라...!

-에공 궁금해라 무대 봐야겠네요ㅠㅠ

-대체 무슨 신박한 의견을 내셨길래 다 편집했냐

-무대 준비 분량 저거 감추려고 자른 것 같아 열 받네

-이래놓고 별거 아니면 웃길 듯ㅋㅋ

시청자들이 떠드는 사이 어느새 〈챌린저〉 팀은 별 갈등 없이 메인댄
서까지 정했다. 그리고 그들이 끝없이 안무를 연습하던 것이 빨리 감
기로 보이더니 쓱 VCR이 끝났다.

〈지금 무대로 확인해 주세요!〉라는 문구와 함께.

-?

-끝인가

-이대로 그냥 무대?

-무대 나온다

맹숭하게 끝난 화면에 시청자들이 약간 당황했을 때, 공연장으로 돌
아간 시청 화면에 무대 뒤 스크린이 잡혔다.

까만 스크린. 그 위가 지지직거리더니 푸르고 빨간 글리치가 튀며 하
얀 글씨가 나타났다.

[Challenger]
: 도전자.
: 경기, 싸움 또는 스포츠 경기에서 전 우승자를 이기려고 하는 사람.

잠시 뒤, 화면이 날카로운 기계음과 함께 픽 꺼졌다.
그리고 곡의 테마 멜로디가 공연장을 채우기 시작했다. 8비트로 변형되어서.

삐— 삐삐— 삐— 띠링!

노골적인 전자음은 한 멜로디로 시작해서 점점 화음을 쌓으며 발전해 갔다 마치 고전 게임이 현대 콘솔 게임으로 시리즈가 발전해 가는 것처럼 멜로디는 삽시간에 입체적으로 변해갔다.
그리고 그 테마 멜로디가 한 바퀴 도는 순간, 무대 뒤 스크린이 열렸다.

슈우우욱—

스크린 뒤편은 새카만 어둠이었다. 그 속에서부터 파랗고 붉은 레이저가 줄기줄기 교차하며 뻗어 나오는 사이로 참가자들이 걸어 나온다.
그들이 정위치에 자리를 잡고 서자, 8비트 멜로디는 변주되며 작은 반주로 사라졌다.

"……."

방청객들도 반사적으로 환호를 멈추고 입을 다물었다.

무대 위 인영들은 천천히 대형을 잡았다. 그 어두운 실루엣 위로 착 달라붙은 근현대적인 전투복의 몇 가지 특징이 얼핏 보였다. 방탄조끼나 하네스 따위의 윤곽이었다.

'허억.'

흥분한 방청객들이 내석 비명을 지르는 순간, 갑작스러운 전자음이 공연장을 다시 울렸다.

변조된 중성적인 사람의 목소리였다.

[매칭 상대를 찾는 중입니다…….]
[성공적 탐색.]
[위치 확인.]
[열세 번째 라운드. 돌입합니다…….]

그 목소리에 맞춰서 온갖 고전 게임 버튼 소리가 새롭게 멜로디를 구성했다.

BBi BBi- Ding dong! BBibibibibi
BBi, BBi, BBi----!

무대 위 참가자들이 그 소리에 맞추어 몸을 풀었다. 팝이 의도적으로 부자연스럽게 들어간 짧은 구간들이 일종의 인형이나 로봇 따위를 떠올리게 했다.

그리고 순식간에 프리즈.

툭. 짧은 동작을 끝으로 멈춘 그들의 위로 조명이 켜졌다.

-네 손에 쥐고 있지 VICTORY
실현시키는 건 나야

깨끗한 사람의 목소리가 변조된 반주를 가르고 꽂혔다. 조명 아래 전형적인 샷 포즈를 한 선아현이, 소절 끝에서 씩 웃었다.

"아아악!!"

순간 터질 듯한 함성이 공연장을 채웠다. 참가자들은 마치 그 함성에 응답하듯이 거짓말처럼 현란하게 움직이기 시작했다.

-스테이지는 언제나 짜릿해
심장이 터질 듯해

바닥을 쓸며 등장한 큰세진의 소절을 받아서 권희승이 불렀다.

-손에 쥐고 있는 나의 WEAPON
절대 놓치지 않지 넌 알지

센터로 보컬이 치고 나올 때마다 사이사이 복잡한 동작이 추가됐다. 고전 게임 캐릭터 같은 딱딱한 움직임은 어느새 자취를 감췄다. 그

것은 의상과의 시너지로 인해 흡사 최근 게임의 캐릭터창에서 플레이할 캐릭터를 선택한 것처럼 느껴지기도 했다.

　-넘치는 아드레날린
　솟구치는 POWER가 날린
　마지막 SHOT!

　-들이켜 네 흥분을
　몸서리쳐 감각이 남긴
　마지막 ROUND!

드물게도 보컬을 맡은 김래빈의 목소리가 마이크 위로 튀어 올랐다. 대형을 갖추고 팔을 당겨서 약간 독특하게 쏘는 안무는 대놓고 따라 추라고 만든 것처럼 구성되어 있었다.
그리고 후렴구.
상승하는 음계를 타고 박문대가 고음을 찍어 올렸다.

　-쏘고 날려 마지막 Match-!
　하이라이트에 웃는 건 나니까
　네가 쥔 그 VICTORY-!
　내가 준 거야 너도 좋을 거야

그리고 후렴 뒤로 미친 듯이 상승했던 비트가 일시 드랍됐다.

쿵!

묵직하게 울리는 베이스 속에서 다시 테마 멜로디가 흘러나왔다. 무대 위 그들은 삼각 대형을 갖추고 발을 구르기 시작했다.

−네 손에 쥐고 있지 VICTORY
　실현시키는 건 나야

힘을 주어 신체를 움직이는, 무거운 비트에 어울리는 안무가 무대 위에 깔렸다.

−네가 골라 선택할 CHALLENGER
　지금 여깄어 바로 나야

몸을 튕기는 동작마다 이상한 위압감이 느껴질 만큼 강약이 구분되었다. 머리를 털고 각을 잡는 동작 때마다 방청객들은 입을 벌리고 무대를 지켜보았다.

그리고 그건 시청자들도 마찬가지였다. 댓글창은 무대가 시작하자 잠시 멈췄다가, 이윽고 '미친', 'ㅓㅓ', '와', 따위의 짧은 단어들로 도배되었다. 끔찍한 카메라 워킹에도 무대의 질이 느껴졌던 것이다.

그리고 2절로 들어가며, 새로운 대형이 등장했다.

-네 기대는 언제나 황홀해
　심장이 멈출 듯해

　무대 위 인영들은 자신의 파트에 먼저 움직여 홀로 대형을 맞춰가며 다른 팀원을 거느리는 듯이 움직였다. 라이브와 동시에 하기엔 잔인할 만큼 어려웠지만, 보기에는 더없이 근사했다.

　브릿지에서 김래빈이 이세진의 보컬에 짧지만 정교한 랩을 주고받고 나자 다시 후렴이 등장했다.

　탕!

　여기서는 다시 아이코닉한 쏘는 안무가 등장해서 혹시 모를 피로감을 방지했다. 그리고 다시, 시청자들이 방송으로 매번 들어봤을 데모 버전의 멜로디와 어감을 살린 드랍.

　-네 손에 쥐고 있지 VICTORY
　실현시키는 건 나야

　-네가 골라 선택할 CHALLENGER
　지금 여깄어 바로 나야

　이번에는 선아현이 앞으로 나와서 안무를 잡았다. 무거운 비트 위에서 현란한 발놀림이 오갔다.

　전체적으로 아주 치밀하게 구성된 이 무대는 보는 즐거움과 듣는 즐거움을 둘 다 챙겨서 집중도를 높였다. 덕분에 시청자들은 무대가 끝났을 때 순식간에 끝났다며 물음표를 도배했다.

[Take this crown.]
[You're welcome!]

무대의 마지막. 초반의 전자음과 유사한 내레이션이 깔리는 가운데, 기지개를 켜고 목을 꺾은 참가자들이 손을 흔들며 쏙 무대 뒤로 걸어서 사라졌다.

8비트 멜로디가 끊어질 듯이 울렸다.

BBi- BBi- BBibibibibi
BBi, BBi----!

무대 뒤에서 조명이 터져 나오며, 그들의 실루엣은 서서히 사라졌다.

보통 안무는 포즈와 함께 끝나는 것이 정석이었기에 이건 모험수에 가까운 구성이었다. 하지만 이런 특이한 엔딩 고른 덕분에, 무대 위 그들은 마치 재밌게 게임 한 판하고 사라지는 캐릭터들 같았다.

"와아아악!!"

시청자들은 잔뜩 흥분했다. 단어만 난무하는 시간이 조금 지나간 뒤, 삽입된 중간광고가 끝날 때 즈음에야 소통이 가능한 댓글이 달리기 시작했다.

-ㅋㅋㅋㅋㅋㅋㅋ

-이 잔인한 놈들 이러려고 첫 빠따 들었군

-이걸 오프닝에 때리냐?

-토끼 탈 때 생각나네 근데 그때는 방송에서 뒤로 미루기라도 했지ㅋㅋ

-농담이 아니라 이거 이기기 힘들겠는데

-와 근데 씨발 진짜 멋있다 턱 떨어질 뻔

-나 쪼개느라 잇몸이 다 마름

-컨셉 게임이었구나ㅋㅋ 박문대 선아현 머리 좋네

-솔직히 지금까지 아주사 무대 중에 제일 좋았다 인정?

-눈물이 줄줄 흐른다 선아현은 이미 아이돌이며 이에 대한 반박은 받지 않는다 다들 늦지 말고 주식을 사라

  └팬사이트로 가세여~

  └마지막인데 봐주자 어차피 선아현 데뷔할 것 같다ㅋㅋㅋㅋ

-일단 이 팀에서 넷은 데뷔할 것 같은데; 다음 팀 어쩌냐 어이구..

시청자들의 예상대로 다음 팀의 무대는 밋밋했다.

비교적 낮은 순위로 구성된 이 팀은 메인 포지션으로 선의의 경쟁을 하며 팀워크를 다지는 분량을 받았다. 그리고 앞 팀처럼 이 팀도 〈Final〉이라는 키워드를 살려보려 했다.

그러나 노력, 열정, 절박함에 초점을 맞춘 가사와 안무는 세련미가 없어서 도리어 부담스러워졌다. 앞 팀에서 유머와 판타지를 섞어서 무대를 구성한 탓에 이 비교는 더 두드러졌다.

-열심히 하네

-재 눈에 들어온다 한 주 사줘야지

-지루함

-다들 귀엽고 착한 것 같아요~

다소 무미건조한 반응이 이어지는 가운데 두 번째 팀의 무대는 끝났다. 그리고 이 루즈한 분위기 속에서 마지막 팀의 무대가 공개되었다.

준비 과정은 똑같이 별것 없었지만, 류청우의 슬럼프 극복에 약간의 분량을 더 얹어줬다.

실제로 그가 슬럼프를 극복했는지는 모른다. 다만 방송에서는 계속 사양하던 리더 역할을 중간에 받아서 훌륭히 수행한 것처럼 나오긴 했다.

-응 알았어 류청우 찍어달라고?

-그래 군면제 놓치기 싫지ㅋㅋ

-류청우 괜찮은데 좀 빈정 상하긴 함

-머글들 표 쓸어가겠지 뭐~

골수 시청자들의 반응은 다소 시큰둥했다. 류청우의 좋은 분량은 하루 이틀 일이 아니었으니까. 그나마 류청우가 전 국대가 아니었다면 무슨 욕을 먹었을지 모르겠지만 어쨌든 간에 선을 넘는 일은 일어나지 않았다.

그리고 무대.

-차유진님이 미쳐 날뛰고 있습니다.

-도저히 막을 수 없습니다!

-무대의 지배자! 화신!

-ㅋㅋㅋㅋㅋ드립 밖에 안 나오네

-개 잘하긴 함

-흠 1등 하려나

차유진은 또 무대를 찢었다.

사실 다른 사람과의 합을 그다지 신경 쓰지 않는 성격인 탓에 그가 있다고 다른 사람들의 파트가 괜찮아 보이는 일은 없었다. 그냥 차유진이 빛나서 무대가 멋져 보일 뿐이었다. 솔로나 경연 프로그램에 최적화된 인재라고 볼 수 있었다.

시청자들은 즐겁게 떠들었다.

-아 재밌었다.

-첫타 막타가 괜찮으니까 재밌긴 하네

-이제 뭐 남음?

다시 진행을 맡은 영린의 중대 발표가 남아 있었다.

"참가자들이 준비한 〈Final〉 팀전 무대는 어떠셨나요? 예. 즐겁게 관람하신 것 같습니다. …그럼 이제, 중대 발표의 시간이 다가왔습니다."

영린이 손으로 스크린을 가리켰다.

"바로, 데뷔 인원수 발표입니다!"

무대를 모두 마친 참가자들은 마지막 무대를 준비하기 위해 스테이지 아래로 내려와 있었다. 오랜만에 성공적 무대가 어쩌고 하는 팝업이 떴지만, 내가 그걸 들여다볼 상황은 당연히 아니었다.

'언제 생방송으로 얼굴이 송출될지 모르니까.'

혹시 무대 위에서 무슨 발표라도 하면 리액션을 잡으려는 카메라가 참가자 팀마다 따라다니고 있었다. 그리고 마침 위에서는 인원수를 발표하는 중이다.

"몇 명 보나?"

"넌?"

"난… 열 명?"

큰세진이 어깨를 으쓱거렸다. 약간 희망 사항이 섞인 답변 같았다. 옆에서 메이크업 수정을 받다가 막 끝난 김래빈이 진지하게 끼어들었다.

"제 생각에는 홀수일 것 같습니다. 보통 아이돌 그룹의 대형을 생각해서 홀수를 많이 선호하시니까요."

"말 되네."

그게…… 그런 식이 아니었는데 말이다. 나는 속으로만 혀를 차며, 고개를 돌렸다. 기도를 막 마친 선아현과 눈이 마주쳤다.

"넌 몇 명일 것 같아?"

"그, 글쎄……. 아, 아마… 7명?"

"7명?"

"너무 적지 않냐?"

주변에서 주워들었는지 이놈 저놈 끼어들어서 핀잔을 줬다. 다들 아닌 척하지만, 바짝 긴장한 탓인 것 같았다.

선아현은 몸을 움츠렸다. 하지만 자신의 의견을 철회하진 않았다.

'역시 성격이 변했나.'

나는 어깨를 으쓱했다.

"나도 7명 찍은 사람이 제일 많을 것 같은데. 그 이상 찍은 사람이 더 많으면 좋겠지만."

"으, 응!"

선아현이 고개를 끄덕였다. 그리고 옆에서 차유진이 '난 짝수 좋아요.' 같은 말을 중얼거리는 것을 듣고 있자니, 위에서 방청객들이 비명을 지르는 소리가 밑까지 울렸다.

"뭐야?"

거의 진동에 가까운 울림이었다. 참가자들이 당황하는 사이, 영린의 마이크 목소리가 아래까지 쩌렁쩌렁 들렸다.

"이번 〈재상장! 아이돌 주식회사〉의 주주님들께서 선택하신 데뷔 희망 인원 평균은… 6.47명이었습니다!"

참가자들이 다 굳었다.

"반올림을 통해 숫자를 자연수로 보정한 결과… 최종 데뷔 인원은, 6명입니다!"

그리고 다시 비명과 욕으로 위가 시끄러워졌다.

"지금 뭐라고 한 거야?"

"6.4…, 뭐?"

참가자들의 당혹스러운 목소리 뒤로, 나는 한숨을 쉬었다.

'이게 마지막 화 어그로지.'

사람들이 고른 데뷔 희망 인원을 아예 평균 내버린 것이다.

데뷔 희망 인원은 한 번만 투표할 수 있었고 수정이 불가능했다. 덕분에 사람들이 흥행 초반에 아무 생각 없이 '본인이 생각하는 이상적인 아이돌 그룹 숫자'에 투표했던 게 그대로 들어갔다. 덕분에 근소한 차이로, 5명을 선택한 사람이 가장 많았다.

하지만 시리즈는 대흥행했고, 제작진이 그나마 인원을 늘려보겠다고 눈물의 편법 쇼를 벌인 결과가 이거였다. 규모는 큰데 공격적인 성향이 모인 인터넷 커뮤니티에서 장난삼아 1명에 테러한 것까지 표본에 들어가다 보니 겨우 한 명 늘어난 것으로 끝났지만 말이다.

-이딴 병신 같은 방법으로 할 거면 진작 말을 하지 개자식들아ㅋㅋㅋㅋ

-6.47이라 6명? 6명? 돌았나 미친놈들 ㅋㅋㅋ

벌써 예상 가능한 인터넷 반응을 떠올리며, 나는 고개를 저었다.

'마음의 준비나 하자.'

이제 마지막 무대만 끝나면, 최종 순위 발표식이었다.

박문대의 예상대로 시청자부터 방청객까지 모두가 '평균 내서 6.47명'이라는 신개념 결과에 혼란의 도가니탕에 빠졌다. 몇몇 방청객들은 스마트폰을 들어서 자신의 SNS에 글까지 올리고 있었다.

-사람들이 야유해서 현장 갑분싸됨 마지막까지 정말 대단하다 아주사
-대체 평균 내겠다는 미친 생각은 어디서 나왔냐
-차라리 깔끔하게 그대로 5명 하든가 6.47명ㅋㅋㅋㅋ
-제작진 0.47명 왜 버림? 7위는 객원 멤버로 받아주자
　└ㅋㅋㅋㅋㅋ이거다

　그러나 혼란이 지나간 후에 반응은 의외로 무작정 부정적이지는 않았다. 제작진이 애를 썼다는 것이 느껴져서 다소 숙연해졌기 때문이다.

-뭐 주작 안 한 게 어디냐.
-제작진도 한 9명 하고 싶었을 거야.
-이상한 데서 양심적인 놈들... 어그로는 끌어도 조작은 안 하는 놈들...
-그래 5명, 6명 중에 고르는 거면 6명이지

　사람들은 그럭저럭 상황을 받아들였다. 물론 인원수가 너무 적다며 울부짖는 사람은 여전히 넘쳤다.

-애초에 1명 투표를 막아뒀으면 되는 거였잖아 아주사 미친놈들아ㅠ

　그리고 그때 즈음, 타이밍을 맞춘 듯이 새로운 VCR이 나오기 시작했다.

　[안녕하세요?]

[예이!]

본 적 없는 파스텔 린넨 의상을 입은 참가자들이 카메라를 보며 손을 흔들고 웃는 영상이었다. 그들은 캄캄한 구조물 사이를 걷고 있었고, 구조물 사이사이로 빛이 반짝거렸다.

순식간에 현장과 인터넷의 분위기가 수그러들었다.

-뭐지?
-언제 찍었대
-무슨 영상임?

참가자들은 카메라를 붙잡고는 한 명씩 돌아가면서 마지막 방송에 대한 소감을 한마디씩 했다. 그리고 어딘가로 뛰어갔다.

[언제나 응원해 주셔서 감사합니다!]
[사랑해요~]

마치 전형적인 감동 VCR처럼 보였기 때문에, 시청자들은 의례적인 반응을 보였다. VCR을 시청 중이던 방청객들도 응원하는 참가자가 나올 때마다 환호를 보냈다.

그리고 마지막까지 남은 참가자는 어쩌다 보니 박문대였다. 박문대는 어색하게 카메라를 보고, 그냥 쓱 웃었다.

[감사합니다. 꼭 데뷔할게요.]

답지 않게 확실한 말이었다.

짧은 말을 남기고 박문대도 카메라 화면 밖으로 달려 사라졌다. 당연히 박문대의 팬들이 많은 커뮤니티에서는 댓글이 폭주했다.

-ㅠㅠㅠ아이고 문대야...

-문대 데뷔해야 한다

-멘탈과 실력을 모두 갖춘 준비된 문대에게 투자하세여... 오늘 전화하시면 100원으로 5년 갈 투자가 가능하십니다...

-얘가 패드립하면 다 진짜라는 개임?

└ㅇㅇ개임

└히익 판사님 저는 아무것도 적지 않았습니다

└가정사 빼도 팔방미인입니다 딱 한 입만 드셔보세요

└ㅋㅋ사실 이미 투표했어 존나 잘하더라

└오 감사

한 표라도 더 끌어모으기 위해 팬들은 가정사를 들먹이는 반응마다 빡침을 참고 영업을 계속했다.

그 사이 모든 참가자가 사라져 휑한 검은 화면에서는 배경에 깔리던 〈바로 나〉 어쿠스틱 버전이 아련하게 커졌다. 그리고 시청자들은 이상한 여운에 휩싸였다.

-진짜 끝이라는 느낌이다

-종방 바이브 제대로네

-BGM 때문에 더 그런 듯

-얘들아 그냥 20명 다 데뷔하면 안 될까..ㅜㅜ

-20명 정도면 해볼 만하지 않냐? 제작진은 지금이라도 데뷔 인원 재투표해

그리고 영상의 각도가 돌아갔다. 참가자들이 달려간 방향이었다. 돌아가는 카메라를 따라, 리프트를 타고 올라가는 참가자들의 모습이 보였다.

-?!

-헐

-설마

어느새 방송 송출 화면이 공연장으로 전환되더니…… 무대 위로 올라오는 참가자들의 모습이 보였다. 영상처럼 보였던 것은 사실 실시간 송출이던 것이다.

-아...

-ㅜㅜㅜ

그리고 참가자들은 마이크를 들고 노래를 부르기 시작했다. 〈바로나〉 어쿠스틱 편곡 버전을.

-ㅠㅠㅠㅠ

-안돼 얘들아 가지마

-평생 아주사 해줘

 ㄴ저주하냐?ㅋㅋ 근데 그렇게 해줘 진심임

 ㄴ매주 꽁냥꽁냥 거리고 무대만 하자ㅠㅠ 탈락은 말고ㅠㅠ

-아 다 정들어서 어떻게 보내냐

참가자들은 벙긋벙긋 웃으면서 자기 파트마다 정성껏 노래를 부르려했다. 하지만 1절 벌스가 다 지나가기도 전부터 훌쩍거리는 참가자들이 속출하기 시작했다.

물론 박문대는 침착하게 자기 파트를 잘만 소화했다. 2절 후반 애드립도 듣기 좋게 깔끔하고 귀에 잘 감겼다.

-노래 진짜 잘하네

-빠들이 미치려고 하던데 이유가 있었구나

-지금 입덕해도 안 늦었지?

 ㄴ안 늦은 정도가 아니라 승리자 아니냐? 감정 소모 안 하고 막방에 잡아서 데뷔 꿀만 빨면 되겠네ㅋㅋ

-지금 박문대 파기로 결심했다 얼굴까지 마음에 든다

몇몇 예외가 있긴 했지만, 어쨌든 무대는 애수가 넘치는 편곡에 빠진 참가자들의 모습 때문에 방청객들까지 훌쩍거리게 했다.

엔딩은 눈물을 주륵 흘리는 이세진의 하얀 얼굴을 클로즈업하며 끝났다.

-얘 잘생기긴 했다
└13화 중에 오늘이 리즈인 듯
-확신의 배우상
-얘들아 고생 많았다ㅜㅜ
-다들 잘 됐으면 좋겠다...

무대에서 내려온 참가자들은 본인들도 여운에서 벗어나지 못하고 허우적거렸다. 훌쩍거리는 참가자들의 메이크업을 잡아주던 스타일리스트들이 슬슬 짜증이 날 무렵, 위에서 MC가 새로운 VCR을 소개하는 소리가 들렸다.

'아, 그건가.'

박문대는 큰 감흥 없이 영상의 내용을 짐작했다. 오디션 마지막 화에 절대로 빠질 일 없는, 가족 컨텐츠다.

물론 박문대는 가족이 없어서 그냥 뭉개고 넘어갔다.

'오열하는 모습만 잔뜩 넣었겠군.'

그는 김래빈이 할머니의 영상편지를 보며 눈이 퉁퉁 부어 삼백안처럼 보이지 않을 정도로 울던 것을 잠시 떠올렸다. 사실 참가자들 대부분이 울었기 때문에 컷을 뽑기는 굉장히 편했을 것이라고 생각하면서.

참고로 박문대는 담담하게 참가자들의 등이나 도닥거려 주는 컷만 몇 장면 잡혔는데, 그게 오히려 사람들이 마음 쓰게 만들었다는 것은 꿈에도 모르고 있었다.

"…이제 다 끝이네."

"…?"

박문대에게 뜬금없는 사람이 말을 걸어왔다.

'뭐야.'

아역배우 출신 이세진이었다.

"뭐… 프로그램은 곧 끝나긴 하죠."

"넌 데뷔할 테니 안 끝난다, 그런 뜻이야?"

'이 새끼는 왜 갑자기 시비야.'

안 그래도 생각이 많은 타이밍이었기 때문에, 박문대는 그냥 대꾸하지 않고 말을 무시했다.

"…좋겠네."

이세진은 그냥 그렇게 웅얼거리더니, 구석에 가서 우울하게 처박혔다.

"…"

박문대는 아무 반응도 하지 않기로 정했다. 최종 순위 발표 직전인데 남이나 신경 써줄 놈이 있다면 그건 호구였다. 생방송 초반 때만 해도 서로 격려하던 참가자들도 마지막 무대의 감성이 가시고 나니, 극도의 긴장감으로 굳어버렸다.

스탭이 다시 그들은 부른 것은 딱 그 타이밍이었다.

"B구역 이동! 이동합니다!"

참가자들은 굳은 표정으로 우르르 이동했다. 길고 긴 마지막 순위 발표식이 그들을 기다리고 있었다.

피로로 어깨가 아팠다.

이거 피로 감소 특성 없었으면 죽을 맛이었을 것이다. 고개를 돌리기도, 자세를 바꾸기도 힘들었다. 몇천 명의 사람들이 밑에서 뚫어져라 이쪽을 보고 있다는 것은 꽤 강한 압박감으로 작용했다.

'무대 할 때보다도 가까운데.'

그나마 가장 가까웠던 팀전 무대보다도 관객이 가까웠다. 눈을 조금만 굴려도 무대 아래 있는 방청객과 눈이 마주칠 정도였다. 바로 밑에 선 슬로건도 흔들리고 있었다.

〈문댕댕은 오늘 데뷔한다〉. 궁서체로 적힌 것이 굉장히 비장했다.

'손이라도 흔들어줘야 할 것 같군.'

그러나 이 긴장된 분위기에서 그럴 수는 없었다.

"과연, 영광의 6번째 자리를 차지할 참가자는 누가 될까요……."

MC가 저 대사를 포함해 몇 가지 라인으로 15분째 진행을 돌려막고 있었기 때문이다. 올라온 지 20분이 지났는데 한 명도 발표가 안 됐다는 게 대단했다.

'표수 보니 그럴 만도 했다만.'

듣기로는 문자 투표가 백만이 넘었다고 했으니 아직도 집계 중인 건 이상하지 않았다. 아니나 다를까, MC는 3분쯤 더 흐른 후에야 제작진의 사인을 받았다.

"〈재상장! 아이돌 주식회사〉, 인터넷과 생방송 문자 투자를 합산한 최종 주식 순위, 6등! 지금 발표합니다!"

주변에서 참가자들의 몸이 굳는 것이 느껴졌다.

"넘치는 리더십과 뛰어난 실력으로 주목을 받은 참가자입니다."

전광판에서 해당하는 참가자의 얼굴을 어지럽게 비췄다.

'…근데 왜 내가 있냐.'

류청우랑 큰세진은 알겠는데.

나는 어처구니없다는 표정을 짓지 않기 위해 애썼다. 그러나 이미 다른 두 명과 다르게 눈에 기대가 없어 보였는지, 내 얼굴이 잡히자 이 분위기에도 밑에서 사람 몇 명이 웃었다.

"축하합니다, 이세진… B!"

큰세진은 눈을 휘둥그렇게 뜨더니, B가 붙자 빵 터지며 몸을 수그렸다.

"하하…!"

주변에서 참가자들의 무수한 악수 요청과 축하가 큰세진에게 쏟아졌다. 나는 받을 축하는 다 받고 나오는 큰세진과 가볍게 하이파이브나 했다.

"아… 정말, 정말 감사합니다. 기대 버리려고 애썼는데."

큰세진은 달아오른 얼굴로 술술 데뷔조에 든 감상을 말하고, 자신의 팬들을 향해 애교 비슷한 것을 선보인 뒤 단상으로 올라갔다.

'진짜 데뷔했네.'

상승세라 그럴 것 같긴 했다.

'잘 모르는 사람보다는 훨씬 낫지.'

나는 선선히 다음 순위 발표를 기다렸다. ……그리고 장장 15분 넘는 인고의 기다림 끝에 다음 순위가 발표되었다.

"5위는…! ……류청우!"

완전히 예상했던 인선이다. 오히려 순위가 좀 떨어진 감이 있다고 생각했지만, 본인은 정말 예상하지 못했는지 프로그램 처음으로 눈물을 보였다.

'멀쩡한 사람 좋지.'

나는 이번에도 진심으로 박수를 보냈다. 그리고 다음 4위.

"김래빈 참가자! 축하합니다!"

김래빈은 긴장해서 축하를 제대로 받지도 못하고 단상으로 비틀거리며 뛰어갔다.

그리고 발음만 또렷하게 줄줄 소감을 뱉었는데, 솔직히 소감보다는 발표문처럼 들렸다. 본인이 잘하는 것과 보완 중인 것을 줄줄 읊었기 때문이다.

"…그래서 최근 제가 계발 중인 역량은 보컬입니다. 보다 완성된 모습으로 어떤 상황에서든 그룹의 일원으로서 역할을 발휘할 수 있도록, 앞으로는 소통 능력도 더욱 신경 쓰겠습니다."

그나마 소감 같았던 건 마지막 두 문장뿐이었다.

"…다시 한번 제게 투자해 주신 주주님들께 감사드립니다. 그리고 할머니, 할아버지. 사랑합니다."

그리고 씩씩하게 마이크에서 입을 뗐다.

'…팬들한테도 사랑한다고 해야 하는 거 아닌가.'

김래빈은 마이크를 반납하고서야 그것을 깨달았는지 아차 싶은 표정으로 MC를 봤지만, 이미 배는 떠났다.

'…그래도 쓸모는 많은 놈이지.'

나는 적당히 납득했다.

다음 발표는 3위. 이제 불릴 때가 되지 않았나 희망을 가져봤지만… 그런 일은 일어나지 않았다.

"3위는…… 선아현! 축하드립니다!"

차유진과 선아현 사이에서 길게 끌던 전광판에 선아현의 얼굴이 떴다. 하얗게 질려 있던 선아현의 얼굴에 순식간에 열기가 돌았다.

"고, 고마워…."

선아현은 의외로 울지 않고 축하를 받았다. 덕분에 포옹까지 할 생각은 없었는데 얼결에 다른 놈들 따라서 해줬다.

"저, 저는, 정말 부족한 사람입니다. 그, 그런 저를 믿고, 지지해 주신 주주님들과… 친구들에게 정말, 가… 감사합니다. 더, 더… 자랑스러워하실 만한, 사람이 되겠습니다. 감… 사합니다."

선아현은 마이크를 반납하고 올라가면서 펑펑 울었다.

원래 미래에서 확실히 데뷔하지 못했던 놈이 결국 붙는 것을 보자 기분이 묘했다. 음…. 좋은 쪽에 가까운 것 같다.

'선아현은 괜찮은 놈이니까.'

그럼 이제 남은 건…….

"점점 열기를 더해가는 〈재상장! 아이돌 주식회사〉의 마지막 순위 발표식! 이제 대망의 1위 발표를 목전에 앞두고 있습니다!"

'결국 이렇게 됐군.'

나는 한숨을 참았다. 1위와 2위 발표만 남았다.

이러다 '박문대'가 탈락하는 거 아니냐는 걱정은 안 들었다.

'후보가 없어.'

남은 사람 중에 1, 2위를 할 만한 얼굴 자체가 없었다.

아, 지난 순위 발표식에서 3위를 했던 아무개는 여자친구와 목격담이 떠서 민심이 폭락했다. 좀 안됐다만… 아이돌 오디션에 참가하면서 촬영 쉴 때마다 여자친구를 만난 건 스스로 불러온 재앙 아닌가.

"1위 후보 참가자 두 분을 지금 공개합니다!"

MC가 쩌렁쩌렁 마이크에 대고 힌트를 몇 가지 외쳤다. 긴 진행으로 목이 좀 쉬어 있었다.

그리고 앞서 순위들처럼 약간 시간을 끈 뒤, 후보가 발표되었다.

"차유진!"

차유진이 씩 웃으며 앞으로 나왔다. 밑에서 사람들이 당연하다는 듯이 환호를 보냈다.

"그리고 다른 후보는……."

나갈 준비 하자.

"박문대 참가자입니다!"

역시.

나는 안 친한 몇몇 참가자들에게 형식적인 축하를 받으며 앞으로 나왔다.

"형, 축하드려요."

그나마 골드 2가 진심이었던 것 같았으나, 이쪽은 슬슬 탈락을 실감하는지 억지로 씩씩한 척하는 게 눈에 보였다. 나는 그냥 등을 몇 번 두드려 주고 단상으로 올라갔다.

이미 올라가 있던 차유진이 손을 내밀었다.

"악수합시다!"

굉장히 신나 보였다. 이 기세를 몰아 1위까지 가져가 줬으면 좋겠군. 나는 별말 하지 않고 순순히 악수를 받아줬다. 일시적으로 공연장 분위기가 화기애애해졌다.

'일단 이걸로 데뷔 확정인가.'

나는 혹시 상태창의 변화가 있나 살폈지만, 아까 뜬 '성공적 무대' 팝업뿐이었다.

"두 분, 1등을 놓고 경쟁할 상대 후보를 보니 어떤 생각이 드십니까?"

차유진이 곧바로 냉큼 마이크를 들었다.

"정말 멋집니다!"

"하하! 아주 명쾌한 답변입니다~"

MC는 하하 웃더니, 긴장감 조성용 낚시 질문을 던졌다.

"본인이 오늘 1위 하실 것 같나요?"

"모릅니다. 근데 1위 좋아요!"

차유진이 엄지를 척 들었다. 결승에서 장난친다고 반감 가진 사람들이 나올 정도는 아니고, 적당히 보는 사람이 기분이 좋아질 정도의 여유였다.

"알겠습니다~ 자, 그럼 박문대 참가자의 소감을 들어볼까요. 어떠십니까, 상대방을 보시면?"

나는 마이크를 들었다.

"워낙 잘하는 친구라… 저 친구랑 같이 거론된 게 실감은 안 납니다."

"방금 참 겸손한 발언이었습니다~ 하지만, 1위는… 어떻게, 가능성이 있다고 보십니까?"

어떻게든 나한테도 이 질문 물어볼 줄 알았다. 생각해 보는 것처럼 답변을 한 템포 쉬었다. 그리고 고개를 슬쩍 저으며 답했다.

"…힘들 것 같은데…… 음. 사실 2위도 제 목표보다 굉장히 높은 순위라, 감사할 뿐입니다."

이유는 모르겠지만, '힘들 것 같다'라고 대답할 때 무대 아래 방청객들 사이에서 작게 웃음이 터졌다. 너무 진심처럼 들렸다.

"아, 2위를 해도 아쉽지 않다? 정말 아쉽지 않으시겠습니까?"

"…예. 물론 된다면 정말 감사한 일입니다."

"오~ 알겠습니다. 여러분, 박문대 참가자의 마음가짐이었습니다."

'질긴 놈.'

MC가 겨우 질문을 멈추고 다시 폼 들이기에 들어갔다.

〈재상장! 아이돌 주식회사〉의 화제성과 시청률, 각계의 반응, 데뷔하면 받게 될 (자칭)최고의 대우까지 줄줄 다시 방송을 탔다.

그리고 한참 시간을 끈 뒤 발표 직전.

"대망의 1위는…… 광고 후에 공개됩니다!"

'이럴 줄 알았다.'

원래 이러면 후보들이 긴장했다가 주저앉고, 뭐 그런 극적인 반응을 보여줘야 하는데 하필 후보가 나랑 차유진이라 그냥 박수와 웃음만 나왔다. 그 대신처럼 무대 아래에서 원망의 신음과 몇 가지 욕이 튀어나왔다.

'방금 쌍욕하신 것 같은데.'

'문댕댕' 슬로건 뒤에서 튀어나온 욕설을 들었다고 거의 확신했다.

"형! 데뷔! 저랑 재밌는 거 많이 해요!"

"…좋지."

차유진은 중간광고 표시가 뜨자마자 말을 걸어왔다. 완전히 들뜬 게, 누가 보면 이미 데뷔해서 숙소라도 입성한 줄 알았을 것이다.

'정말 1위 관심 없나.'

하기야 아직도 1위 혜택은 '어마어마한 혜택!'이라는 말로 대충 연명하는 중이다. 명예욕 없으면 '몰라~ 난 데뷔함~' 같은 상태여도 이상할 건 없었다.

그런데 1위 혜택이 뭔지 아는 입장에서는 쫄린단 말이다. 전에도 말했지만, 그 혜택은 사실상 벌칙이었다.

사실 원래도 차유진이 1위였고 직전 순위 발표식에서도 1위였으니 저쪽이 이길 확률이 더 높은 건 안다. 하지만 사람이 예감이라는 게 있지 않은가. 어제 본 인터넷 반응을 보니 '박문대'가 1위를 할 것 같다는 불안감이 가시질 않는다.

'…모르겠다. 그럼 욕 좀 먹지 뭐.'

나는 생각을 포기했다. 돌연사 피했으면 됐다.

차유진이 떠드는 걸 몇 마디 받아주고 나니 다시 생방송이 재개되었다.

"대망의 1위 발표를 앞둔 〈재상장! 아이돌 주식회사〉!"

MC는 아까 한 말을 또 한 바퀴 반복했다. 내가 외울 지경이다.

슬슬 좀 말해라. 솔직히 이미 둘 다 붙은 판에 뭘 이렇게 시간을 끈단 말인가. 다들 채널 돌렸을 것 같은데.

다행히 드디어 MC가 이름을 말했다. 대망의 1위는….

"…박문대!"

내가 기대한 이름은 아니었지만.

'……이렇게 됐군.'

내가 1위를 했다는 거지.

나는 혹시 티가 날까 봐 얼굴을 감추기 위해 고개를 푹 숙였다가, 의외의 사실을 깨달았다.

기분이… 좋았다.

1위 벌칙이고 나발이고, 일단 내가 이겼다니까 이상하게 확 아드레날린이 정수리까지 치고 올라왔다. 달성의 맛이 짜릿했다.

나는 거의 소리 내며 웃을 뻔했다.

'이거 대학 붙었을 때보다 센데.'

덕분에 나는 얼굴을 감출 것 없이 곧바로 소감을 이야기할 수 있었다.

"축하합니다~!"

차유진이 굉장히 의리 넘치게 포옹했다.

'미국식이군.'

짧게 포옹을 돌려주고 마이크를 들었다. MC와 똑같은 각도로 공연장을 보니, 정면 밑에 몇몇 제작진들이 '울 생각 없니?'라고 말하는 듯한 표정으로 보고 있었다.

'응. 없어.'

나는 그냥 웃었다. 뭐, 솔직히 반은 운빨에 상태창 덕이긴 했다만… 어쨌든 내 몫도 있지 않은가.

"박문대 참가자, 소감! 소감 부탁드립니다."

"예."

나는 잠시 뜸을 들이다가, 그냥 솔직하게 말했다. 갑자기 아드레날린에 취해서 그랬나. 머리에서 별 계산이 안 들어가고 척수쯤에서 말이 나온 것 같다.

"솔직히 데뷔를 목표로 나왔습니다. 데뷔를 꼭 하고 싶었고, 해야 했고…… 그래서 1위는 생각도 안 해봤어요. 기대도 안 했고. 데뷔만으로도 이미 차고 넘친다고 생각했거든요."

나는 숨을 골랐다.

"근데… 하니까 너무 좋네요."

여기저기서 환성과 가벼운 웃음이 터졌다. '솔직히 이럴 줄 몰랐어요'라고 이은 내 말은 잘 들리지 않을 정도였다. MC가 '아직 시간을 끌라'는 제작진의 신호를 받고 내게 다시 물었다.

"이 자리를 통해 감사하고 싶은 분이 계신가요?"

안 그래도 말하려고 했다.

"음… 특별히 언급할 사람은 떠오르지 않네요. 그냥, '박문대'에게 투자해 주신 분께 감사합니다."

무대 밑에서 비명이 터져서 잠시 멈췄다가, 천천히 말을 이었다.

"제가 뭔가 보답을 할 수 있다면 좋을 텐데…… 음, 제게 뭘 소비하셨든 간에, 그 소비가 동 가격대 최고의 효율을 낼 수 있게 노력하겠습니다. 감사합니다."

말을 끝마치고 고개를 꾸벅 숙였다. 환호와 박수 사이로 훌쩍거리는 소리가 들렸다. 심지어 '문댕댕' 슬로건을 들고 있는 분은 흐느끼느라 손에 힘을 너무 줬는지, 슬로건이 거의 우그러져서 '누댄내' 비슷하게 보였다.

'이 말에…?'

약간 당혹스러웠지만, 뭐 좋게 봐줬다면 다행인 일이다. 자기 일도 아닌데 같이 기뻐해 주는 사람들을 보니 마음이 약간 아릿했다.

'나쁘지 않네.'

이러면 1등 벌칙 정도야 받아도 상관없지 않나.

내가 마음을 정리했을 때, MC는 다음으로 2위한 차유진과 인터뷰를 진행하고 있었다. 차유진은 싱글벙글 웃으면서 영어로 어머니께 소감을 전하고 방청객들을 향해 열심히 손을 흔들었다.

대놓고 즐겜러라 사람들이 왜 찍었는지 알 것 같았다. 사람들한테 괜한 스트레스, 감정 소모 안 주는 타입이다.

"감사합니다~"

차유진은 쾌활하게 소감을 마무리했다. 곧 제작진들이 단상 옆 데뷔조 자리로 합류하라는 사인을 보냈고, 녀석은 신나게 뛰며 떠났다.

MC가 나를 돌아보았다. 긴장을 조성하는 배경음이 시작됐다.

"자, 이제 선택의 시간이 왔습니다."

왔다. 나는 정자세로 서서 두 손을 모았다.

"1등에게 주어지는 어마어마한 혜택, 그 정체를 지금! 공개합니다. 박문대 참가자!"

"예."

"어떤 혜택이었으면 좋겠나요?"

"……글쎄요."

1억쯤 받고 싶다.

"잘 모르겠습니다. …빠른 데뷔?"

"아~ 중요하죠!"

MC가 손을 펼쳤다.

"자, 혜택을 보여주세요!"

그러자 정면의 커다란 전광판과 그 옆 전광판들에 오프닝 효과가 나타나더니, 곧 글이 떴다.

[상금 5,000만 원!]

"…!?"

왜 상금이 거기서 나와.

"네! 박문대 참가자는 1등 혜택으로 5,000만 원을 즉시! 이 생방송이 끝나자마자 수령하실 수 있습니다!"

"……."

'이럴 리가 없는데.'

당황한 와중에도 머리는 열심히 실수령액을 뽑았다.

3,900만 원, 물론… 받으면 좋다. 하지만 역시 이대로 삼천만 원을 먹는 일은 없었다.

"혹은! 다른 선택지도 있습니다!"

MC의 말에 따라 전광판에 새로운 글이 나타났다.

[새로운 멤버 영입!]

"박문대 참가자는 1등의 권한으로, 마지막 순위 발표식까지 함께 올라온 14명의 참가자 중 한 사람을 함께 데뷔할 팀원으로 지명할 수 있습니다!"

'떴다.'

이 빌어먹을 선택지가 기어코 떴다.

바로 1등더러 알아서 최종 탈락자 중 한 명을 선택해 데뷔조에 합류시키라는 막장 혜택! 혜택의 탈을 쓴 벌칙!

심지어 알던 것보다 더 악랄했다.

'상금하고 둘 중에 고르라는 거였냐⋯!'

이 상황에 어떻게 상금을 고르냐! 여기서 상금 고르면 나머지 14명을 찍은 사람들을 그대로 적으로 돌리는 꼴인데 당연히 새로운 영입 선택지를 고를 수밖에 없지 않은가!

벌써 뭐라고 욕할지 각이 잡힌다.

-오천만원 큰돈이긴 한데 다른 사람 인생만큼 큰돈은 아니지 않나.

-어차피 데뷔하면 많이 벌 거면서ㅋㅋ 돈 진짜 좋아한다~ 몇 년 뒤 둘기할 미래가 보이네ㅎ

-애들 고생하는 거 같이 봐놓고 상금 고를 줄 몰랐어... 좀 이미지 와장창 나긴 한듯

아마 누가 서 있어도 절대 상금을 고를 수 없었을 것이다. 분명 제작진 놈들도 그걸 알고 이딴 짓을 저질렀을 터다. 괜히 프로그램 마지막 화에 드라마 좀 넣어보겠다고 우승자 정신 고문하는 게 과연 마이너스 투표를 정식 룰로 넣은 놈들답다.

'이거 열 받는데.'

확 상금 먹고 욕이나 좀 먹을까.

"박문대 참가자?"

"…예."

나는 간신히 늦지 않고 대답했다. 귀가 먹먹해질 만큼 온갖 괴성이 방청객석에서 난무했다. 무대 아래 서 있는 사람들도 제각기 이름과 비명을 내지르는데, 머리가 안 돌아갔다.

"마음의 결정을 하셨나요?"

"……예."

길게 끌어서 좋을 게 없었다. 나는 입을 열었다.

"새 팀원을 영입하겠습니다."

"아!! 박문대 참가자의 선택이 나왔습니다!"

MC의 외침에 전광판에 상금 항목이 사라지고 〈새로운 멤버 영입!〉 글자가 꽉 차게 확대되었다.

"와아아!!"

방청객들이 환호하는 모습, 심사위원들이 손바닥을 치며 즐거워하는 모습이 다른 전광판에 흘러갔다.

이 악물 뻔했다.

'삼천구백만 원이……'

허공에 날아갔네.

그래도 길게 보면 어쩔 수 없는 선택이었다.

참가자가 하나 더 붙는다는 건 그룹을 좋아하는 팬도 늘어난다는 뜻이었다. 그리고 이런 건 보통 덧셈이 아니라 곱셈으로 불어난다. 벌 수 있는 돈의 규모가 달라진다는 것이다. 장기적으로 봤을 때 5,000보다 더 벌 수 있는 투자였다.

문제는 이다음이었다.

"그렇다면 박문대 참가자가 선택한 마지막 멤버는 과연 누구입니까?"

남은 참가자들이 다시 긴장하는 것이 전광판에 비쳤다.

"제가 선택한 참가자는……."

누굴 골라도 아깝게 떨어진 참가자의 팬들에게 반감을 사기 딱 좋은 시간이다. 그러니 회피한다.

"주주님들께서 선택하신 7위 참가자입니다."

"아!"

사람들의 웅성거림이 커졌다. 대부분 납득하거나 안도하는 것 같았다.

'…제작진도 즐거워하는군.'

저건 좀 열 받네.

"주주님들께 선택을 맡긴 박문대 참가자!"

MC는 프롬프터를 힐끗거리며 열심히 진행을 끌었고, 곧 전광판에 7위 후보가 떴다. 그리고 붙은 놈은….

"축하합니다! 이세진 참가자!"

사레들릴 뻔했다.

'무슨 수로 떡상했냐.'

아마 아역배우 활동 때문에 대중 인지도가 높아서 마지막 화만 슬쩍 문자 투표한 사람들 덕을 본 것 같았다.

'…별수 없지.'

이미 엎질러진 물이었다. 나는 비틀거리며 단상으로 올라오는 이세진에게 자리를 비켜줬다.

"…감사합니다."

이세진은 간신히 소감을 짜내듯이 이어서 몇 마디하고는 고개를 푹숙였다. 예상을 못 해서 혼이 나간 것이라고 팬들이 커버쳐 줄 정도는 됐다.

MC가 이세진을 합격자석에 합류하도록 안내했다. 이세진은 나를 스쳐 지나가며 작게 중얼거렸다.

"…고마워."

나는 그냥 고개를 끄덕였다. 되고는 싶었나 보군.

'나도 들어가고 싶다.'

슬슬 다리에 경련이 날 것 같았다. 대체 언제까지 세워둘 생각이지? 그러나 MC는 여전히 나를 옆에 세워둔 채로 진행을 이어갔다.

"이제 남은 건 하나! 〈재상장! 아이돌 주식회사〉로 데뷔할 참가자들의 그룹명입니다!"

인터넷으로 주주들의 의견을 수렴했다는 뻔한 설명이 이어졌다. 그리고 전광판에 휘황찬란한 로고가 떴다.

대문자 'T'와 위가 맞닿지 않은 삼각형이 교묘하게 합쳐지며, 화려한 반짝이 이펙트가 양옆과 상단에서 튀다가 작은 다이아몬드 마크로 눌러앉았다.

[검증된 당신의 투자]
[당신의 아이돌, 당신의 별]
[TEST + STAR]
[〈TeSTAR〉]

"주주 여러분께서 선정해 주신 그룹명은… 테스타(TeSTAR)입니다!"

"……."

이름이 바뀌었잖아.

내가 알기론 원래 이 프로그램으로 데뷔할 남자 아이돌의 이름은 'STier', 스티어였다. 보니까 홈페이지에 'Star + Tier'로 떡하니 설명까지 붙은 채로 후보에 떠 있어서 이번에도 그게 될 줄 알았는데, 멤버가 나를 포함해 꽤 변했기 때문인지 다른 이름이 나왔다. 아무래도 지난번에 간발의 차로 이름이 정해졌던 모양이었다.

'…스티어가 낫지 않았나?'

대놓고 스타가 이름에 절반 이상을 차지하는 그룹명을 가지게 될 줄은 몰랐다. 좀 얼떨떨했지만… 뭐, 그룹명이야 어지간히 이상하지 않으면 됐다.

"TeSTAR의 일곱 멤버들에게는 그룹 로고가 새겨진 트로피가 수여됩니다!"

그리고 영린이 올라와서 내게 트로피를 건넸다. 하늘로 치솟는 그래프를 형상화한 트로피는 단 하나였다.

이걸 시키려고 여태까지 여기 세워뒀었군. 저걸 운반해서 애들한테 전해주면 끝인가 보다.

"축하합니다."

"감사합니다."

나는 영린과 가볍게 악수한 뒤, 트로피를 방석째로 건네받았다. 영린은 잔잔한 눈으로 미소 지은 채 나를 마주 보았다.

"앞으로 좋은 활동하길 바라요."

"예. 감사합니다."

나는 연거푸 감사를 중얼거렸다. 그리고 그대로 합격자들이 서 있는 곳을 향해 빠르게 걸어갔다. 분위기에 취했는지 합격자들은 이미 자리에서 벌떡 일어난 상태였다.

"와!"

"트로피도 줘?!"

나는 미련 없이 제일 앞에 보이는 놈에게 트로피를 넘겼다. 그러자 이번에는 트로피를 둘러싸고 다 같이 어깨동무하며 호들갑을 떨기 시작했다.

'어깨가 아파.'

차유진과 큰세진에게 번갈아 얻어맞은 등 주변이 아렸다. 어깨부터 발까지 안 저린 곳이 없는데 아드레날린 덕에 뇌만 쌩쌩했다.

좀 떨어진 곳에서 MC의 목소리가 들렸다.

"TeSTAR 여러분의 데뷔를 축하합니다!"

무대 효과용 폭죽이 화려하게 터졌다. 나는 트로피와 합격자들 틈에 낀 채로 사람들의 환성을 들었다.

그리고 그 순간, 상태창 팝업이 떴다.

[성공적 데뷔!]

당신은 유명 오디션 프로그램을 통해 데뷔에 성공했습니다!

!제한시간 : 충족 (대성공)

!상태이상 : '데뷔가 아니면 죽음을' 제거!

: 진실 확인 ☜ Click!

'…진짜?'

상태창을 켰다. 상태이상이 없어져 있었다.

"……."

끝났다.

어쩐지 실감이 안 났다.

상태창의 목적을 모르겠으니, 어떻게든 억지를 써서 상태이상이 연장될지도 모른다는 불길한 예측에 시달려서 그런가.

'이렇게 깔끔하게 사라질 줄이야.'

나는 멍하니 상태창을 껐다. 그러자 남은 팝업에 최하단 글이 눈에 들어왔다. 본래는 보상이 적혀 있어야 하는 위치.

'…잠깐.'

이게 뭐지.

: 진실 확인 ☞ Click!

'진실?'

나는 반사적으로 그 문구를 클릭했다.

"문대야?"

순간, 시야가 어그러졌다. 그리고 암전.

데뷔 못 하면
죽는 병 걸림

CHAPTER
6

비쩍 마른 고등학생이 낡은 스마트폰을 들고 매트리스 위에 누워 있었다. 몸을 움직일 때마다 매트리스에서 삐걱거리는 소리가 울렸다.

스마트폰의 깨진 액정에서는 위튜브 화면이 재생되고 있었다. 공용 와이파이를 간신히 연결해 쓰는 탓에 화질은 좋지 않았다. 하지만 카메라를 잡은 이가 솜씨 좋게 찍은 덕에 화면의 가수가 발산하는 매력은 여전히 눈을 끌었다.

'재밌었어.'

고등학생, 박문대는 다 돌아간 동영상 화면을 아쉽게 바라보았다. 지금 이 계정에 올라온 최신 직캠들은 방금 본 '2×0412 리로던 한강수 축제'로 끝이었다.

이 계정 'gun1234'는 가수, 아이돌들의 직캠을 주로 업로드하는 계정이었다. 특히 인지도가 낮은 사람들을 위주로 올렸는데, 그것마저도 멋있어 보이기도 했다.

'알아봐 주는 것 같잖아.'

별 볼 일 없어 보이는 사람을 응원해 주는 것 같아서 어쩐지 기분이 좋았다.

'자주 올려줬으면 좋겠다.'

돈이 들지 않으면서 행복하게 시간을 보낼 수 있는 것은 이제 많이 남지 않았다.

광고만 보면 시청할 수 있는 위튜브에서도 마찬가지였다. 자꾸 끊기는 와이파이에서 저화질로 보는데도 가슴이 두근거리며 볼 수 있는 영상은 거의 없었다. 듣기로는 직캠의 광고 수익은 다 본 가수에게 돌아가기 때문에 수익이 거의 없다는데, 그래도 꾸준히 올려주는 것이 고마웠다.

고민하던 박문대는 스크롤을 내려서 댓글을 하나 작성했다.

-큰달 : gun1234님, 언제나 직캠 즐겁게 보고 있습니다. 올려주셔서 감사해요.

이 계정은 지금까지 시청자에게 특별히 피드백을 준 적이 없다는 건 알았다. 하다못해 영린의 직캠이 대박이 났을 때도 댓글 하나 단 적 없었다. 하지만 보고 있을지도 모르니까, 박문대는 맞춤법을 틀리지 않았는지 확인하고 작성 버튼을 눌렀다.

-이분 매번 출석하시네ㅋㅋ
-찐팬인 듯

대댓글이 몇 개 달려서 약간 부끄러웠다. 답글을 달까 하다가, 갑작스럽게 내키지 않아서 그만뒀다.

'달아도 할 말이 있는 것도 아니고……'

자신에 대해 말하려고 하면 말문이 막혔다. 집, 아니, 집이라고 부르기 민망한 방 안이 적막했다.

"······."

일상이랄 게 없었다. 뭐든지 의욕적으로 해본 게 언제였는지 떠올려 보면, 모든 게 정상이었던 때가 떠올랐다.

부모님이 계시던 때.

바로 어제였던 것 같은데 사실 몇 년이나 지났다. 그리고 자신은 몇 년째 어딘가에 처박혀 있는 것 같았다. 아니면 사실 꿈을 꾸는 중이거나.

그래서 저 계정이 올려주는 영상에 집중하게 되는 걸지도 모르겠다 고, 소년은 생각했다. 상황이 좋아질 기미가 없는데도 열정적으로 노 래를 부르고 춤을 추는 사람들을 보고 있자면 위안이라고 할까, 대리 만족이 됐다.

'···자자.'

내일은 아마도 월요일일 것이다. 박문대는 꿈쩍거리며 매트리스에서 그대로 눈을 감았다.

그리고 시간이 또 흘렀다.

흐르고 흐르는 주변과 달리 어쩐지 박문대 본인은 계속 변하지 않았 다. 학교에서는 끔찍한 일이 벌어졌다. 그만두면 되니까 그렇게 했다. 그 만둬도 달라지는 건 없었다.

음, 그럼 사는 것도 그만둬도 그만 아닌가?

'그러게.'

하지만 딱히 죽고 싶지도 않았다.

박문대는 아르바이트를 구했지만, 곧 일감이 끊겼다. 그리고 'gun1234'의 동영상 업로드도 끊겼다.

'왜…?'

박문대는 고민하다가, 결국 계정 정보로 쪽지를 보냈다. 아르바이트를 새로 구하는 것에 실패한 날이었다.

당연히 답장은 오지 않았다.

'…….'

그리고 얼마 뒤, 계정의 동영상이 모두 사라졌다. 텅 빈 페이지엔 짧은 글만 남아 있었다.

[겜 하느라 접습니다. ㅅㄱ]

게임.

박문대는 모바일 게임을 하나 깔아보았다. 데스크톱이나 게임기를 살 돈은 없었다. 그러나 낡은 스마트폰은 모바일 게임을 제대로 돌리지 못하고, 끔찍한 발열 뒤에 고장이 났다.

"……"

박문대는 어쩐지, 굉장히 지친 것처럼 느껴졌다. 아무것도 한 게 없으니 지칠 것도 없는데 말이다.

'지친다.'

사는 게 지쳤다.

박문대는 고장 난 스마트폰을 해지했다. 그리고 낡은 단칸방도 계약을 연장하지 않았다. 나가서 오랜만에 제대로 된 밥을 한 끼 먹었다. 그러니 수중에 남은 돈이 딱 맞았다.

모텔 하나 잡고, 수면제를 사면 끝이라는 뜻이었다.

'모텔에서는 죽는 사람이 많다고 하니까.'

날이 너무 추워서 차마 물에 빠지거나 산을 오를 수가 없었다. 중간에 포기할 것 같았기 때문이다. 그리고 자신의 방에서 죽으면 한 달 이상 방치되어 썩을 것 같았다.

'죄송합니다.'

박문대는 방을 잡으며, 퉁명스러운 주인아저씨에게 속으로 연거푸 사과했다. 그리고 방으로 들어간 뒤, 침대에 누워서 수면제를 삼켰다.

죽음처럼 잠이 찾아왔다.

"……."

잠시 뒤.

"으으……."

지저분한 모텔 침대 위에서 숨을 들이켜면서 눈을 뜬 것은…….

나였다.

"허억."

나는 숨을 뱉었다.

"괘, 괜찮아?"

옆에서 누군가 등을 두드렸다. 고개를 돌리니 선아현의 걱정스러운 얼굴이 보였다.

"…잠깐, 지쳐서."

나는 간신히 얼버무리고 몸을 폈다.

시간은 거의 흐르지 않은 것 같았다. 덕분에 나는 잠시 비틀거린 것처럼 보인 모양이다. 합격자들이 에워싸고 있는 탓에 다른 사람들은 아예 눈치채지도 못했는지, 분위기는 여전했다.

나는 식은땀을 훔쳤다. 머릿속이 난잡했다. ……원래 박문대가 좋아하던 동영상 계정 주인, 'gun1234'.

'나잖아.'

내가 공시 생활 시작하면서 삭제한 계정이었다. 박문대가 보던 동영상들이 내가 찍은 것도 맞았고, 그때 위튜브 직캠 계정을 삭제하며 붙인 문구까지 똑같았다.

－겜 하느라 접습니다. ㅅㄱ

굳이 공시를 준비한다 어쩐다, 주절주절 개인정보를 써놓고 싶지 않았기 때문이다.

그때 섬광 같은 깨달음이 머리를 스쳤다.

'설마 그래서 상태창이 떴나…!'

게임으로 핑계를 대서 게임 시스템으로 업보가 돌아왔던 건가!

'……돌연사당할 만큼 잘못한 것 같지는 않은데.'

막말로 이 정도로 내가 찍은 직캠에 의미 부여하는 놈이 있을 거라 생각하는 게 오히려 이상한 것 아닌가.

그래도… 영 뒷맛이 안 좋긴 했다. 아까 본 괴상한 회상이 정말 '진실'이라면 이 몸에서 숨이 잠깐 끊어졌다가 내가 깨어난 것이다. 그러니까 예전에 이 몸에 살던 박문대는 정말 죽었다는 뜻인데, 그놈이 저렇게 죽을 만큼 뭘 잘못한 놈이냔 말이다.

'누가 좀 도와줬으면 좋았을 테지만…… 힘들지.'

의외로 사람들은 남한테 관심이 없다. 물론 욕할 때 빼고.

어쨌든 내가 이 몸에 들어온 과정은…… 솔직히 현실적으로 불가능하지만, 어떤 당위성으로 이루어진 건진 알겠다.

'그나마 박문대가 감정적 연대감을 가진 게 나았군.'

그런데 계정 삭제하고 날랐으니 돌연사 같은 상태이상이 포함된 거겠지. 이 상태창을 만든 놈이 박문대가 안타까워서 해준 것이든 사후 메커니즘이든 상관없었다.

'이걸로 이놈도 만족했겠지.'

덕분에 네가 좋아하던 직캠 찍던 놈이 네 몸으로 직접 아이돌이 돼서 직캠에 실컷 찍히게 생겼다.

나는 안쓰러움과 시원함을 동시에 느꼈다. 반이라도 상황이 명확해지니 살 것 같았다.

"주주 여러분께서 투자해 주신, 〈TeSTAR〉 7명의 멤버입니다! 앞으로도 많은 응원과 투자를 부탁드립니다!"

저 멀리서 외치는 MC의 말에 천장 위에서부터 꽃가루가 터져 날려왔다.

"화이팅!"

"고생 많았다!"

"잘해보자~"

합격자들이 웃으며 악수와 포옹을 주고받는 가운데, 방송 카메라에 불이 꺼졌다.

엔딩이었다.

다리가 풀렸는지 주저앉는 사람이 속출했다. 탈락자들에게 다가가 축하와 위로를 주고받는 합격자, 우는 참가자들까지 다양한 군상이 무대 위에 나타났다. 그리고 끝없는 환성과 슬로건의 물결.

카메라 속 같은 광경이 눈앞에서 흔들렸다. 나는 숨을 들이켰다.

'이제 활동만 남은……'

띠링.

[돌발!]

상태이상 : '1위가 아니면 죽음을' 발생!

"……"

['1위가 아니면 죽음을']

: 정해진 기간 내로 공중파 음악방송에서 주간 1위 하지 못할 시, 사망

남은 기간: D-365

개새끼야.

이 시스템 만든 새끼를 만나면 가만두지 않을 것이다. 반드시…!

박문대가 인생 최고로 열 받은 그 시점, 인터넷 온갖 커뮤니티와 SNS에서는 〈아주사〉의 데뷔 멤버 확정 글이 올라왔다.

[아주사 데뷔 멤 확정 (7명)]

: 순위 순서대로 박문대, 차유진, 선아현, 김래빈, 류청우, 이세진(큰), 이세진(배우)

데뷔 그룹명 TeSTAR(테스타)

〈아주사〉는 지지부진한 3시간 전개에도 최종화에서 또 시청률을 갱신하며 화제성이 폭주했었다. 덕분에 방송을 시청한 사람과 미처 시청하지 못하거나 안 한 사람 모두 신나게 댓글을 달아댔다. 당연히 박문대의 급상승 및 1위에 관한 이야기도 제법 많았다.

-박문대가 이김?

-헐

-와 막판에 대박ㅠㅠ 내가 눈물 난다

-기세 보니 할 만했음 ㅊㅋㅊㅋ

-축하해용 문대 잘 됐으면 좋겠어ㅠㅠ

-캬 역시 감성팔이가 통하네ㅋ

└그렇게 주민등록초본 사실 박문대 본인이 유출한 거 아님?ㅋㅋㅋㅋ

└? 돌았나;;

　대부분은 축하해 주는 분위기였으나, '가정사 팔아서 1위 했다'라며 빈정대는 사람이 간헐적으로 튀어나왔다. 심지어는 사태를 분석했다는 글까지 슬금슬금 올라왔다.

[박문대 1위 이유]
: 가정사 폭탄으로 팬들 코어화 + 머글픽 응집.
거의 우주가 도와준 수준임.
차유진은 무대로 팬 쓸어 담는 타입. 머글이 좋아하는 갬성 스토리가 없는 놈이라 머글이 박문대보다 적게 붙은 듯.
그리고 초창기부터 최상위권 알박이로 인한 '차유진이야 데뷔지ㅋ' <- 이런 방심이 불러온 사태라고 본다.

　물론 승리의 감격에 잠겨 있던 팬들이 정신을 차리자마자 칼처럼 분탕 글을 잘라내기 시작했다.

-둘 다 데뷔했고 표수 차이도 별로 안 나는데 올려치기 후려치기 골고루 존나 잘하네
-박문대 오디션용 프레이밍, 차유진 팬들 방심 프레이밍 지겹고여~ 팬들은 둘 다 붙어서 그냥 행복하니 말 얹지 말아주세여~ 우리 애들 무대합도 좋고 친

하니까ㅋㅋ

팬들이 싸우는 사이, 특별히 목매는 참가자 없이 그냥 방송을 즐긴 라이트 시청자들은 마지막 화의 감상을 올리며 낄낄거렸다.

-어떻게든 인원을 늘려보겠다는 제작진의 눈물겨운 노력 잘 봤음

　└ㅋㅋㅋㅋㅋ평균 내놓고 1위 혜택으로 한 명 추가 실화냐 앞뒤가 안 맞잖아ㅋㅋㅋ

　└것도 그렇고 상금은 그냥 주지ㅠㅠ 문대 사정 안 좋아 보이던데 신경 쓰여...

　└딱 봐도 앞으로 개 많이 벌 거니까 괜찮음ㅋㅋㅋ

이쪽에서는 박문대의 선택에 대한 말이 자주 나왔다.

-박문대 머리 좋더라 7위 딱 찍는데 나도 거실에서 박수 침ㅋㅋ

-쓸데없이 다른 참가자들한테 주절주절하는 거 없이 깔끔하게 시청자한테 판단 맡겨서 오히려 멋있었당!

　└맞아! '이 짜식 우리 안목을 믿는 군(코쓱)' 이런 느낌ㅋㅋㅋ

　└솔직히 그게 상식적인 선택이긴 한데, 거기서 자기 친한 참가자 안 부르기 힘들지.

　└그러게 나 희승이 부르지 않을까 생각했음ㅋㅋㅋㅋ문대 자기가 불려서 나갈 때도 희승이 좀 챙겨주던데

　└박문대가 공사를 구분할 줄 아네

대부분은 호의적이었다. 박문대의 순간 판단력이 승리하는 순간이었다. 그러나 그 와중에도 탈락자의 악성 팬과 합격자의 안티들은 어떻게든 데뷔 멤버끼리 이간질하기 위해 은근한 글을 흘려댔다.

-박문대 이세진 붙고 잠깐 표정 관리 안 되는 것 같던데ㅋㅋ 사이 별로인 듯
ㄴ사이 문제가 아니라 이세진 실력이나 태도 때문 아님?
ㄴ이거지. 박문대도 차라리 열애설 터진 놈이 낫다고 생각했을 듯. 아니면 권희승 고를 걸 그랬다고 후회했거나ㅋㅋ
ㄴ추측성 발언 좀 그만해 문대 표정 그냥 그대로더만 무슨...
ㄴ우리 문대 느그 까질에 이용하지 마라

팬들이 막아도 한계가 있었고, 분위기를 망치는 글은 계속해서 올라왔다. 특히 마지막에 1위 혜택으로 간신히 붙은 이세진에 대한 공격이 거셌다.

-까놓고 이세진 지금 데뷔조 라인업에 혼자 옥의 티잖아ㅋㅋㅋ 다들 무대로 뜬 애들 사이에 혼자 사이다 밈으로 떴지
ㄴ솔직히 이세진은ㅋㅋ 쿨찐들이 자아 의탁해서 빠는 거 아냐?
ㄴ맞아 그냥 싸가지 없는 거였는데 팬들이 짤로 영업하면서 초반 이미지 이악물고 잘 민 덕이죠
ㄴ아이고 미친놈들

다행히 수많은 신고와 차단 덕에 며칠 정도 지난 후에는 수면 위에서 합격자에게 욕을 퍼붓는 일은 많이 줄어들었다. 대신 데뷔 멤버들의 활동을 기다리는 팬들의 설렘이 이곳저곳 넘쳐흘렀다.

[테스타 데뷔곡 초읽기, 국민 보이그룹 되나? (기사)]
: 기사 떠서 가져왔어요! 한 달 안으로 활동 예정이라고 합니다♡ (링크)

-헉 너무 좋다ㅠㅠ 애들 빨리 보고 싶어요!
-가서 좋은 댓글 달고 옵시다.
-T1 그룹 산하 소속사로 가는 거 맞죠? 대기업의 자본맛 기대합니다!
 └진짜! 뮤직비디오랑 곡 모두 부내 나게 해줬으면...
 └이번에 프로그램 시청률, 화제성 모두 피크 찍어서 T1도 많이 기대 중이라네요. 새로 전담 소속사 만든다고~
 └와~ 투자 빵빵하게 들어가서 애들 하고 싶은 거 다 했으면!

대흥행한 오디션 프로그램을 통해 새롭게 아이돌 팬덤에 유입된 사람들은 상식적인 희망 예측을 하며 데뷔앨범을 기다렸다.

그러나 이 판이 늘 그렇듯이 상식은 희망이 아니라 꿈에서나 볼 법한 일이었다. 덕분에 아이돌 덕질 경험이 깊은 사람들 사이에서는 긴장감이 오갔다.

-데뷔곡 한 달 만에 내겠다는데 실화인가...?

└이미 준비한 띵곡 있다고 생각하자 그게 정신 건강에 좋다

-ㅋㅋㅋㅋㅋ아직 소속사도 안 나왔다며. 얘네 너무 잘 돼서 내부에서 기 싸움 중인 듯

-T1에서 테스타 용으로 신 소속사 런칭한다던데 미친놈들 아니냐? 우리 애들 맨땅에 헤딩하게 생겼네...

└T1 덩치만 크지 가뜩이나 아이돌 소속사 경력도 없는 놈들이ㅋㅋㅋ

└하... 그룹명 테스타로 지어놓고 진짜 테스터로 쓰려고 하네;;

-누구 경력 주려고 경영진 끼워 넣기 하는 중인 것 같기도 함... 아 개 싸하네

전체적으로 노하우 없이 덩치만 큰 대기업이 돈과 경력에 미쳐서 헛짓할까 봐 경계하는 분위기가 다분했다.

-뭐 다른 소식 없냐... 애들 단체 사진이라도 좀 올려줘...

-열흘째 다른 소식이 없네. 애들 얼굴이나 좀 보자.

-아주사 비하인드 말고 테스타 결성 이후가 보고 싶다고ㅋㅋㅋ 아주사 지긋지긋함

다행히 사람들이 지칠 때쯤, 반짝 새로운 컨텐츠가 떴다.

[테스타(TeSTAR)의 계정입니다!]

: 안녕하세요, 여러분! 저희는 이번에 새롭게 데뷔하는 신인 그룹 테스타입

니다! 잘 부탁드려요 >_< (사진)

테스타의 공식 SNS 계정이 개설된 것이다.

올라온 첫 글에 첨부된 사진은 거실 같은 배경에 단체로 앉아서 웃고 있는 테스타의 모습이었다.

복장이 자유롭고 자세가 편한 것을 보아서는 새 숙소가 분명했다.

-!!

-애들 숙소 입성했나 봐

-소속사 잡힌 듯

-아 벌써 데뷔 앨범 성공했다 저 얼굴 합으로 성공 못 하면 비리 있는 거임ㅠㅠ

팬들은 겨우 SNS 글 하나에도 크게 안도했다. 순식간에 테스타의 SNS 팔로워와 공유가 분마다 몇천 단위로 뛰기 시작했다.

사람들은 나노 단위로 사진을 즐겼다.

-문대 노랑 후드 너무 귀엽다 어디서 그런 귀여운 걸 찾아왔어ㅠㅠ

-문댕 맨날 천쪼가리 티만 입어서 걱정했는데 새 옷을 장만한 것 같아서 이 할미는 너무 안심이다...ㅠㅠ

-래빈이 귀 뚫었다.

└미미미친 헐 미친 개 잘 어울려

└제발 활동 때 겁나 화려한 귀걸이 해주세요 제발
-유진이 쇼파에 누웠어 벌써 자기 집임ㅋㅋㅋㅋㅋ
└ㅋㅋㅋ웃으면서 확인하다가 다리가 너무 길어서 기겁함...

오디션으로 결성된 그룹이기에 아직은 자신들이 좋아하는 멤버만을
언급하는 사람들이 훨씬 많았다. 함께 팀전을 많이 했던 멤버들은 그
나마 호감을 나눠서 받기도 했다. 하지만 그 결에 따라서 애초에 좋아
하는 묶음이 살짝 나뉘기도 했다.

-얘들아 앞으로도 업로드 많이 해줘!ㅠㅠ

그렇게 설렘과 기대가 가득하지만 동시에 몇 가지 불안 요소를 안은
채로 테스타는 본격적인 활동을 개시하는 것 같았다.
물론 당사자들은 이미 이 불안 요소들을 마주하고 있는 상태였다.

"후."
어떻게 숙소 입성은 했군.
나는 현관에 들어가며 한숨을 참았다. 일주일간 지지부진한 회사들
의 알력 싸움에 그룹 숙소 계약도 어영부영했던 걸 생각하면 한숨부
터 나왔다.
물론 티를 내면 안 된다. 여기서부터 침실까지 카메라밭이었다.

"야! 너무 좋아!"

"멋있어요!"

"와…."

우리 리얼리티 계약부터 했거든.

서바이벌로 데뷔하는 그룹이 리얼리티 프로그램을 찍는 것이야 흔한 일이었다. 오디션 프로그램으로 얻은 캐릭터와 화제성을 어느 정도 가져갈 수 있기 때문이다.

사실, 그래도 이렇게 미팅 한 번 만에 바로 촬영까지 들어갈 줄은 몰랐다. 직전 미팅 때도 별 이야기 못 들었는데 말이다. 멤버끼리 뭘 하고 싶은지 인터뷰나 따간 정도였거든.

'그나마 숙소가 좋아서 다행인가.'

촬영을 의식한 건지 생각보다 숙소가 휘황찬란했다. 이렇게 보안 좋은 큰 평수의 신축 아파트에 묵는 건 처음이다.

물론, 모서리마다 카메라가 달려 있긴 했지만.

"아, 카메라!"

"안녕하십니까…?"

현관에서 신발을 벗고 거실로 달려가던 놈들이 카메라를 보고 알은척했다. 사전에 당부받았던 행동이다.

'너무 카메라 의식 안 하는 것처럼 보이는 것도 부자연스럽다고 했던가.'

애초에 이 정도로 많으면 의식하지 않는 게 더 어려울 것 같다. 심지어 거실에 진입하니 무인 카메라 사각지대에 카메라맨과 제작진도 몇 사람 대기 중이었다. 듣기로는 리얼리티 초반 진행 컷을 위해 오늘만

잠깐 있다가 무인 카메라만 두고 사람들은 철수할 거라고 한다.

"우선… 다들 합격을 축하합니다~"

"와~!"

"우리 인증 샷!"

거실에 둘러앉은 합격자들은 박수하며 다 같이 사진을 한번 찍은 후, 리얼리티 진행을 시작했다.

"이야, 이렇게 있으니까 새로운 팀전이 시작된 것 같네요."

"그 팀전이 5년이라는 것만 빼면 맞는 말씀 같습니다."

"오~ 래빈이 잘 받는데?"

다행히 다들 자연스러워 보였다.

'〈아주사〉에서 맨날 카메라와 함께 생활한 덕을 이렇게 보는군.'

게다가 합격의 기쁨에 분위기가 화기애애했다. 오디션 촬영 당시보다 세 배는 덜 예민하고 너그러워진 놈들은 덕담과 농담을 주고받으며 헤헤 웃었다.

"다들 참 고생 많았다."

"맞아요. 이제 웬만한 건 다 즐겁게 할 수 있을 것 같습니다!"

"즈, 즐겁게 지내자…!"

그리고 적당할 때, 카메라 사각지대의 제작진으로부터 불쑥 로봇 청소기가 튀어나왔다. 이번 리얼리티 프로그램 마스코트 겸 주요 PPL이었다.

"어?"

"쟤 뭐 가지고 있어!"

청소기의 헤드 부근에 반짝이 풀이 잔뜩 붙은 카드가 대롱거렸다. 손

빠른 차유진이 번쩍 청소기를 들어 올려 카드를 뽑았다.

"뭐 적혀 있나?"

"맞아요!"

차유진이 옆구리에 여전히 로봇 청소기를 낀 채로, 신나게 카드 내용을 읽었다.

"음음, '여러분은… 앞으로 카드를 통해 미션을 받습니다! 여러분이 진정한 그룹이 될 수 있도록, 미션을 클리어하세요!'"

"앗."

"미, 미션."

살짝 분위기가 숙연해졌다. 트라우마 반응이 따로 없었다. 류청우가 해탈한 것처럼 웃었다.

"하하, 오디션도 붙었는데 미션이 끝나질 않는구나…."

나는 떨떠름하게 생각했다.

'…진정한 그룹이 되려면 소속사부터 정신 차려야 할 것 같던데.'

불과 사흘 전까지만 해도 하루에 세 번쯤 소속이 바뀐다고 통보했다 취소하는 것을 반복한 Tnet이 떠올랐다. 예감이 좋지 않았다.

'아무래도 괜한 헛바람이 든 것 같단 말이지.'

이번에 워낙 프로그램이 흥했으니 아예 T1 차원에서 새로 직영 소속사를 만들어서 테스타를 굴리고 싶은 모양이었다. 하지만 기존에 Tnet 자회사와 계약된 사항이 있다 보니, 쉽사리 뺏어오기가 힘들었던 것 같다. 그래서 자기들끼리 알력 싸움하느라 정신이 없는지 도리어 그룹은 방치 상태였다.

심지어 한 달 내로 데뷔곡 낼 거라는 소식은 오늘 아침에 기사로 접했다. 근데 우린 아직 매니저도 만나지 못한 상태다.

'돌아버리겠네.'

나는 한숨을 참았다. 그때, 차유진이 손을 번쩍 들었다.

"오? 더 있어요! '오늘의 미션은… 자유시간'!"

"오오!!"

순식간에 분위기가 풀렸다. 나도 '오늘 얻은 휴식 시간이 무척 즐겁습니다.' 리액션용으로 주변 사람들의 하이파이브를 받아주었다.

'생각하지 말자.'

어차피 T1의 새 소속사로 들어간 건 이제 거의 확정된 상태. 짬 없는 신인은 권한이 없다. 그냥 받아들여야 했다.

'…제발 기획 파트에 친인척 꽂아 넣기만 하지 말아라.'

제발 높으신 분들이 영업, 회계, 운영은 알아서 헤드시고 기획만 건들지 말아줬으면 좋겠다. 부디 경력직을 써주길 바란다.

"우리 방 구경! 방 잡자!"

합격자들은 '자유시간' 카드를 든 채 일어나서 집을 투어하기 시작했다. 방 세 개에 화장실 세 개. 넉넉히 나눠서 쓸 수 있는 좋은 구성이었다.

그리고 각 침실 앞에 번호가 적힌 팻말이 붙어 있었다.

"테스타의 첫 번째~ 미니게임! 주제는 방 정하기!"

"똑같아."

"저, 정말."

자원해서 〈아주사〉 MC를 성대모사한 김래빈이 웃기다기보다는 PTSD를 자극할 만큼 비슷해서 또 숙연해졌다. 그래도 게임은 문제없이 진행되었다.

그렇게 랜덤 요소가 짙은 몇 가지 보드게임을 통해 결정된 순서대로 박스에서 쪽지를 뽑았다.

"얘도 묘한 데자뷔가…."

"그러게……."

〈아주사〉가 겹쳐질 때마다 애들이 아련해지는군. 어쨌든, 나는 차유진에 이어 두 번째로 쪽지를 뽑았다.

1번이었다.

'3번은 피했군.'

안방인 3번 침실은 세 명이 함께 쓰는 구조였다. 세 명보다야 두 명이 훨씬 나은 건 당연했다.

'좀 조용한 놈이랑 같이 썼으면 좋겠는데.'

일단 차유진은 피했다. 이제 큰세진만 피하면 되겠다……고 생각하기가 무섭게, 다음 순서였던 이세진이 1번 쪽지를 뽑았다.

"……."

마가 뜨기 직전에 큰세진과 류청우가 치고 들어왔다.

"오~ 문대랑 세진 형님 같은 방~"

"둘 다 딱 부러지는 타입이라 잘 지낼 것 같다."

"그죠?"

눈치 빠른 놈들이 있어서 다행이었다.

"잘 부탁드립니다."

나는 얼른 손을 내밀었고, 이세진은 천천히 손을 내밀어서 악수를 받았다.

'이거 촬영은 좀 걱정되는데.'

보아하니 조용할 것 같은 점은 마음에 들었다. 하지만 카메라가 2~3주는 돌아갈 텐데 그동안 과연 이놈이 훈훈한 척이라도 해줄지가 관건이었다.

'제작진이 알아서 하겠지.'

오디션도 아니고 리얼리티인데 어련히 편집이 잘 들어가겠거니 싶었다. 논란이 나봤자 제작진에게 좋을 것이 없기 때문이다.

"우리도 얼른 뽑자~"

남은 방 배정은 극과 극으로 끝났다. 김래빈과 선아현이 한방.

"자, 잘 부탁해."

"저야말로 앞으로 잘 부탁드립니다."

인사 배틀을 하는 안 친한 두 놈을 보자니 저쪽도 나름 불편하겠다는 생각이 들었다. 물론 나보다야 사정이 훨씬 낫다. 일단 둘 다 성격이 이세진 같지는 않으니까.

"오~ 우리 방 진짜 재밌겠는데요?"

"큰 방 좋아요!"

"그래! 잘 지내보자."

그리고 3명이 쓰는 3번 방은…… 큰세진, 차유진, 그리고 류청우가 함께 쓰게 되었다. 벌써 시끄러웠다. 하지만 류청우는 그럭저럭 만족하는 얼굴이었다.

'그리고 보니 류청우 위치가 좀 떴군.'

류청우는 합격자 중에 차유진을 제외하면 사적으로 만나는 사람이 없었다. 차라리 사람 많은 방에 들어가서 빨리 상황 잡는 편이 나을 것이다. 붙임성 좋고 연상한테 깍듯한 큰세진이 있으니 금상첨화겠지.

제작진의 사인에 따라, 짐을 풀고 쉬는 컷을 위해 곧바로 침실로 이동했다.

"침대 어느 쪽 쓰실래요?"

"아무거나 상관없어."

"그래요?"

그러시다면야. 나는 곧바로 왼쪽 침대로 가서 짐을 풀었다. 거실 반대편이라 벽에 울리는 소음이 적을 것 같은 위치였다.

참고로 이세진도 이 침대를 보고 있었다. 덕분에 또 말이 없어졌다.

"……"

서바이벌도 아니고 내가 뭐하러 네 비위를 눈치껏 맞춰주겠냐? 책잡히지 않을 선에서 편한 대로 할 생각이다.

이세진은 말없이 이쪽을 보다가, 반대편으로 가서 짐을 풀었다. 나는 평온한 마음으로 짐 정리를 시작했다. 사실 별로 가진 게 없어서 정리할 것도 없긴 했다만.

아, 옷은 너무 없어서 좀 샀다. 결승에서 간소한 차로 내 팀이 이겨서 번 상금이었다. 듣기로는 결승전 시간 배분 문제 때문에 프로그램 끝나고 인터넷으로 공지해서 욕 좀 먹었다는데, 뭐 나야 돈은 줬으니 됐다. 참고로 김치냉장고는… 아직도 못 받았다. 사기꾼 새끼들이 따로 없었다. 좀 열 받는군.

한숨을 참으며 마지막 옷을 갤 때쯤, 고요하던 방이 사람 말소리로 가득 찼다.

"짠!"

"역시 1번 방이 좋군. 1등이 묵어서인가."

3번 방에서 온 놈들이었다. 류청우가 국대 출신이라 짐 푸는 요령을 알려줘서 순식간에 정리가 끝났다며, 차유진과 큰세진이 희희낙락 방을 휘젓고 다니는 것 같았다.

"저녁에 먹고 싶은 거 있어?"

류청우가 웃으며 침대에 걸터앉았다.

"갈비!"

"족발!"

차유진이야 그렇다 쳐도 큰세진 저놈은 일부러 분량 뽑으려고 더 저러는 것 같다. 나는 문득, 리얼리티가 진행되는 동안은 이 소란스러움의 굴레를 벗어날 수 없을 것 같다는 불길한 예감이 들었다.

저녁은 굳이 같이 요리해서 먹어야 했다. 덕분에 오랜만에 2인분 이상을 요리해 봤다.

'장 보러 가는 것보다야 요리가 낫지.'

일단 외출하면 말을 더 많이 해야 한다. 인원이 더 소수니까. 게다가 세 대의 카메라와 함께 대형마트에 입장하는 일은 제법 용기가 필요한 일이었다.

그래도 장 봐 온 재료로 해본 요리는 제법 성공적이었다. 의외로 보조가 잘 들어오더라.

선아현 빼고.

"미, 미미안……."

"미안할 건 없고."

나 말고 본인 손한테는 좀 미안해도 될 것 같았다. 나는 세 번째로 자기 손을 자를 뻔한 선아현을 주방에서 쫓아냈다. 불안해하던 선아현은 대신 식탁을 세팅하는 일을 주자 그제야 안심했다.

'…자취 집에 아주머니가 오시더니.'

집안일을 곧잘 하던 놈한테 왜 일하는 사람을 붙였나 했다. 요리를 괴멸적으로 못해서였다. 어쨌든 선아현 없는 주방에서 찜닭은 잘 완성되었다. 가위바위보에서 이긴 류청우의 픽이었다.

'외식비 아까워서 생일날 해봤던 건데 이렇게 써먹어 보는군.'

나는 데이터팔이로 돈 벌었던 첫해 생일을 떠올리며 어깨를 으쓱거렸다.

"맛있어 보입니다."

"그러게."

"……."

이세진은 김래빈의 말에 특별한 대꾸는 하지 않지만, 의외로 요리에서는 협조적이었다.

'칼을 들어서 그런가.'

나는 아직 들고 있던 식칼을 정리했다. 그사이 찜닭은 장보기조의 손에 들려 식탁으로 이동되었다.

"오~ 찜닭 진짜 맛있다!"

"간장 양념이 잘 뱄고 부드럽습니다."

식사도 성공적이었다.

"나도 요리나 배워볼까."

"저 요리 잘해요."

"어? 그럼 요리하지!"

"근데 장 보는 거 더 좋아요."

차유진의 해맑은 발언으로, 리얼리티 도입부는 마무리되었다.

"수고하셨습니다~"

촬영팀은 철수하면서 거실에 인형 뽑기 기계를 하나 설치하고 갔다. 안에 든 인형들이 전부 뒤통수가 위로 향하게 놓여 있었다.

'밤에 보면 약간 섬뜩하겠는데.'

어쨌든, 내일 거실에서 보고 놀란 다음에 저 인형 중 하나를 뽑아달라고 한다.

'컨텐츠 뽑기군.'

내일 매니저도 만나고 드디어 소속사랑 앨범 미팅도 시작한다는데 저것까지 하려면 빠른 숙면은 물 건너갔다. 그러니 오늘 많이 자두겠다는 일념으로 얼른 방으로 들어갔다. 이세진은 이미 침대에 들어가서 스마트폰을 보는 중이었다.

"안녕히 주무세요."

"…너도."

밥을 잘 먹어서 그런가. 아침보다 좀 사람이 누그러들었다. 나는 곧바로 귀마개를 장착하고 취침을 시작했다. 마지막으로 본 시야에서는 구석에 카메라가 혼자 돌아가고 있었다.

'내일 만나는 관계자들이 제발 개소리만 하지 않았으면 좋겠군.'

그리고 이 바람은 딱 반만 이루어진다.

매니저는 괜찮은 사람이었다.

"뭐 필요한 거 있으면 얘기해 주고!"

서글서글하고 임계점이 높아 보였다. 그냥 봐도 애한테 손은 안 올리는 부류인 것 같았다.

'하기야, 신인이라고 굴리기엔 이미 너무 떴긴 했지.'

"앨범 활동 본격적으로 시작하면 나 말고도 매니저 한 명 더 올 거니까, 걱정하지 말고!"

"넵!"

일단 먼저 온 사람이 잡아둔 분위기로 갈 확률이 높으니 저 건에 대해선 일단 신경 쓰지 않기로 했다.

그리고 다음 일정인 소속사 미팅, 이게…….

"곡은 우리, 능력 좋은 테스타가 맡아서 꾸려보는 겁니다?"

"……? 예?"

한마디로 정리하자면, X 됐다.

처음 소속사 관계자를 만나서 이야기할 때부터 느낌이 싸했다. T1 다른 계열사 기획마케팅팀에서 일하다 온 사람인데 이번에 본부장으로 발령받았다는 것이다.

한마디로 이 사람이 소속사 사업본부장인데, 엔터 사업 경력이 전무했다.

'X발.'

다행히 그 밑에 컨텐츠제작팀 사람들은 경력자로 꾸린 것 같은데, 이 새끼가 무슨 큰 뜻을 품었는지 이상한 소리를 한다.

"세계관이요?"

"요새 글로벌 팬덤 노리는 웬만한 아이돌들 다 세계관 가지고 있잖아요. 응? 어린 친구들 다 그거… 만화영화 같은 거 좋아하잖아."

"……."

단단히 헛바람이 들었다.

세계관? 좋다. 그런데 한 달 안에 신곡 낸다면서 세계관 이야기부터 하면 되나? 싱글이라도 당장 곡 이야기부터 나와야 한다. 그리고 테스타는 세계관이 급하지 않았다.

'오디션으로 캐릭터, 스토리 다 만들어놨는데 무슨 얼어 죽을 소리를…….'

내가 알기론 세계관은 팬들이 몰입하고 놀 컨텐츠를 주는 거라던데, 이미 〈아주사〉 자체가 그런 컨텐츠를 소화하는 중이다. 게다가 멤버들은 이미 데뷔 과정을 거치며 각자 대중적 인지도를 챙기고 포지셔닝이 끝난 상황이었다.

소속사에서 대중성 좋은 곡하고 세련된 안무, 의상만 챙겨와도 된다는 뜻이다. 세계관은 대충 틀만 잡고 다음 앨범 준비하면서 천천히 쌓아도 상관없었다.

'무슨 강연이라도 보고 왔나.'

근래 소속사들이 주식 문제 때문에 자기들만의 독자적 역량을 어필하다 보니, 세계관을 무슨 엄청난 백년대계처럼 자꾸 들먹여서 이놈도 혹한 것 같았다.

'본인 경력이라 이거지.'

더 미치겠는 건 잘 모르면서 열심히 한다는 점이다.

"…저희가요?"

"그래! 방송 보니까 잘하던데요."

본부장은 〈아주사〉를 열심히 '정주행'했다며, 각 멤버들을 칭찬하더니 폭탄 발언을 꺼냈다.

"음, 지금 딱 말해둡니다. 우리 활동 곡 두 개로 할 거예요."

"…?!"

"근데, 회사에서는 한 곡만 쭉 맡아서 할 거야. 나머지 한 곡은 우리, 능력 좋은 테스타가 맡아서 꾸려보는 겁니다?"

물론 컨펌과 수정은 자기가 할 거란다.

"우리 세계관에 맞춰서, 이렇게 딱~ 하면 좋잖아, 안 그래요? 셀프 프로듀싱!"

자체제작 아이돌이 대세고, 어쩌고저쩌고…… 남들이 좋다고 하는 건 다 하고 싶다 이거다. '자율적이고 힙한' 신진 소속사의 이미지가 탐나는 것 같았다.

당연히 멤버들은 당황했지만, 권모술수가 난무하는 〈아주사〉를 무사히 끝마친 놈들답게 그다지 티가 나진 않았다.

"아, 정말 감사한데…… 저희 역량만으로는 힘들 수도 있지 않을까요."

"으음~ 당연히 직원들이 다 같이 하죠. 여러분은 자유롭게! 어, 아티스트의 창의성, 영감, 이런 걸 잘 발휘해 봐라, 그런 말입니다."

"예……."

스무 살 이상 차이 나는 높으신 분이 단호하니, 수습해 보려던 류청우도 쓴웃음과 함께 말을 삼켰다. 김래빈은 벌써 표정이 멍하다.

'넋이 나갔군.'

뭘 해야 할지 떠올리다가 기간 대비 턱없는 작업량에 넋이 나간 모양이었다.

"자자, 우리 할 일도 많은데 이만 일어나야겠죠?"

"예, 예."

본부장은 자기 할 말만 실컷 하고는 자리를 떴다. 본인이 직접 시간을 내서 '테스타'를 챙겨줬다며 흐뭇해하는 것이 눈에 보였다.

'…대표이사도 T1 오너 조카였던가.'

벌써 미래가 그려졌다.

'……이번에 오픈빨로 1위 못 하면 힘들겠군.'

돌이켜 보니, T1에서 〈아주사〉 데뷔 그룹 가로채겠답시고 갑자기 새 소속사 만들 때부터 짐작했어야 했다.

'싸워서 뺏어오는 마당이니… 당연히 원래 예정 소속사에서 진행했던 데뷔앨범 준비는 이어받아 오지도 못했을 테고.'

덕분에 당장 앨범을 새로 만들어야 하는 꼴이 됐다. 게다가 업계 사정을 잘 모르는 사람이 실무진 위에 앉아 있으니 개소리가 난무하고 데드라인도 턱없이 짧다.

'음, 정말 퇴사하고 싶다.'

…다시 한번, 이 회사에 별 기대를 하지 말자고 다짐했다.

컨텐츠제작팀, 프로듀싱실 산하 A&R팀 사람들 몇 명과의 이후 미팅에서도 상황은 마찬가지였다. 이 사람들도 아직 결과물이 나온 게 없더라고.

……사실 그럴 만도 했다. 이 소속사가 출범한 지 2주도 안 됐으니까.

"음… 일단, 저희 세계관은 '학교' 모티브로 갈 거예요."

"아… 넵."

"그걸 중심으로 생각해 주시면 될 것 같구요. 음……."

그냥 세계관이 학교 관련이라는 말 외에는 별 실익이 없었다.

"물론, 여러분께서 아예 곡을 만들라는 말은 아니에요. 저희 최종 컨펌 나면 바로 후보곡 보내 드릴 테니까, 한번 살펴봐 주세요."

"넵!"

"기간이 어떻게 될까요."

"아, 음… 이틀 내로는 갈 거예요."

그나마 다행인 점이라면 이 사람들은 기본적으로 테스타 멤버들에게 호감이 있었다.

'전국적으로 흥한 오디션 덕을 이렇게도 보는군.'

일단 기본적으로 본전은 보장된 그룹에 개인적인 호감까지 더해지니 대우가 한결 인격적이었다.

"되게 우리 의견 많이 물어보네."

큰세진이 미팅을 끝내고 나오며 이렇게 말할 정도였다.

"워, 원래는 아, 아닌가?"

"네!"

"예!"

의외로 차유진과 김래빈 쪽에서 격한 반응이 터져 나왔다. 선아현이 화들짝 놀랐다.

"말 안 들어요!"

"아예 발언권을 안 줍니다. 그냥 지시대로 열심히 하는 게 미덕이라는 분위기가 너무 공고합니다!"

"으, 으응……."

차유진과 김래빈은 전 소속사에서 데뷔곡을 녹음까지 했다가 엎어진 놈들이라 쌓인 게 많은 것 같았다.

'그 소속사가 한창 잘나갔는데. 아마… 간판 아이돌이 부정 계약으로 소송 걸고 나가서 망했던가.'

저 둘도 그 과정에 휘말리면서 소속사를 나와 오디션 프로그램에 나오게 된 모양이었다.

"걱정스러운 부분도 있지만, 열심히 해보기 좋은 환경이야. 잘해보자."

"넵!"

"예!"

류청우가 웃으며 멤버들 머릿수를 확인하고 차를 탔다.

별 이야기는 없었지만 류청우가 리더인 것은 거의 확실한 분위기였다. 일단 최연장자 동갑인 이세진이 리더를 할 만한 인물이 아니었고, 소속사에서는 웬만하면 연장자가 리더를 하는 것을 선호하기 때문이다.

리얼리티를 통해서 그럴싸한 과정을 거치겠지만…… 뭐 거의 확정이지. 나야 불만 없었다.

그리고 도착한 숙소에 들어가는 순간.

"집 좋아~ …오?"

"왜?"

"인형 뽑기!"

차유진이 맨 처음 거실로 들어가다가 인형 뽑기 기계를 보고 달려갔다. 본부장 놈이 새벽같이 사람을 불러서 비몽사몽 중에 나가느라 저게 있다는 것 자체를 까먹었던 모양이다.

'덕분에 리액션은 리얼하군.'

나도 근처로 가서 살폈다. 기계 안과 밖 모두 카메라가 설치되어서 돌아갔다. 그리고 그 뒤로부터 로봇 청소기가 다시 재등장해서 카드를 건네줬다. 대충 인형 뽑아서 안에 든 미션을 수행하라는 말이다.

"으음, '각 인형에는 테스타 멤버의 익명 미션이 붙어 있습니다'… 오, 궁금하네."

"뽑자!"

멤버들은 대부분 신나서 기계에 들러붙었다. 일단 제일 먼저 조종대를 잡은 차유진이 조종했다.

"이얍!"

결과는 처참한 실패였다.

"…기계 이상해요."

"저한테 맡겨보시죠~"

큰세진은 풀 죽은 차유진에게 조이스틱을 넘겨받아서 신나게 움직여 댔다. 그리고 마찬가지로 실패했다.

"그러네. 기계가 이상하네."

이후로도 무수한 실패의 향연이 이어졌다. 결과를 승복하지 못하는 사람들의 구차한 변명이 이어지는 가운데, 나는 정중히 다음 타자를 사양했다.

'귀찮다.'

돌다 보면 누군가는 뽑겠지.

그리고 조이스틱을 잡은 건 이세진이었다.

"…뭘 뽑으라고?"

"토끼!"

"가, 강아지……."

그리고 이세진은 한 번에 뽑기에 성공했다.

"…!"

털이 복슬복슬한 갈색 토끼의 뒤통수가 배출구에 툭 떨어지는 순간, 사람들은 결과에 승복했다.

"와, 와아아!!"

"형님 손재주 대단하시네."

"이게 한 번에 뽑을 수 있는 거였네요."

"다른 것도 뽑으면 안 됩니까?"

그러나 인형 뽑기 기계는 이미 작동이 중지된 상태였다. 아마도 하나가 뽑히면 자동 중지되도록 설계된 가정용 기계인 것 같았다. 내일은 꼭 뽑을 거라며 중얼거리는 김래빈 뒤로 멤버들이 우르르 토끼 인형에 붙었다.

인형을 뒤집자 배 부분에 카드가 붙어 있었다.

"자, 그럼 과연 누가 무슨 말을 적었……."

[다 같이 공포영화 보기~*^^*]

"……"

"…너지?"

"야, 설마."

큰세진이 손사래 쳤다. 자기는 더 쓸 만한 컨텐츠를 적었다는 자신감이 넘쳐흘렀다. 그리고 류청우가 온화하게 대답했다.

"아, 나야."

"…와! 재밌겠네요. 공포영화!"

"기, 기대돼요…!"

별로 안 친한 연장자의 자수는 긴급히 온화한 분위기를 조성했다.

결국, 그날 저녁은 공포영화를 보면서 시간을 보냈다. 나는 팝콘에 집중하며 영화를 대충 흘렸다. 각종 비명이 골을 울렸다. 시간 낭비였지만 몸이 편하긴 했다.

그리고 다음 날, 새벽같이 데뷔 타이틀곡 후보 데모들이 도착했다. 이젠 몸이 괴로울 시간이었다.

"귀가 아파요."

볼륨을 있는 대로 올려둔 채로 모든 데모곡을 20번쯤 돌려 들은 후 차유진의 발언이었다.

그 말에 김래빈을 제외한 거의 모두가 희미하게 동의했다. 겨우 고개만 끄덕였다는 뜻이다. 자기 곡이라는 생각에 설레서 의욕적으로 들러붙은 놈들은 몇 시간이나 과하게 신경 써서 곡을 듣느라 심력을 다 소모한 후였다.

"…더 들어도 이제 큰 변화는 없을 것 같으니, 1차 거수를 해보자."

"예~"

"그럼 1번부터."

그렇게 마지막 11번까지 거수로 갔다. 대충 멤버 개인의 경향성이 보였는데, 이미 〈아주사〉를 진행하면서 어느 정도 봐왔던 것과 비슷했다.

"나랑 아현이네."

일단 선아현과 류청우는 미디엄 템포를 선호했으며, 특히 선아현이 서정적인 곡을 좋아했다.

"신나요!"

그리고 김래빈, 차유진은 베이스가 강하고 리드미컬한 곡을 선호했다.

"9번?"

"넵, 저요~"

큰세진은 일단 유행하는 장르를 고른 뒤, 멜로디가 키치한 것에만 손을 들었다.

"……."

이세진은 한 곡에만 손을 들어서 모르겠고.

남은 건 나인데… 나야 그냥 듣기 좋은 걸 골랐다. 그래도 되는 상황이었다. 〈아주사〉 마지막 화 생방송 때 띄운 '성공적 무대' 팝업으로 이 특성을 뽑았기 때문이다.

[특성 : 잡아채는 귀(A)]

-이 곡은 잘될 것 같은데?

: 명곡 감별 능력 +200%

등급이 무려 A였다. 슬롯에 열 칸당 하나꼴로 있던 백금색 칸에 멈추며 떴다. 그리고 등급을 생각 안 해도 이건 무조건 킵해둬야 했다. 음악 사업할 거라면 이것만큼 쓸 만한 특성이 없었으니까.

덕분에 끼 스탯을 한 단계 올려주는 '센터가 되고 싶어' 특성을 버렸지만 그럴 가치가 충분했다. 사실 '듣고 보니 맞는 말이군'을 버릴까 고민도 했는데, 이건 다양한 상황에서 쓸 수 있을 것 같아서 일단 킵했다. 떨어진 끼 스탯도 파이널 때 연습이랑 무대 업적으로 레벨업하면서 채웠으니 손해는 없었다.

그래서 현재 내 상태창은 이렇다.

[이름 : 박문대 (류건우)]

Level : 13

칭호 : 없음

가창 : A

춤 : C+

외모 : B+

끼 : B-

특성 : 잠재력 무한, 듣고 보니 맞는 말이군(C), 바쿠스500(B), 잡아채는 귀(A)

!상태이상 : 1위가 아니면 죽음을

남은 포인트 : 1

문제라면 이번에 얻은 곡 감별 능력이 정액으로 더해지는 것이 아니라 정률로 더해진다는 점이다.

'애초에 내가 막귀면 상승치가 애매하다는 뜻이지.'

그다지 의식해 본 적이 없는 분야라 잘 모르겠지만, 그래도 300%로 증폭됐으니 엔간하면 어느 정도는 먹히겠다 싶었다.

그래서 내가 고른 곡은……

"그럼 문대도 7번 하나만 고르는 걸로?"

"예."

7번 하나뿐이다. 이 곡은 다소 몽환적이었는데, 비트가 트렌디하고 멜로디가 대중적이라 독특하게 듣기 좋았다.

'나머지는 약했어.'

전개가 지지부진하거나 빨리 질렸다. 내가 음악 이론을 아는 건 아니고 그냥 '귀'만 믿고 판단한 거긴 했다만 그래도 그럴싸했는지, 김래빈이 눈을 빛냈다.

"확실히 형이 듣는 귀가 좋으신 것 같습니다. 7번이 제일 완성도가 있죠."

"야, 래빈이 너무하네~ 형은 별로고?"

"아, 아니, 그런 뜻은 아니고……"

큰세진의 농담에 김래빈이 진땀을 뺄 때, 류청우는 빙긋 웃으며 상황을 정리했다.

"그럼 동률로 2번, 7번이 남았네. 이 두 곡 중심으로 연구해 보자."

2번은 알앤비 스타일의 듣기 편한 곡이었다. 빨리 질려서 난 손 안 들었지만.

어쨌든 다들 지쳤는지 군말 없이 수긍했다.

"옙~"

다음 타임에 7번을 좀 더 제대로 밀어봐야겠군.

그렇게 오전 시간을 다 보내고 나자마자 다시 호출이 들어왔다. 컨텐츠제작팀과의 미팅이었다. 듣기로는 회사에서 만드는 타이틀곡이 선정되었다고 했다.

'…보통 곡은 A&R팀하고 논의해야 맞지 않나?'

이번에도 예감이 안 좋았지만 피할 수는 없었다. 그리고 그들이 들고나온 곡은…….

"어때? 괜찮죠?"

"…예."

곡은 좋았다. ……문제는 디스코곡에 야구부 컨셉을 가져왔다는 점이다.

'미치겠다.'

갑자기 야구부 컨셉이 튀어나온 이유는 본부장 때문이었다. 실무진들이 가져온 기존 컨셉을 어제저녁에 반려했다고 한다.

"본부장님께서 만화영화 같은 세계관 쪽으로 가닥을 잡으셔서요. 학교 배경 만화면 스포츠라고 하셔서, 음, 야구부로 결정됐어요."

참고로 기존 컨셉은 복고풍이었다.

'이쪽도 학교 관련 세계관으로 하기엔 무리수 아닌가.'

그래도 그쪽은 최소한 디스코곡에는 어울렸다. 디스코와 야구부는… 죽도 밥도 아니었다. 그걸 아는지 직원들도 곡 이야기만 계속 떠들고 있었다. 아무래도 자기들도 억울해서 본부장 이야기가 튀어나왔지만, 괜히 했다고 후회하는 중인 게 분명했다.

"좀 시일이 촉박하게 작업하긴 했지만, 저희 생각에도 곡이 잘 나왔거든요."

"음, 예."

그러고 보니 어디서 들어본 곡이긴 했다. 원래 〈아주사〉 합격자들의 데뷔곡도 이것이었기 때문이다. 편곡이 좀 다르고 아직 가사가 없긴 했지만.

"여러분도… 이런 청춘 스타일의 학생하고 너무 괴리감 없는 컨셉으로 잡아주셨으면 좋겠어요."

"예. 열심히 해보겠습니다."

"하다가 잘 안 되면 그냥 곡만 골라서 주셔도 괜찮아요!"

"아…. 네."

"괜히 걱정 마시고, 그냥 빨리 말씀만 해주시면 돼요~"

'별로 기대가 없군.'

그냥 얼른 데드라인을 맞춰야 한다는 직장인의 절박함만 느껴졌다.

'시간이 정말 얼마 없긴 하지.'

아마 더 급해지면 '테스타의 참여'는 마케팅용으로만 써먹고, 회사가 다 알아서 할 느낌이었다. 그렇게 황급히 준비한 앨범이 어떨지는… 흠, 그다지 기대되는 전망은 아니었다.

"감사합니다!"

미팅을 마치고 나오는 멤버들의 분위기가 애매했다. 다들 본능적으로 느낀 것이다. 데뷔 활동 평이 끝내주긴 글렀다는 것을.

류청우가 입을 열었다.

"…할 수 있는 데까지는 해보는 걸로 할까?"

"그래요."

"작업실이나 좀 쓰겠다고 하죠!"

놀랍게도, 일단 밤을 새워서라도 빨리 결과물을 뽑자는 쪽으로 의견이 모였다. 오디션에서 죽도록 달리던 버릇을 잊지 못한 이놈들은 결과부터 뽑고 고민하는 것에 익숙해진 것이다.

"얘들아, 잠깐만!"

매니저가 급하게 리얼리티 제작진들에게 연락하는 것을 확인하며, 나는 강렬한 예감을 느꼈다.

'한동안 5시간 이상 자긴 글렀다.'

한 달 안에 데뷔 활동을 꾸리는 대환장 행군은 이제 시작이었다.

리얼리티용 카메라가 급하게 설치된 작업실은 회사 근처 건물 지하였다.

'아직 회사 내에 여분 작업실도 없고 안무 연습실도 없다던데.'

정말 정신적으로든 물리적으로든 체계라는 게 없는 소속사였다.

"안녕~"

"저희 이제부터 일합니다!"

카메라에 대고 적당히 반응을 해주고 난 뒤, 곧바로 토의가 시작되었다.

"2번하고 7번 중에 고르자. 일단 다수결?"

"넵!"

내가 밀고 싶은 것은 7번.

결과는 4:3.

"그럼 2번으로?"

"네~"

2번의 승리였다.

'…어렵게 됐는데.'

2번에 표를 던진 놈은 류청우, 큰세진, 선아현 그리고 이세진이었다.

"아무래도 회사 곡이 신나는 디스코니까, 우리 쪽은 좀 더 듣기 편한 곡을 고르는 편이 좋을 것 같아."

"2번 같은 미디엄 템포가 듣기 편하긴 하죠. 아련한 청춘 느낌이라고 할까? 학교 컨셉으로 쓰기도 괜찮을 것 같은데요?"

"저, 저도… 2번으로."

정리하자면 회사 곡을 의식했고, 학교 컨셉을 고려했다는 뜻이다.

'흠.'

설득해 보고 싶긴 한데, 처음부터 다수결로 때려 버리니 말 꺼낼 타이밍이 애매했다. 결과에 승복 못 하는 것처럼 보이면 설득력이 떨어지니까.

'조금 있다가 다시 운을 떼봐야 하나.'

그리고 잠시 뒤. 하나도 달갑지 않은 소식으로 타이밍이 도래했다.

"어? 헐!"

"아……."

저녁을 먹으며 잠시 스마트폰을 들여다보다가 이 기사가 뜬 것을 봤기 때문이다.

[6월의 컴백 전쟁, VTIC부터 차돌체까지]

기사에서는 다음 달인 6월에 컴백하는 가수들을 정리하고 있었다. 그리고 그 중 '6월 둘째 주 예정' 항목에 VTIC이 있었다.

우리 예정일이 딱 저 근처였다.

'X발.'

그러니까… 〈아주사〉를 등에 업은 테스타의 데뷔 첫 주 성적을 밀어 버릴 수 있는, 손가락에 꼽을 만한 가수가 하필 동발한다는 뜻이다.

"기사가 맞으면… 활동 주가 VTIC 선배님들이랑 딱 겹치겠는데?"

빠르게 계산을 마친 큰세진이 중얼거렸다.

"…사인은 받을 수 있겠네."

"으, 으음……."

멤버들은 어색한 소리를 내며 쓴웃음을 지었다. 정말 이대로 일정이 픽스된다면, 사실상 공중파 1위는 포기하라는 선고나 다름없었다. 게다가 지금까지 회사 하는 꼴을 보니 대충 각이 나왔다.

'본부장 놈 뽕 찬 거 봐서는 VTIC한테도 승산 있다는 개소리나 하겠지. 실무진이 설득해 봤자 한 주나 미룰까.'

최선의 케이스로 생각해도 VTIC 2주 차하고 붙는다. 그래도 체급에서 밀렸다.

'거기 지난 앨범 총판이 분명 180만 장 넘었다.'

그러니 활동 곡을 제대로 뽑아야 1위 윤곽이라도 보일 상황이라는 뜻이다.

'돌연사 회피 기회를 허망하게 날릴 수 없지.'

지금이 말을 꺼낼 타이밍이었다.

"…잠시만요."

나는 곧바로 태세를 전환했다.

"합의 끝난 상황에 이런 말 꺼내서 죄송한데, 아무리 생각해도 7번을 밀고 싶습니다."

"어?"

멤버들이 소스라치게 놀랐다.

'…?'

다 끝난 이야기 물고 늘어진다고 짜증 낼 줄 알았는데, 느낌이 좀 다르다.

"왜, 왜?"

"오, 나 문대 이러는 거 처음 봐. 감정적인데?"

"정말 데모곡 7번이 마음에 드셨나 봅니다."

"VTIC 선배님과의 동시 활동이 문대를 각성시킨 건가?"

"……."

이놈들 신기해하고 앉아 있네. 마음대로 말해라. 어쨌든 7번을 해야 하니까.

"음, 문대야. 아쉬운 건 알겠는데, 이미 결론이 난 건 뒤집기는 어렵지. 다수결이고 시간이 별로 없잖아."

류청우는 다른 멤버들을 보고 피식 웃었지만, 상황을 바로 정리하려 들었다.

'안 되지.'

혹시 간발의 차로 1위를 놓치면 다음 앨범을 기다리면서 얼마나 빡칠지 상상만 해도 머리가 아팠다.

'게다가 혹시 폼 떨어져서 다음 앨범도 1위 못 하면 정말로 돌연사 위기다.'

"5분만 주세요. 설득 시도라도 해보고 싶습니다."

"…지, 진짜?"

"문대가 이렇게까지 한다고?"

"이상해요!"

의도하지 않았으나 도리어 멤버들이 술렁거리기 시작했다.

'…대체 박문대를 어떻게 생각했던 거냐?'

어쨌든 동요를 불러일으킨 건 좋은 도입이었다. 나는 빠르게 상황을 정리했다. 어차피 다수결로 갈 거라면 설득하기 쉬운 한 명만 잡으면 된다. 스코어는 4 대 3이었으니까.

"일단, 큰세진… 그리고 청우 형은 컨셉 용이성 때문에 2번 선택한 거 맞죠."

"아, 그건 맞아."

"그래."

둘이 순순히 고개를 끄덕였다. 일단 들어볼 마음은 있다는 거군. 5분 넘어가면 류청우에게 또 정리당할 것 같으니 빨리 내용을 전개해야 했다.

"컨셉 빼고 곡만 객관적으로 비교하면 7번도 괜찮았죠?"

"난 7번이 약간 더 좋았어. 근데 그것만으론 안 되지 않아?"

큰세진이 곧바로 대답했다.

'걸렸군.'

"회사 쪽 타이틀곡하고 안 어울리니까?"

"맞아."

"그럼 회사 걸 바꾸면 어때."

"…??"

순간, 멤버들이 단체로 시끄러워졌다.

"형, 그건 좀……."

"불가능해요!"

"…해줄 리가 없잖아."

"근데 바꾸고 싶긴 하다."

"잠깐."

류청우가 다시 대화를 잡았다.

"문대야. 생각해 봐. 회사 곡 이야기를 빼도 7번 자체가 학교, 청춘… 이런 거에 어울리는 곡은 아니야."

"맞습니다."

본인도 7번을 골라놓고 김래빈이 시무룩하게 고개를 끄덕였다.

"7번은 딥하우스 곡입니다. 게다가 칼림바로 리프 멜로디를 찍었기 때문에 다소 몽환적이라… '청춘' 같은 테마를 살리긴 힘듭니다. 편곡으로 그 부분을 없애면 곡 매력이 사라질 겁니다."

나는 고개를 저었다.

"안 없애도 그 컨셉 살릴 수 있어."

"…!"

나는 회사에서 컨셉 이야기를 하는 동안 내심 생각했던 구상안을 입 밖으로 꺼냈다. 그리고 멤버들은 조용해졌다.

"……."

'그럴싸하다는 얼굴이군.'

김래빈은 멍한 게 이미 머릿속에서 뭘 만들고 있는 얼굴이었다.

"아니, 그… 좋은 아이디어긴 한데."

류청우가 힘겹게 입을 열었다.

"회사 분들이 설득이 될지, 모르겠다. 시간도 너무 부족하고."

"……."

저 생각을 안 할 수가 없었다. 당연히 말 안 통할 본부장이 걱정되 겠지.

'이 말만은 하고 싶지 않았건만.'

나는 침을 삼켰다.

어쩌긴, 본부장 입맛에만 맞추면 된다.

"…제가 PPT 만들겠습니다."

"…!"

"내일 아침까지."

"…!!"

노오력과 열정을 보여주는 수밖에 다른 길이 있겠는가.

'대학 다닌 보람이 여기서 나오나.'

나는 한숨을 삼켰다.

박문대는 그날 숙소에서 밤을 새웠다.

그리고 다른 멤버들도 못 잤다. 발언자에게 모든 일을 미루기에는 양심과 의리가 잠을 깨웠기 때문이다. 덕분에 발표 자료는 다 같이 만드는 그림이 되었다.

"뭘 찾아야 돼?"

"여긴 내가 적을게."

"이거, 이미지 좋아요! 딱 맞아요!"

그러나 밤샘 PPT 제작을 발의한 당사자는 그닥 달갑지 않았다.

'사공이 많으면 산으로 갈 텐데.'

박문대는 대충 아침에 완성본 보여주고 피드백이나 받을 생각이던 것이다. 애초에 발표 자료를 별로 만들어본 적도 없는 20살 언저리들의 도움은 작업에 그다지 필요하지 않았다.

'김래빈이 자료 조사는 좀 하던데, 나도 못 하는 편은 아니니 상관없고.'

게다가 약간의 노림수도 있었다.

'…이렇게까지 하는데 2번 하고 싶다고 엎진 못하겠지.'

소수파가 된 2번 투표자들의 입을 부채감으로 막을 의도였다. 대표적으로 선아현이 있었다. 순수하게 2번 곡이 본인 취향이라 그것을 선택했던 멤버였다.

"무, 문대야. 이, 이거 마실래?"

그러나 선아현은 되려 PPT 완성을 도우려고 안간힘을 쓰는 쪽이었다. 양심상 깨어 있다고 하기에는 지나치게 열정적이었다.

"……?"

박문대는 괴리감에 떨떠름해하다가 결국 물어보았다.

"너 괜찮겠어? 이거 결국 7번 밀려고 만드는 건데."

선아현은 열심히 고개를 끄덕였다.

"마, 많이 생각하고 결정했잖아. 2, 2번은…… 음, 다, 다음에 하면 되지!"

"음… 고맙다."

"으응, 아, 아니! 다, 다 같이 하는 거니까…!"

"……."

'왜 내 쪽이 부채감을 느끼는 구도가 된 거지.'

박문대는 선아현에게 좀 더 친절히 대하기로 마음먹었다.

"차유진 어디 갔냐?"

"부엌에서 자더라~"

어쨌든 밤은 술술 넘어갔다.

그리고 해가 떠오른 아침.

"안녕하십니까."

박문대와 멤버들은 회사의 오전 회의에 완성한 PPT를 들고 들어가게 되었다.

"열정이 넘치네."

"감사합니다."

아직 발표 내용을 모르는 본부장은 일단 속도와 태도가 마음에 든다며 호의적이었다. 애초에 미래가 불확실한 무명 신인도 아니고 황금알 낳는 거위가 되어줄 그룹이었으니 당연한 태도였다.

그리고 5분 뒤.

"저는 오늘 프레젠테이션을 맡은 테스타의 박문대입니다."

본부장은 극도로 당황하게 된다.

"본부장님, 만화영화에서 레퍼런스를 가져오시면서 야구부 컨셉이 만들어졌다고 들었습니다."

"그렇죠."

"확실히 학교와 관련된 만화라면, 스포츠물이 대세인 것 같습니다."

"음음."

"그리고 하나 더, 학교 관련 만화에서 스포츠물과 동급으로 스테디셀러인 장르가 있습니다."

"오~ 뭔가요?"

박문대가 PPT 화면을 넘겼다. 마법봉이 스크린 가득 떠올랐다.

"마법소녀입니다."

"…?!"

회의실은 혼란의 소용돌이에 빠져들었다. 그러나 스크린 위에 뜬 오색빛깔이 찬란한 3단 변신 마법봉의 형태는 눈을 비벼도 변하지 않았다. 잠시 거짓말 같은 침묵이 흘렀다.

"……."

본부장은 뜬금없는 농담이라도 들은 것처럼 되물었다.

"…마법소녀? 애들이 보는 거 말이야? 루나문 같은?"

"예."

박문대는 본부장이 불쾌해하기 전에, 빠르게 상황을 정리했다.

탁.

"물론 정말 유아용 마법소녀를 의미하는 것은 아닙니다."

PPT가 한 장 더 넘어가며 몽환적 색채의 소품 컷들이 보였다. 노을 빛에 반짝이는 교실 창, 금 간 피처폰의 하늘 바탕화면, 보랏빛 효과가 넘실거리는 교실 시계…….

"다만 그 장르가 가진 상징적 모티브만 따서 재구성한다면 충분히 경쟁력이 있는 종목입니다. 최근 레트로 감성이 유행하니 대중성과 선구안을 모두 잡을 수 있는 선택이기도 합니다."

"……으음."

박문대는 레트로 마케팅의 사례를 몇 가지 PPT에 띄웠다. 그중에는 소속사의 모기업인 T1에서 진행한 SNS 바이럴도 있었다.

"또한 몽환적인 곡 분위기와 '청춘', '마법'이라는 키워드가 어우러진다면, 아트 필름 등의 구성으로 예술성도 충분히 가져갈 수 있다고 생각합니다."

예술.

본부장 같은 높으신 분의 약한 부분을 콕 찌르고 들어간 것이었다. 박문대는 본부장이 자체제작 아이돌 이야기를 할 때, 그가 이 소속사 사업에 어떤 이미지를 기대하는지 알아차렸다.

'있어 보이고 싶어 하던데, 잘 먹힐 수밖에 없지.'

앞에서 실컷 대중성 이야기도 떠들어놨으니 상업성에 대한 변명도 충분히 해뒀다.

"관련 이미지 레퍼런스 및 편곡 시안입니다."

박문대는 PPT를 넘기며, 멤버들과 함께 선별한 추가 이미지 자료를 보여줬다. 그리고 마지막으로 7번 곡을 짧게 재생했다.

코러스 부분이었다. 하지만 데모와는 느낌이 달랐다.

"…!"

"이런 방향으로 전체적 편곡을 진행하려고 합니다."

함께 서서 발표 자료를 보던 김래빈이 살짝 고개를 끄덕였다. 편곡을 주도한 본인이 만족스러워하는 것을 보는 건 묘한 편안함을 줬기에, 나머지 멤버들도 슬쩍 안도했다.

'저것 때문에 한숨도 못 잤지.'

류청우에게 차가 있고 운전면허가 있어서 그들에겐 다행이었다. 매니저에게 문자만 넣고 작업실로 갈 수 있었으니까. 물론 아침에 깨서 문자를 본 매니저는 기겁했지만 말이다.

"오……."

본부장은 묘한 감탄사를 내더니, 곧 고개를 까닥까닥거렸다. 그리고 박수했다.

"아, 확실히 젊고 재능 있는 친구들이 있어야 돼. 이렇게 하루 만에 딱! 발표까지 준비해 오고 말이야~"

'마음에 들었나 보군.'

박문대는 코웃음을 참았다. 본부장은 '요새 입사하는 애들보다 나은 것 같다'라는 칭찬 같지도 않은 칭찬을 실무진들에게 떠들더니 겨우 본론을 이야기했다.

"좋아~ 이렇게 진행해 봐요."

"…!"

"감사합니다!"

"아, 이거 나라서 오케이하는 거예요. 다른 본부장, 늙은 사람들은 이런 거 잘 몰라~"

박문대는 생색을 내는 본부장을 보며 최대한 건실하게 미소를 지었다. 교수님 상대하던 바이브였다. 참고로 그 꼴을 본 멤버들은 '대체 얼마나 7번을 하고 싶었던 거냐'며 뒤에서 눈빛을 주고받고 있었다.

"그렇죠. 본부장님 믿고 하나 더 말씀드리고 싶은 것이 있습니다."

"응?"

박문대는 끝난 줄 알았던 PPT를 한 장 더 넘겼다.

"바로 회사에서 진행해 주셨던 곡에 대한 의견입니다."

"……?"

"아, 야구부라는 컨셉은 저희도 정말 좋았습니다. 그렇죠?"

"그럼요!"

"한번 꼭 해보고 싶었습니다."

"본부장님께서 정해주셨다고 들었습니다. 감사합니다!"

박문대와 멤버들은 이미 예정된 호응을 열심히 주고받았다.

'회사 사람들이 정신 차리기 전에 끝내 버린다.'

"그러니까 전통 야구부 느낌을 더 살릴 수 있도록, 디스코 대신 다른 장르를 가미하면 어떨까 합니다."

"뭐, 뭐?"

박문대는 희미하게 웃었다.

"록(Rock)을 쓰면 어떨까요?"

"…!"

소속사에서 공인했던 테스타의 데뷔 날짜 2주 전, 드디어 포털사이트에 기사가 걸렸다.

[<아주사> 테스타 6월 18일 전격 데뷔]
[오디션 출신 대형 신인 테스타, 데뷔 초읽기]
[테스타(TeSTAR)까지 등장… 6월 가요계 대란]

기존에 데뷔 기간으로 잡은 마지노선보다 닷새쯤 늦은 날짜였지만, 그래도 팬들의 반응은 뜨거웠다. 지난 보름간 아무 소식이 없었기 때문이다.

-아 드디어
-뭔가 진행 중이긴 했나보다. 휴…
-20일 남았구나. 드디어 맘 편히 기다릴 수 있겠네.
-애들 SNS에도 첫 글 빼고 아무것도 안 올라왔잖아ㅠㅠ 애들아 잘 부탁한다며! 다들 앨범 준비하느라 바쁜 거지?ㅠㅠ
-리얼리티 일정도 잡혔던데 빨리 예고 떴으면 좋겠다

몇몇 팬들은 VTIC과 일정이 겹치는 것을 살짝 우려하기도 했지만, 그렇다고 이미 날짜까지 뜬 데뷔를 미루자고 할 수는 없었기에 현실에 만족했다.

-애들은 좋아하겠네ㅋㅋ VTIC 존경한다는 멤버들 꽤 있었지?
-뭐 이대로면 완전 동시 발매도 아니고 한 주쯤 차이 날 테니까 괜찮을 듯.
-문댕댕 청려님하고 만나는 거 또 볼 수 있겠다
  └생각만 해도 흐뭇함

  팬들은 소식 한 줄을 떡밥 삼아 이런저런 이야기를 나눴다. 불만을 표출하는 팬들이 없는 건 아니었지만, 아직은 기다려 보자는 반응이 대세였다.

  그리고 다시 일주일 뒤. 컴백까지 2주도 안 남은 시점.

-왜 아무것도 안 나와?

  사람들은 폭발했다.

-소속사 일 안 하냐
-티저 이미지라도 나올 때가 됐는데 왜 안 뜨냐고 애들 SNS도 감감무소식
-아니 어떻게 이정도로 떡밥이 없냐고 상식적으로 말이 안 되잖아
-얘네 기사만 내놓고 애들 어디 섬에 처박아둔 건 아니지?;;; 목격담도 없고

-애들 방치하고 소속사 투자금 먹튀하는 건 아니겠지 가만 안 둔다.

금방이라도 성명문을 발표할 것 같은 무시무시한 전운이 감돌았다. 급조된 소속사 홈페이지는 이미 트래픽 오버로 접속 불가 상태였다. 폭발한 분노로 랜선이 찢어지기 직전이었던 그날.

-미미미친 뭐 떳어 (링크)

티저가 뜬 건, 그날 밤 자정이었다.

[TeSTAR(테스타) '마법소년' Official Teaser]

"……."
썸네일에는 하늘로 뻗은 두 손이 떠 있었다. 노란빛과 보랏빛이 오묘하게 섞인 하늘이 눈길을 끌었다.
하지만 재생을 클릭하면 갑작스럽게 검은 화면이 떴다.
달칵.
영문 내레이션이 자막과 함께 흘렀다.

[아이였을 때, 나는 언제나 해가 지기 전에 집으로 돌아갔다.]
[그 일상에 달이 뜬 밤은 없었다.]

[그리고 지금]
[교실 안에서 창밖을 바라본다.]
[노을이 지고 있었다.]

차르르륵– 달칵.

필름이 상영되는 소리가 들리는 순간, 노을 지는 하늘이 화면을 가득 채웠다. 황금빛과 자줏빛, 붉은 햇살이 어지러이 부딪힌다.
오르골 소리가 울렸다.

♬♪♩♪– ♬♪♬♪– ♪♩–

두 음계가 물방울처럼 화면을 적시며 몽환적으로 물들였다. 어느새 카메라는 점점 뒤로 물러나기 시작했다. 환상적인 색채의 하늘을 하얀 테두리가 감쌌다. 커튼이 휘날리는 창틀이었다.
그리고, 그 창틀에 기대 잠든 인영이 보였다.

[……]

하얀 여름 교복을 입은 검은 머리 소년의 뒷모습. 주변에는 낡은 글러브와 야구공 따위가 흐트러져 있었다.
소년은 살짝, 뒤척였다. 그 사이로 노을빛이 쏟아져 들어왔다.

♬♪♪- ♬♪♬♪- ♪♪-

소년의 하얀 교복이 노을에 분홍빛으로 물드는 순간.
휘날리던 커튼이 크게 펼쳐지는 듯하더니, 하얗게 빛나며 결정처럼 부서져 내렸다.

파스스스……

그 투명한 결정 조각들은 소년의 뒷모습에 쏟아지며, 보랏빛 노을을 사방으로 난사했다. 황홀한 색채의 향연이었다.
그리고.
화면이 검게 바뀌었다.

[마법소년]
[06.18. 00:00]

"……."
30초짜리 짧은 영상은 그걸로 끝이었다.
하지만 무시무시한 조회수가 반응을 증명했다.

[조회수 : 5,191,045]

미친 기세였다.

심지어 삼백만까지 하루도 걸리지 않았다고 한다. 테스타가 해외에 별 기반이 없다는 걸 고려하면 기함할 수준이었다.

"어때?"

"사, 사람들이… 좋아해?"

나는 고개를 끄덕였다.

"응."

"다, 다행이다…!"

데뷔를 앞두고 멘탈을 위해 인터넷 디톡스를 하던 몇몇 멤버들이 바닥에 주저앉았다. 긴장이 풀리며 피로가 눈을 캄캄하게 만든 모양이었다.

'그럴 만도 하지.'

솔직히 반응이 안 좋았다면 나도 멘탈이 살살 녹았을 것이다. 지금 25일째 불면증 걸린 소처럼 일만 하는 중이기 때문이다….

'…그래도 날짜가 아슬아슬해.'

사실 티저는 좀 더 후에 공개될 예정이었다. 아직 '마법소년' 뮤직비디오 편집도 안 끝난 상황이었기 때문이다. 하지만 더 두면 기다려 주는 사람들이 스트레스로 피라도 토할 것 같아서 어떻게든 앞당기려고 다들 애 좀 썼다.

'소속사는 드디어 겁 좀 먹은 것 같았고.'

어쨌든, 반응은 압도적으로… 좋았다.

-미친 퀄리티 왜 이래

-세상에 컨셉을 어떻게 이런 걸;; 정말 당혹스럽네 계좌번호 좀 불러줘

-얘들아 벌써 재밌다 벌써 갓곡이다

-뭐라구? 마법소년? 너희가 내 마법이야… 아흐흑

-이래서 소식이 없었구나 이런 걸 만들고 있었다니… 그럼 어쩔 수 없지 오케이 이해했음

-제 지갑은 테스타의 것입니다. 티저로 예약됨.

팬들 살살 긁는 댓글이 하나도 눈에 띄지 않았다. 불호가 다 떠밀려 내려갈 만큼 평이 좋다는 뜻이었다. 그리고 내가 보기에도 티저는 잘 나왔다. 곡에서 공개할 부분을 잘 골랐고 연출도 적당했다.

'뒷모습만 나와서 누가 출연한 건지 잘 모르게 만든 것도 괜찮은 선택이었다.'

서바이벌로 데뷔하는 그룹 티저에 대놓고 한 명만 딱 집어서 나오게 했다간 무슨 일이 벌어질지 몰랐다.

무엇보다 자본을 쏟아 넣은 영상미가 일품이었다. 부족한 시간을 돈으로 때운 꼴이긴 했지만.

다만 사람들 기대치가 너무 커진 것 같긴 한데… 곡이 좋으니, 웬만하면 커버할 수 있겠지. 며칠 내로 추가 컨텐츠가 계속 뜰 테니 팬들이 불안해할 일도 없을 것이다.

"…얘들아, 정신 차리고 다시 준비하자."

"넵……."

류청우의 피곤한 목소리에 멤버들이 좀비처럼 흐늘흐늘 몸을 일으켰다. 나도 스마트폰을 대충 던져두고 합류했다.

"고생했어. 이제 뮤직비디오는… 이 곡만 찍으면 끝이니까."

"와……."

"안무 연습 중심으로 스케줄이 돌아올 거야."

"……."

지옥의 강행군이 따로 없었다.

"네!"

지독한 침묵 속에서 차유진의 대답만 신나게 울렸다. 그때, 스탭이 다가왔다.

"세팅 끝났습니다~"

"옙!"

두 번째 뮤직비디오 촬영이 슬슬 마무리되는 중이었다. 사실, 보통 늦어도 한 달 전에는 찍기 시작한다는 것을 생각하면 정신 나간 스케줄이 따로 없다.

'…관계자는 다 철야 확정이라는 뜻이지.'

참고로, '마법소년'을 찍은 감독이 이것도 찍는다.

'이 회사, 실무진들은 확실히 일을 잘하는데.'

뮤직비디오 감독을 어디서 끌어온 건지, 이름 있는 신진 감독을 순식간에 섭외했다. 아마 인맥으로 중간에 가로채 온 것 같았다. T1에서 야심 차게 모은 경력직다운 행보였다.

…문제는 의욕만 있는 본부장과 중구난방 회사 체계라는 불발탄이 언제 터질지 모른다는 점이지만. 특히 '테스타의 소속사는 여기' 언플에 눈이 멀어서 한 달 내 데뷔 같은 기사부터 때려댄 윗분은 당장 퇴사해 줬으면 한다.

……이건 일단 머리에서 지우자. 일해야 하는데 괜히 스트레스만 받

는군.

"다들 자기 촬영 분량은 다 숙지했어?"

"저는 특별히 숙지할 것도 없었습니다."

"저도요!"

"아, 맞아~ 우리는 뭐 특별히 없더라. 세진 형님이 고생하겠던데?"

"…별로."

이세진은 불퉁하게 대답했지만, 비협조적으로 보이진 않았다. 어쩌다 보니 찍는 두 뮤직비디오에 전부 스토리라인이 들어가서 기왕 있는 아역배우 출신을 잘 써먹기로 했었다.

'흠, 기왕이면 좀 더 열심히 하게 바람을 넣어두는 것도 나쁘진 않겠지.'

이세진에게 말을 걸었다.

"사실, 보면서 좀 감명받았습니다. …정말 잘하시던데요."

"……."

완전히 빈말은 아니었다. 확실히 짬은 어디 가질 않는지, 이 중에서 유일하게 무편집 상태에서 한 컷도 아마추어처럼 보이지 않았다.

"문대의 심정이라면 이해합니다. 티저에 뒤통수만 나오는 컷도 단독이라고 민망해하는 놈이니까~"

엉뚱한 놈한테서 헛소리가 돌아왔다. 큰세진은 내가 돌아보자 순식간에 시선을 돌리고는 딴청을 피웠다. 저 새끼가 진짜….

"…그걸로 벌어먹고 살려고 했는데, 잘해야지."

"예?"

이세진은 더 대답하지 않았다. 단지 약간 가라앉은 얼굴로 스탭을 따라갔을 뿐이다.

'칭찬을 해도 저러냐.'

나는 한숨을 참았다. 짜증 날 체력도 아까웠다.

"자, 단체 안무 신부터 들어갈게요~"

"넵!"

나는 안무 대형에 맞춰 자세를 잡으며, 머릿속으로 일정을 다시 정리해 보았다. 원래는 컨셉 포토가 먼저 떠야 하겠지만 티저 영상 푸느라 일정이 미뤄졌다. 그래서 앨범 발매될 즈음에야 풀릴 예정이었다.

'그럼 아마… 리얼리티가 제일 먼저 풀리겠군.'

사실 늦어도 전주면 영상 예고편이 뜰 줄 알았는데 지금도 많이 늦은 감이 있었다. 본방송까지 며칠 안 남았으니까.

그리고 예상대로 이날 밤에 리얼리티 예고편이 올라왔다.

[테스타의 같이 살기 TEST]

[6월 8일 금요일 저녁 7시 대공개!]

'드디어 오늘이 왔다.'

박문대의 첫 번째 홈마는 손가락을 두둑두둑 꺾으며 모니터를 응시했다. 오늘이 바로 리얼리티 첫 화가 방영되는 날이었다. 며칠 전에 공개된 예고편에 나온 장면 때문에 친구와 흥분했던 기록이 아직도 톡에 남아 있었다.

-문대 요리한다!

-문대 게임한다!

-갸아아아악!!

…만성적인 컨텐츠 부족에 시달리던 중에 던져진 영상 떡밥은 마약이나 다름없었다. 귀엽게 편집된 짧은 예고편을 하도 돌려본 탓에 내용을 다 외울 지경이었다.

그리고 지금, 드디어 본편을 보기 직전이었다!

'시작한다…!'

'12세 관람가' 표시가 나오자 그녀는 두 손을 비볐다. 조회수 기록을 위해 돌리던 티저 스트리밍은 잠시 멈추고, 군기 든 자세로 화면을 응시했다.

[영광의 데뷔!]

프로그램은 〈아주사〉 최종화의 발표 순간들과 각종 미디어 반응을 짧게 보여주는 것으로 테스타의 위치를 알려주면서 시작했다.

[마침내 결성된 테스타(TeSTAR)]

[그들의 행방은?]

의미심장한 자막. 그리고 직후에 뜬 것은….

[으아아악!!]
[한 번만 더 하자!]
[어, 어어어…]

보드게임에 과몰입한 테스타 멤버들의 모습이었다.

-ㅋㅋㅋㅋㅋㅋㅋ
-잘 지내고 있었구나 누나는 안심이야!
-극도로 즐거워 보임

SNS에서 사람들이 떠드는 대로 테스타는 몹시 즐거워 보였다. 오디션에서 벗어나 편안해 보이는 그 모습에 팬들이 흐뭇해하는 것도 잠시.

[테스타는 왜… 이렇게까지 열심히 게임을 하고 있나…?]

유머러스한 자막과 함께, 화면이 바뀌었다.

[〈202■년 5월 ■■일. 아침 9시〉]
[와아아!!]
[집 좋아요!]

와글와글 숙소로 입장하는 테스타의 모습이 잡혔다. 해맑고 신나 보이려는 멤버들의 노력과 편집이 빛을 발하며 강아지 떼처럼 보였다.

'문대는?'

박문대는 뛰어다니고 있지는 않았지만, 눈을 둥그렇게 뜨고 집안을 둘러보고 있었다. 입고 있는 것은 테스타의 SNS 첫 사진에서도 봤던 노란 후드티였다.

'움직이는 영상으로 보니 더 귀여워…!'

그녀가 감격에 차 있을 때, 다른 시청자들도 한창 사복 이야기로 달리고 있었다.

-애들이 이렇게 자기들 마음대로 입은 걸 드디어 움직이는 고화질로 보는구나ㅜㅜ 이게 바로 데뷔의 맛인가!

-선호 스타일 확 드러나네

-ㅋㅋ아 다들 예상 쌉가능이었는데 문대만 튀어ㅋㅋㅋ

└그러게 목격담에서 맨날 티쪼가리만 입고 있던데 웬일로 저런 귀여운 옷을ㅋㅋㅋ

└웰시코기 인형 탈도 썼잖아 본인 캐릭터에 진심인 거야 문대는…

└이게 맞다

└역시 의문의 노력캐

그리고 화면에서는 테스타 멤버들이 로봇 청소기에게 미션 카드를 받는 장면이 송출되기 시작했다.

[여러분이 진정한 그룹이 될 수 있도록, 미션을 클리어하세요!]

[앗.]

[아… 미션.]

그 후로도 합격자들이 〈아주사〉가 연상되는 요소들마다 과민 반응하며 살짝 침울해하는 모습은 좋은 개그 요소로 활용되었다.

-ㅠㅠㅠ아앗
-어쩜 좋아ㅋㅋㅠㅠ
-얘들아 사실 우리도 다 아주사 PTSD에 고통받고 있단다...
-정말 죄 많은 프로야 테스타가 나왔으니 이제 폐지해버리렴!
-다음 시즌 할 시간에 테스타 리얼리티나 매년 잡아주길ㅋㅋ

시청자들은 폭소하면서도 공감했다. 그리고 룸메이트 미션에서 게임에 과몰입하느라 태세를 전환해 버린 멤버들을 보고는 다시 한번 폭소하게 되었다.

[제발 한 번만!]
[이기고 싶어요!]

-ㅋㅋㅋㅋㅋ
-애들 승부욕 어쩔 거얌ㅋㅋㅋㅋ
-저것도 일종의... 직업병 아닐까... 아주사에서 잠죽자하던 버릇을 버리지 못한 거임
└이거 맞는 듯ㅋㅋㅋㅋㅋㅋㅋ

그리고 제일 과몰입한 사람과 제일 침착한 사람 둘이 나란히 1, 2위를 차지한 것도 깨알 같은 재미 요소가 되었다.

[예에에아! 이겼어요!]
[……음, 축하한다.]

요란스러운 차유진의 세리머니에 당황한 듯 담담한 박문대의 모습은, 두 사람의 팀전 모습을 떠올리게 만들어서 더 웃긴 대조를 이루었다.

-문댕 또 티벳여우 표정 나옴ㅋㅋㅋㅋㅋ
-둘이 겁나 다른데 같은 팀이라 너무 재밌어 계속 친하게 지내줘 얘들아ㅠㅠ
-ㅋㅋㅋ1, 2위가 자기들끼리만 순위 바꿔서 또 1, 2위 했네
-차유는 운이 엄청 좋고 문댕은 게임을 잘 하는 듯?ㅋㅋㅋ

하지만 막상 룸메이트 결과에는 반응이 살짝 사그라들었다. 그다지 생각해 본 적 없는, 바란 적도 딱히 없던 조합이 이뤄졌기 때문이다.

-오
-이렇게 됐구나ㅋㅋ
-잘 지냈으면 좋겠다
-룸메이트 이대로 끝까지 가진 않고 또 바꾸면서 하겠지?

그래도 저녁 식사를 만드는 장면에서는 반응을 대부분 회복했다. 신나서 마트를 질주하며 물건을 쓸어 담는 장보기 팀과 조곤조곤 화목하게 찜닭을 만드는 요리 팀이 대비되며 둘 다 귀여웠기 때문이다.

특히 박문대와 선아현은 예상외의 요리 솜씨로 분량을 뽑았다.

[일단 재료부터 다듬고 시작하는 게 좋을 것 같습니다. 제가 닭을 손질하려고 하는데, 괜찮을까요?]

박문대는 재료가 도착하자마자 순식간에 일을 배분하고 본인이 제일 까다로운 작업을 잡았다. 순전히 다른 멤버들을 믿을 수 없어서였으나, 화면에서는 제법 믿음직스럽게 보였다.

그리고 선아현은 어쩐지 요리를 잘할 것처럼 생겨서 사정없이 말아먹고, 그런 자신에게 엄청나게 당황하는 모습으로 분량을 챙겼다.

[미, 미미안……]
[미안할 건 없고.]

박문대는 처참한 양파와 선아현의 손을 다질 뻔한 식칼을 번갈아 보다가, 우울해하는 선아현에게 새로운 일감을 주었다.

[이거 가지고… 저기 식탁 좀 정리해 줄 수 있을까.]
[으, 웅!]

화면의 선아현은 순식간에 화사한 효과와 함께 밝아졌다. 그리고 당연히 팬들은 즐거워했다.

-문대 요리도 잘 함?;; 당황스럽네
-아이고 아현알ㅋㅋㅋㅋㅋㅋㅋ
-얘들아 앞으로 아현이에게 식칼은 주지 말자 (본인이) 다칠 것 같다고ㅠㅠㅋㅋ
-문대 엄청 사람 잘 챙기는데?ㅠㅠ 대체 왜 아주사에서 초반에 그렇게 나온 거야......
└고것은 모든 박문대 팬들의 의문일 듯

숙소 첫 끼로 찜닭을 먹으며 화목하게 대화하는 모습도 팬들이 리얼리티에서 기대하는 전형적인 모습으로 호평을 받았다.

-애들 손 크구나 찜닭 엄청 많이 했얼ㅋㅋㅋ
-다들 잘 먹네
-생각보다 애들 되게 친한 것 같음 아주사로 만들어진 전우애인가ㅋㅋ
-오래 가자 얘들아♡

그리고 그 화의 화룡점정이 떴다. 바로 단체 공포영화 관람이었다.

[히히히히히히히히히히.]

화면에 뜨는 귀신 얼굴에 마트PB 팝콘이 허공을 갈랐다.

[으어어어……!]
[어우!!]

멤버 하나하나의 반응을 돌려가며 잡아주는 제작진들 덕에, 팬들은 즐겁게 멤버들의 캐릭터를 더 쌓아갈 수 있었다.

-차유진 웃는데요?ㅋㅋㅋ
-아닛 천하의 큰세진이 귀신을 무서워하다니! 귀신도 먹금할 기 쎈 방글방글 인싸인 줄 알았다구!
-래빈아 옷 찢어지겠다ㅋㅋㅋㅋ
-류청우씨 그렇게 안 봤는데 치사하게 자기는 안 무서워하면서 공포영화를 골랐구만!ㅋㅋ

그리고 박문대의 컷이 오기 전, 박문대의 팬들은 다들 짐작하고 있었다. 당연히 박문대가 무서워할 리 없다는 것을!

-티벳여우 표정 또 나올 듯ㅋㅋㅋ
-(다들 무서워하는 것 같다. 공포영화는 무서운 것이다.)
└ㅋㅋㅋㅋㅋㅋㅋㅋ
└벌써 귀엽다 문대ㅠㅠ

-야무지게 팝콘 잘 챙겨먹으며 볼 듯

하지만 화면에 마지막으로 등장한 문대는….
시선을 내리깔고 팝콘을 먹고 있었다. 그리고 귀신 소리가 들릴 때마다, 간헐적으로 팝콘 통이 움찔 튀어 올랐다.

[ㅗ어어어어어어어어어……]
[(팝콘 곡예)]

그래도 박문대는 꿋꿋이 공포영화 쪽으로는 시선을 돌리지 않았다. 댓글이 폭주했다.

-…?
-?!??
-무서워… 무서워한다!
-세상에
-미쳤나 봐 너무 귀여워

일주일간 밤을 새우든 최종 1위를 하든 언제나 덤덤한 모습만 주로 방송에 탔던 박문대의 동요에 팬들은 완전히 흥분했다.

-와 끝까지 화면 못 본다ㅠㅠ으흐흐흑 그러면서 아닌 척 하는 것 봐
-팝콘 다 먹었는데 쟤 계속 빈 통 잡고 있대요! 무서워서 못 놓는대요!

-영화 꺼지니까 일어났얼ㅋㅋㅋㅋ

-다른 애들 눈치 못 챘지? 문대 지금 카메라 앞에서도 자기 되게 자연스러워 보였다고 착각하고 있지?ㅋㅋㅋㅋ

화면을 보고 있던 박문대의 홈마도, 참지 못하고 친구에게 톡을 넣었다.

[나 : 아아아ㅏ]

[나 : 문대는 요리도 잘ㄹ해]

[나 : 보드게임도 잘해]

[나 : 긍ㄴ데 공포영화는 못 봘ㅋㅋ]

[나 : 미친 너무 귀여워서 아파트 부수고 싶어]

톡을 넣으면서도 계속 화면에 눈을 고정하고 있던 탓에 오타가 속출했지만, 어쨌든 본인이 하고 싶었던 말은 저것이었다.

[7인 7색]

[새롭게 서로를 알아가는 테스타]

[과연 내일은 무슨 일이?]

각 멤버의 팬들 모두에게 즐거움을 챙겨준 공포영화 파트를 끝으로, 리얼리티 첫 화는 마무리되었다.

"……아."

그러고 보니 벌써 시간이 한 시간이나 흘렀다. 아쉬워하는 그녀의 앞에, 중간광고가 끝나고 예고편이 송출되었다.

[저희 지금 작업실이에요~]

방음 부스가 설치된 음악 작업실에서 토의를 주고받는 테스타의 모습. 그리고…….

[시금… 발표하러 가는 중입니다.]

단정한 옷을 챙겨 입고 회의실로 들어가는 멤버들의 모습이었다.

"헉."

앨범 작업 관련 분량도 있나 보구나! 벌써 다음 화가 보고 싶었다. 그녀는 서둘러 SNS를 켰다. 이 넘치는 감상을 공유하고 싶었다.

-솔직히 꿀노잼 예상했는데 대존잼이었다

-애들 사이 어색할 거라던 놈들 다 어디로 숨었냐?ㅋㅋ 친하고 편하던데요?

-아 예고편도 그렇고 데뷔 관련 이야기 풀리니까 너무 좋다 마음이 놓이고ㅠㅠ

-와 설마 그 갓컨셉 멤버들이 골랐나? 그것도 아주사 짬밥인가?

타임라인에 들어오는 말마다 공감이 안 가는 게 없었다. 그녀는 흐뭇하게 웃으며 글쓰기 버튼을 누르려다가, 새롭게 갱신된 타임라인에 뜬 글을 보았다.

[아... 미치겠다 (링크) (캡처)]

"어?"

링크는 포털사이트 뉴스 주소였다. 그리고 캡처는… 그 기사를 떠온 것이었다.

"……!"

그녀는 내용을 읽자마자, 찬물이라도 맞은 것처럼 가슴이 싸해졌다.

[<아이돌 주식회사> 테스타 '불공정 계약' 소송으로 드러나]

: <재상장! 아이돌 주식회사>로 데뷔한 테스타(TeSTAR)의 멤버 이세진(22)의 전 소속사(드림K)가 Tnet과의 불공정 계약에 대하여 소송을 제기했다.

드림K 측의 주장에 따르면 Tnet은 지난 1월부터 방영된 <재상장! 아이돌 주식회사>의 참가자를 모집하기 위해 다수의 소속사에게 강압적으로 소속 아티스트의 참가를 요구하였으며, 참가자가 프로그램을 통해 데뷔할 시 해당 아티스트의 소속을 Tnet에게 양도하는 불공정 계약 체결을 강요하였다.

…….

그녀는 침을 삼키며 기사를 클릭했다.

자정이 넘은 한밤중.

일 터진 숙소 분위기는 살얼음판이 따로 없었다.

"…정리해 보자."

"……."

"그러니까, 세진이 전 소속사에서… 본인들 아티스트를 돌려달라고 하는 중이네."

류청우가 담담히 상황을 정리했다. 나는 한숨을 참았다.

'터질 만한 일이긴 했어.'

애초에, Tnet이 어떤 참가자든 〈아주사〉로 데뷔하면 우리 소속이라는 계약을 밀어붙인 것부터가 무리수이긴 했다. 오디션으로 띄운 그룹을 오래 해먹고 싶은 욕심을 참지 못하고 만든 방식일 것이다.

'그래도 웬만하면 이중소속으로 정산 두 번 떼는 식으로 하지 않나.'

아예 뺏어가는 건 이 업계에서도 거의 없던 것 같던데 말이다. 방송국하고 싸울 수는 없으니 어지간하면 소속사가 지고 들어갔겠지만, 〈아주사〉 이번 시즌이 너무 잘 되는 바람에 결국 한 건 터진 것 같았다.

'아마도… 방송사 마음대로 소속사 변경 제안을 하는 '캐스팅 콜' 컨텐츠 때부터 이미 불만이 쌓였을 테고.'

게다가 이세진은 그냥 혼자 배우로 써먹을 수 있으니 더 아까워할 만했다. 못해도 최소한 테스타 활동 중에 본인들 몫도 받아가고 싶다는 거겠지.

"……"

이세진은 꽤 오랫동안 지속된 대치 상황에서도 대답하지 않았다. 소파에 앉아서 고개를 숙이고 있을 뿐이었다.

큰세진이 웃으며 재촉했다.

"형님, 말 좀 해보시죠~"

처음에는 살살 어르고 달래더니, 더는 못 참겠는지 슬슬 말투가 바뀐다.

"큰세진,"

"이거 빨리 정리해야 됩니다. 지금 저희 데뷔 날짜 일주일 남은 거 아시죠? 시간 없어요~"

"……"

"지금 형님이 입장 정리 안 하면, 다른 소속사들도 똑같이 물타기 해서 소송 이야기 나올 수 있죠?"

큰세진은 여전히 서글서글 웃고 있었지만, 말이 점점 빨라졌다.

"가만있으면 형 혼자 끝나는 게 아니라 다른 멤버들도 피해 보는 거라니까요? 가든 남든 빨리 지금 소속사랑 이야기를 하라고."

'저거도 멘탈 터졌군.'

나는 혀를 찼다. 그러고 보니 큰세진의 소속사도 간 좀 보다가 이세진의 소속사가 하는 소송에 합류해 버릴 수도 있긴 했다. 겨우 오디션 합격해서 데뷔 직전인데, 그 꼴을 당하는 걸 생각만 해도 큰세진은 피가 거꾸로 솟는 모양이었다.

"……"

그러나 이세진은 입을 여는 대신 벌떡 일어나서 도망쳤다.

"…!"

"야."

쾅.

그리고 방으로 들어가서 문을 닫았다.

'…장난하나.'

본인 일인데 이렇게까지 1차원적으로 회피를 하다니.

이쯤 되니 별생각 없던 나도 짜증이 나기 시작했다. 한두 번도 아니고 이게 무슨 짓이란 말인가.

'…오늘 자려면 어차피 문은 따야겠지.'

나는 방 앞으로 다가갔다. 그리고 잠긴 문고리를 위에서부터 내리쳤다.

퍽.

가정집 문고리라 역시 그냥 열리는군. 운동한 보람이 있다.

"…!"

"들어갑니다."

잠긴 문을 땄으니 방으로 걸어 들어갔다. 본인 침대에 침울하게 앉아 있던 이세진이 기겁했다.

"으…!"

"정신 차리시고."

나는 맞은편 침대에 앉았다. 곧바로 따라 들어올 줄 알았던 류청우와 큰세진은 보이지 않았다.

'…눈치껏 빠졌나 보군.'

그 둘이면 그럴 만도 하지.

뭐, 됐다. 어차피 이세진이 저러는 이상 당장 취침도 글렀으니 무슨 생각인지 들어나 보자. 술이라도 있으면 좋겠지만 막 출범하려는 아이돌 그룹 숙소에 그런 게 있을 리가 없었다. 아쉬운 대로 그냥 말을 꺼냈다.

"형, 어차피 내일 아침이든 새벽이든 회사에서 면담 들어갈 건 아시죠."

"…!"

"그럴 거면 그냥 여기서 편하게 생각 좀 정리하고 가는 게 낫지 않나요. 피한다고 피해지는 상황도 아니고."

"……"

'듣고 보니 맞는 말이군' 특성은 이번엔 안 터지는 건지, 꽤 시간이 흐른 후에야 이세진은 입을 열었다.

"…모르겠어."

"뭘 모르겠는데요."

"내가 뭘 하고 싶은지……."

"…?"

지금 와서 진로 고민을 하기엔 늦어도 한참 늦지 않았나.

"전 소속사로 돌아가서 연기 계속하고 싶으세요?"

"…돌아가고 싶진 않아."

"그럼 연기는 하고 싶다는 말인가요."

"……당연한 거 아니야?"

이세진이 자신의 얼굴을 손바닥에 파묻었다.

"애초에 아이돌은 생각도 안 해봤어…."

"……"

'이거 어쩐지 상태이상 떴을 때 내가 생각나는데.'

나는 혀를 찼다. 오디션에 자의로 참가한 게 아니었나 보군.

"〈아주사〉는 전 소속사 때문에 참가했나 봅니다."

"…맞아. 오래 쉬어서…… 그런 거라도 해야 일감이 들어온다고 해서."

"음."

나는 무심코 말했다.

"그런 것치고는 열심히 하시던데요."

"…열심히라도 해야 할 거 아냐. 못 하니까."

이세진이 약간 발끈했다.

'흠, 그거랑은 결이 달랐는데.'

결승에서 저놈이 나한테 했던 말이 떠올랐다.

―넌 데뷔할 테니 안 끝난다, 그런 뜻이야? …좋겠네.

그건 본인도 계속하고 싶다는 말 아닌가. 게다가 이세진의 상태창 변화도 눈에 보였다.

'이제 F가 없어.'

이세진은 촬영 시작할 때 F였던 춤 스탯을 지금 D+까지 올려놨다. 아무 감흥 없이 그냥 해야 하니까 달성할 수 있는 성장은 절대 아니었다. 그래서 대충 감이 왔다.

"사실 재밌었죠."

"…!"

"해보니까 재밌어서 자기도 모르게 더 열심히 하게 된 거잖아요."

"……."

이세진은 입을 꾹 다물었다. 부정 못 하는군.

"맞아. …무대에 서는 건, 좋았어. 계속하고 싶다는 생각도 들었고. 하지만 연기도… 계속하고 싶어."

"…? 하세요."

"뭐…?"

대체 이걸 왜 고민 중인지를 모르겠다.

"한 이삼 년 지나면 여기 소속사에서도 알아서 개인 활동 꽂아줄걸요. 연기하세요. 5년 채우면 재계약 시즌이니까 아이돌 그만하고 싶으면 연기만 계속하면 되고."

잠시 입을 벌리고 듣던 이세진은, 곧 쓴웃음을 지으며 고개를 떨궜다.

"…못 해."

"예?"

"너 내 전 소속사 어떤 곳인지 모르는구나."

"……."

뭐, 잘 모르긴 했다. 배우는 내 종목은 아니었거든.

이세진이 반쯤 포기했는지 줄줄 상황을 불었다.

"드림K 거기… 질 괜찮은 소속사 아니야. 내가 이대로 여기 소속으로 있으면 괘씸죄로 뭘 터뜨릴지 모른다고."

"뭐 약점이라도 잡혔어요?"

여기서 혹시라도 마약이 나오면 내가 앞서서 탈퇴를 권유할 생각이다. 다행히 이세진은 인상을 찌푸렸다.

"그렇게 막살진 않았어. …일단 그럴싸한 아무거나 찌라시 형태로 터뜨릴 거란 뜻이야."

이어진 설명에 따르면, 재계약 안 했다고 그렇게 보내 버린 배우가 이미 몇 사람 되는 모양이었다. 재계약 시즌이 오면 일부러 루머 풀어서 몸값을 낮추기도 한다나.

'그림으로 그린 것 같은 악덕 기획산데?'

"음, 예상 가는 루머 라인업이 있다면?"

"나야 뻔하지. …일단, 오디션은 배우 재기 목적이었으며 아이돌은 하고 싶어 하지도 않았다고 깔아서 한번 분위기 잡고."

"음."

"그다음에는 불륜이나… 뭐, 어쨌든 범죄 아니라 증명 못 하는 선에서 이상한 찌라시 풀어서 보내겠지."

"음, 저희 투자처가 T1이라 거기서 그렇게 막 나가진 못할 것 같은데."

"일단 전자를 먼저 터뜨려 분위기 잡는 게 그런 목적이지. T1 쪽에서 날 자르게 만드는 거야."

이세진이 쓰게 중얼거렸다.

"어차피… 막판에 추가로 붙은 거니까."

"……."

"지금 인터넷에서 내 여론이 좋지도 않잖아. 나 빼고 하라는 사람도 많아. …내가 잘, 못 하니까."

"……음."

그걸 다 찾아봤나 보군.

확실히 그런 이야기가 좀 돌긴 했다. 추가 합격자에, 배우 출신에, 제일 능력치가 떨어지니 쟤만 빼고 가면 훨씬 좋은 그룹이 될 것이라는 말이다. 나는 어깨를 으쓱했다.

"그 여론, 우리 데뷔하면 약해질걸요."

"……쓸데없이 위로는 됐어."

"아니, 그냥 그럴 거라는 뜻인데요."

"…뭐?"

"VTIC이랑 동발이잖아요. 당장 그쪽이랑 견제하느라 내부로는 뭉칠 거란 뜻입니다."

"…!!"

원래 외부에 강력한 적이 생기면 내부는 뭉치게 되어 있다.

"게다가 형 나가면 다른 사람이 타깃 될걸요. 원래 그래요. 그러니까 그걸 근거로는 생각 안 하셔도 될 것 같습니다."

최약체처럼 보이는 사람을 빼버리고 싶어 하는 건 어느 집단에서나 보이는 행태였다. 특별히 이세진이라 이런 일이 벌어진 건 아니라는 뜻이다.

이세진은 약간 울컥하는 것 같았지만, 곧 추스르고 고개를 저었다.

"그래도… 당장 전 소속사를 막을 방법은 없어. 지금 소속사에 내가 말을 한다고 해서 찌라시를 원천 봉쇄할 수 있는 것도 아니고."

"그럼 직접 하면 될 것 같은데요."

"뭐?"

나는 팔짱을 꼈다.

"형이 직접, 먼저 발표하면 되죠."

"…먼저?"

"전 소속사 강요로 참가했던 건데 적성 찾아서 안 돌아가고 싶다고 글 올려요. 꼭 전 소속사 '강요, 강압' 강조하시고. 오디션 덕분에 거기서 잘 탈출했다는 식으로."

"…!"

"그럼 찌라시 나와도 잘 안 먹히지 않을까요."

전 소속사에서 루머 뿌리는구나~ 하고 팬들이 방어할 수 있도록 분위기를 조성하자는 뜻이다. 일단 여론이 돌아가면 전 소속사도 소송을 끌고 가기 부담스러워질 것이고, 그럼 지분 주기 싫은 T1이 알아서 잘 끝내겠지.

이세진은 잠시 입을 벌린 채 말이 없었다.

"…너, 자퇴하고 뭐 하던 놈이야?"

"오디션 나왔죠."

이 레퍼토리는 변하질 않는군. 이번에는 국정원 이야기가 나오지 않은 게 그나마 다행이었다.

"그럼 소속사랑 그렇게 이야기해 보는 겁니다."

"…그래."

어쨌든 대충 상황은 정리했다. 나머지는 류청우가 알아서 토닥이든 하겠지. 나는 한숨을 참았다.

"…SNS 계정에 올려야 하나."

"꼭 자필로 쓰겠다고 하세요."

이세진의 전 소속사, 드림K의 소송 소식이 나온 후 인터넷 연예 기사란은 꼭 관련 내용이 하나 이상 채워졌다. 사실 불공정 계약이 맞긴 했다. 그래서 방송국의 갑질 문제와 맞물리며 다양한 반응이 나왔다.

-계약기간 남은 사람 뺏어오는 건 너무했다. 계약은 유지하고 자기들이 운영관리만 해야지

-그럼 이중으로 정산 떼이잖아 애들이 무슨 외주 용역도 아니고 왜 그래야 돼;; 아이돌한테는 오히려 저게 나음

-솔직히 전 소속사가 제대로 한 게 없으니 오디션까지 내보낸 거 아니야?ㅋㅋ 이제 와서 잘 되니 돌려달라고 하는 거 속셈 투명하다!

-연습생 트레이닝 시키고 이것저것 비용 따지면 전 소속사가 억울한 거 맞잖아.

-아 이세진 때문에 피곤하게 이게 무슨 일이냐 걍 주고 6명이서 하자 어차피 없는 편이 무대 퀄리티 팀 분위기 모두 도움 됨

특히 이세진을 빼자고 주장하는 사람들의 반응이 거셌다.

-아 정말 그분은 도움되는 게 없다

-우리 애들 잘 되는데 액땜했다고 치고 얼른 빼고 가자구!ㅠㅠ

-데뷔 일주일 전에 이게 무슨 일이야

-오디션도 억지로 나오셔서 존버하다보니 어쩌다 데뷔하신 분 얼굴 보고 싶은 사람? 응 없지?

-잠 못 자고 울고 무대만 보고 달려서 합격한 테스타에 배우님 안 어울리니 제발 빼자

그 말에 이세진의 팬들이 상처받는 악순환이 반복됐다.

그리고 다음 날 아침, 첫 글 이후로 알람이 없던 테스타의 SNS에 새 글 알람이 들어왔다. 빛의 속도로 클릭한 팬들은 자필 편지 사진이 첨부된 글을 봤다.

-...!

이세진의 글이었다.

[안녕하세요. 테스타의 멤버 이세진입니다.]
: 최근의 뉴스와 이야기에 대하여, 제 생각을 전하기 위해 글을 적어봅니다.

단정한 글씨체로 조심스럽게 적힌 글 내용은, 자신의 어릴 적 연예계 생활에 관한 이야기로 시작되었다. 정리하자면 전 소속사가 어린 자신을 어마어마하게 혹사했다는 뜻이었다.

···그렇게 과도한 스케줄로 인해 건강에 이상이 오며 아역배우 활동을 중단

하게 되었습니다. 하루에 3시간도 제대로 자지 못하는 일정을 12살의 몸으로는 감당하기 힘들었던 것 같습니다.

그리고 간신히 회복해서 새롭게 도전하려는 순간, 전 소속사로부터 오디션 참가를 강요받았다는 말이 이어졌다.

…한 번도 무대에 서본 적이 없었기 때문에 몇 번이나 거절했습니다. 그러나 '이 프로그램에 출연하지 않으면 네게 작품이 들어올 일은 없을 것이다.' 등의 설명에 큰 압박을 받고 <아이돌 주식회사>에 참가하게 되었습니다.

그리고 참가한 오디션. 그곳에서 예상치 못한 큰 즐거움을 느꼈다고 이세진은 적어나갔다.

또래 관계에 소극적인 제게 다가와 주는 좋은 친구들, 또 그 친구들과 함께 만들어가는 무대가 너무나 즐거웠습니다. 그 무대에 서는 것은 굉장히 짜릿하고 행복했습니다.

전혀 예상하지 못했지만, 저는 이 일을 꼭 계속하고 싶어졌습니다. 간절해졌습니다.

그리고 정말 감사하게도, 그 꿈이 이루어져서 좋은 친구들과 함께 데뷔할 수 있는 지금이 제게는 너무나 소중한 기회입니다.

이세진은, 자신은 꼭 이 친구들과 함께 테스타로 데뷔하고 싶다는 말로 글을 마무리 지었다.

첫 번째 글을 즐거운 소식으로 전해 뵙지 못해서 죄송합니다. 다음 글은 테스타 멤버로서 여러분께 즐거움을 드릴 수 있는 소식으로 돌아오겠습니다. 긴 글 읽어주셔서 감사합니다.

이 글이 올라온 지 얼마 지나지 않아, 이세진에게 조금이라도 호의적이었던 테스타 팬들의 여론이 살아났다.

-ㅠㅠㅠㅠ

-세진이 아이돌 하겠다잖아! 그냥 하게 좀 둬ㅠㅠ

-아니 전 소속사 양심 어디 갔냐고 12살 애기한테 저래놓고 무슨 불공정이 지랄ㅋㅋㅋ니들이 한 게 불공정 아니냐?

-이번만은 T1이 맞았다. 그리고 드림K는 처맞을 소리를 했다.

-사실 나도 세진이 얼결에 테스타 된 건 아닌가... 정말 하고 싶은 게 맞나, 그런 의심 가끔 들었는데ㅠㅠ 미안하다

아역배우 때부터 팬이었던 사람들은 더 마음 아파했다.

-12살 어린애가 그렇게 힘든 데도 방긋방긋 웃으면서 방송 나왔던 거 생각
하면 속이 탄다...
-난 세진이가 많이 커서 성격이 차분해진 줄 알고... 하...
-연기하는 세진이 보고 싶었지만... 그보다 세진이가 하고 싶은 일을 하는 걸
보고 싶다. 일단 저 소속사로 돌아가는 건 안 돼.

그리고 한번 여론이 꺾이니 이세진을 배척하는 것을 재밌어하던 사
람들이 제법 떨어져 나갔다. 물론 여전히 비꼬는 사람도 많았지만, 일
단 머릿수에서 밀리는 형태가 된 것이다.

-이세진도 감성팔이 좀 하네ㅋㅋ 그래도 제일 못하는 걸 어쩌겠니 어휴.
┗23살한테 열폭해서 악플 다는 인생보단 잘하고 있잖아!ㅎㅎ
┗ㅋㅋㅋㅋ뼈 때리네

-이세진 아이돌 간 보니 괜찮아서 계속 해 먹고 싶다는 말이잖아ㅋㅋㅋㅋ 한
3년 해 먹고 탈주할 듯 탈락한 애들만 불쌍하게 됐네
┗대체 사고가 얼마나 꼬였으면 이렇게 음습하게 해석하냐...
┗이런 놈들 특징: 다른 글에선 이세진한테도 밀렸다고 탈락한 애들 빈정댐

오디션 합격자 팬으로서 이세진의 글에 느끼는 공감대 때문에, 도리
어 테스타 개인 팬덤들도 이 사건에 대한 악플에는 거부감을 느끼기

시작한 것이다. 이 기회를 틈타서 Tnet은 드림K를 약간의 당근과 넘치는 채찍으로 잡았다.

그렇게 기사들이 조용히 내려가며 수습되고, 팬들의 분위기가 반전된 그 날, 쐐기를 박듯 자정에 또 다른 티저가 떴다.

그러나 이번에는 테스타 위튜브 공식 채널에 올라오지 않았다. 대신 Tnet의 테스타 리얼리티 항목으로 추가되었다.

[TeSTAR(테스타) 'Hi-five' Official Teaser]

'채널 실순가?'

'마법소년이 아닌데…?'

팬들은 그렇게 생각하는 것도 잠시, 일단 영상을 얼른 클릭했다.

"…!"

새로운 티저 영상은 쾌활한 목소리로 시작했다.

—하이파이브~

학교 운동장으로 보이는 그라운드와 새파란 하늘을 배경으로, 차유진이 손을 흔들며 외친 말이었다.

차유진 뒤로는 안무 대형을 갖추고 있는 멤버들의 모습이 보였다. 하나같이 딱 맞는 스트라이프 야구복을 입고 있었다. 몸을 풀던 멤버들은 갑자기 시작된 후렴구에 맞추어 타다닥 안무를 잡았다.

-이 샷은
Tang Tang Tang
딱 맞아 들 거야

-네 맘에
Pang Pang Pang
팡파레처럼!

동작이 크고 박자가 잘게 쪼개진 신나는 안무였다.

-막 터져 나와!

후렴 한 구절이 끝나자, 마지막 안무 포즈 그대로 화면이 멈췄다. 화면을 향해 발을 뻗고 돌아본 자세였다. 그리고 잠시 뒤.

[…컷!]
[어후!]

감독의 말에 그라운드에 주저앉는 멤버들의 모습 위로 흰색 자막이 떴다.

['Hi-five' 뮤직비디오]
[〈테스타의 같이 살기 TEST〉 2화에서 최초 공개!]

처음 공개된 '마법소년'의 티저와 대비되는 유머러스하고 동적인 티저였다.

당연히 순식간에 댓글이 붙어났다.

-미친 타이틀 두 개임?

-선공개인가? 어떡하냐 이것도 좋네

-아니 정말 학교로 뽕을 뽑았잖아ㅋㅋ

-둘 중 하나는 네 맘에 들겠지야?ㅋㅋㅋ 참고로 전 둘 다 마음에 듭니다. 훌륭하다 테스타.

└ㅋㅋㅋ너도? 나도!

-와 싸비만 들었는데 벌써 각 나온다 음원은 이게 이길 듯

└아니 아직 마법소년 안무도 안 나왔잖아 공평한 기회를 달라구!ㅋㅋㅋ

-드럼 롤 나오는데 제 심장도 치시는 듯; 아 테스타야말로 인간 제세동기다!

직전의 우중충한 사건을 확 뒤엎어 버릴 만큼 흥분하고 신난 사람들로 인터넷이 뜨거웠다. 다만 약간 당혹스러워하기도 했다. 생각보다 너무 일을 잘해서였다.

-아니 진짜 소식 끊긴 동안 소속사에서 폐관 수련이라도 했나? 두 곡이나 뽑았는데 둘 다 좋다고?

-심지어 컨셉도 딱 대비되는데 좀 연결도 시켜놨나봄;; 마법소년 티저에 글러브랑 야구공 나온 거 기억남?

└헐

└오졌다 진짜...

-리얼리티 2화 예고편 보니까 애들 되게 주도적으로 참여한 것 같은데 벌써 기대된다.

-우리 데뷔 앨범으로 초동 50만 가즈아!

그리고 이 반응은 리얼리티 2화가 나온 순간, 한 번 더 폭발했다.

[관련 이미지 레퍼런스 및 편곡 시안입니다.]

멤버들이 하루 만에 발표 자료를 준비하는 것이 방송을 탔기 때문이다.

방송에서 적당히 앞뒤를 잘 연결해 준 탓에 본부장의 무리수나 VTIC 동시 발매 언급은 다 잘려 나갔다. 대신 열정적으로 타이틀곡을 잡아가는 테스타의 모습이 잘 비추어졌다.

-아니 애들 왜 이렇게 일 잘해;;

-상상도 못 했다 자기들끼리 곡 다 골라서 컨셉도 잡았냐

-게다가 아무도 안 싸우고 화목해! 의견이 다른데 서로 설득하고 있어!

-테스타의 조별과제 행복회로는 현실로 이루어진다...

물론 의심스러워하는 사람들도 튀어나왔다.

-신인이 이랬다고?ㅋㅋ 다 연출입니다. 낚이지 마세요~

-이미 다 정해진 거 아이돌이 발표하는 것처럼 분량 뽑은 겁니다. 방송 대본 믿지 마시길!

  ㄴ그쪽이 좋아하는 아이돌은 혼자 아무것도 못 하나 봐요 불쌍해서 어떡해ㅠㅠ

  ㄴ그러게... 힘내세요!

다만 딜 미터기가 폭발한 팬들은 한두 마디만 남기고 그들을 모조리 무시했다. 심지어 별로 신경 쓰지도 않았다. 잘될 것 같은 느낌이 벌써부터 팽배했기 때문이다.

-이건 무조건 흥한다.

-화제성 지수 벌써 끝도 모르고 치솟고 있네ㅋㅋㅋ 티저 사기라도 웬만하면 잘될 듯

-뮤직비디오 방송 끝에 나오겠지?

리얼리티 2화는 제작 일기에 가까웠다. 다만 끝에서는 약간의 예능 분량으로 인형 뽑기 장면을 넣어줬다. 공포영화 분량을 1화로 당겨오며 생략됐던 컷이었다. 주로 인형 뽑기에 실패하고 정신승리하는 멤버들의 모습을 귀엽게 담아냈다.

[그러네. 기계가 이상하네.]

-ㅋㅋㅋㅋㅋ

-아 큰세진 너무 웃겨!

2화는 인형 뽑기에서 이세진이 토끼 인형을 뽑는 것으로 마무리되었다. 그리고 뮤직비디오 예고 자막이 뜨자, 분위기가 긴장감으로 다시 달아올랐다.

-시작한다.

-뮤직비디오 나온다!

중간광고가 끝나는 순간, 화면이 해가 쨍쨍한 교실 창문으로 바뀌었다.

"뮤비 나온다."

"자, 자잠깐."

선아현이 슬라이딩과 함께 거실에 미끄러져 들어왔다. 그리고 동시에 중간광고가 끝났다.

'타이밍 좋군.'

나는 화면에 시선을 집중했다.

첫 장면은 박문대가… 그러니까, 내가 창문 밖을 보고 있는 컷으로 시작했다. 해가 쨍쨍한 파란 하늘이었다. 그리고 박문대의 눈앞에 웬

종이 안내문이 들이밀어진다.

[체육대회]
[학교대항 야구전]

안내문을 내민 사람은 이세진이다. 평소 불퉁한 모습은 온데간데없이 긴장한 모범생처럼 보였다.
안내문을 들여다본 박문대가 떨떠름하게 고개를 기웃거리는 순간, 전주가 치고 나온다.

휘익!

곡은 경쾌한 휘파람 멜로디와 함께 시작됐다.
업비트 드럼의 잔박을 없애고 일렉트릭 기타를 얹어 록 사운드를 살린 변형된 디스코… 라는데 솔직히 잘 모르겠고, 신나긴 했다. 일단 김래빈이 추천한 대로 가니 기존의 쌈마이 느낌이 확 사라져서 다행이었지.
다만… 시간 문제로 가사는 바꿀 수 없었다.

−OH 고민 고민하다가
결심을 했어 Um~
오늘 나는 던질 거야
나를 던져 보낼 거야

네 맘에~ Shot Shot!

…저 정도면 됐지 뭐.
"안무 잘 맞는다."
"유진이 날아다니는데?"
"히히."
단체 안무 컷이 나오자마자 멤버들이 한마디씩 던졌다. 아마 뮤직비디오 리액션 컨텐츠를 뽑으려 설치된 리얼리티 카메라를 의식한 것 같았다.

'애초에 콘티 다 보고 시작했는데 특별히 놀랄 건 없지.'

화면에서는 중간중간 안무 컷이 들어가며 이야기가 전개되고 있었다. 대강 요약하자면, 모범생 이세진이 생기부 채우려고 반에서 야구 시합에 참가할 애들을 모으는 내용이었다. 체육대회에 참가하지 않는 놈들을 모으다 보니까 별별 괴짜나 독특한 캐릭터를 모으게 됐다는…… 뭐, 그런 스토리다.

"문대는 도서부네!"
"자, 잘 어울려."
나는 주로 책이나 이북만 들여다보고 있는 역할을 받았다.

―좀 신비한 느낌을 내줘야 해요. 알지?

감독은 그렇게 강조하던데, 솔직히 신비까지는 모르겠고… 그냥 무슨 생각하는지 알 수 없게는 나왔다.

다음 타자는 선아현. 다들 짐작했겠지만 무용부다.

"진짜 잘한다."

"전공자다운 솜씨이십니다."

"고, 고마워……."

화면에서 열심히 현대무용을 하는 선아현은 확실히 인상적이었다. 직후 거절 못 하고 얼결에 야구하러 끌려가는 것까지 고증이 확실했다.

다음은 류청우.

"역시 국가대표!"

"여러분! 저 형 실제로 저거 쏴서 맞췄어요!"

"하하, 연습 나서 자세 다 풀렸는데 뭐."

이쪽은 양궁을 하다가 캐스팅되는 장면이 들어갔다. 당연히 하나도 어색하지 않았다. 아마추어가 아니니까.

그리고 다음은… 차유진과 김래빈이 함께 나오는데, 작은 꽁트가 들어갔다. 우선 화면에서 씩씩하게 걸어온 이세진이 힘차게 체육용품 창고 문을 연다.

스르륵!

그러자 창고 안에 늘어져 있던 김래빈과 차유진이 보였다. 누가 봐도 양아치같이 생긴 두 놈은 문을 연 이세진을 빤히 쳐다보았다.

[……]

[……]

[…죄송합니다!]

스르륵!

열렸던 문이 순식간에 도로 닫혔다.

"하하하!!"

"크흡, 잘 나왔다."

뮤직비디오를 보던 놈들이 폭소했다. 솔직히 내가 보기에도 웃겼다.

'제일 어린 둘한테 저런 역할을 줬으니까 더 재밌겠지.'

참고로 저 노는 캐릭터는 본인들이 직접 주장해서 잡았다.

'창작물에서라도 또래 관계 서열 최상위의 삶을 경험해 보고 싶다… 고 했던가.'

김래빈의 구구절절한 발언을 떠올리자, 차유진의 해맑은 발언도 떠오른다.

−그게 재밌어요!

어쨌든 둘 다 인상이 순한 편은 아니라 무섭게 잘 소화해 냈다.

마지막으로는… 학생회장 선거 중인 큰세진을 선거 유세를 조건으로 섭외했다.

"경험자는 역시 다르네."

"아, 저 세계에서는 당선됐을 거예요~"

큰세진이 능청스럽게 말하더니 씩 웃었다.

'일부러 골랐군.'

학폭 루머 때 학생회장 선거 이야기가 나왔으니 아예 뮤직비디오에서 저 캐릭터를 골라서 그쪽 이야기를 덮어버릴 모양이었다.

어쨌든 뮤직비디오는 오합지졸이 모여서 어떻게든 체육대회에서 다른 학교를 이기는 유머러스한 엔딩으로 끝났다. 참고로 이세진의 목적인 생기부는 마지막에 쿠키 영상처럼 들어가서 살짝 반전을 살리기까지 했다.

"와아!"

"마지막까지 재밌었다!"

이해가 힘들 만큼 끊기지도, 지루할 만큼 스토리가 나오지도 않아 딱 완벽한 재미를 줬다. 단체 안무 컷과의 배치가 적절한 덕인 것 같았다.

"다들 고생 많으셨습니다!"

"잘했어요!"

일단 뮤직비디오 하나가 무사히 발표됐다는 기쁨에 여기저기서 안도의 말이 쏟아졌다. 그리고 류청우가 일부러인 듯, 넌지시 말했다.

"특히… 세진아, 고맙다."

"…!"

"맞습니다. 세진 형님 덕분에 아마추어인 저희도 자연스럽게 컷이 잘 나온 것 같습니다."

"헉, 래빈 씨. 형들이 많이 아마추어 같았군요……."

"아, 아니, 그게 아니라……."

큰세진의 말에 또 김래빈이 낚인 건 넘어가고.

"……."

이세진은 입을 꾹 깨물었으나, 곧 고개를 끄덕였다. 그리고 작게 덧붙였다.

"…아니, 다들 잘했어. 그리고… 내가 그동안, 태도가 형편없었다면

미안하다."

"······!"

"아, 아니요···."

"앞으로는··· 이렇게 회피하는 일 없을 거야. 정신 차릴게."

이세진은 양손을 각각 꾹 쥐고 있었다.

'급한 불 끄고 나니 정신 좀 차렸나 보군.'

아마 며칠간 지난 상황들을 돌이켜 본 모양이다.

"괘, 괜찮아요! 혀, 혀, 형이야말로 고생하셨고······."

"이제 데뷔하는 거잖아. 시행착오도 겪으면서 하는 게 당연하지."

"힘내요!"

"···고마워."

허들 낮은 놈들이 잘 받아준 덕에 분위기는 다시 훈훈해졌다. 이세진의 일이 터진 뒤 며칠간 흐르던 약간 어색한 기류가 뮤직비디오 덕분에 가신 것 같았다.

그렇다고 갑자기 직장동료 이상으로 마음 터놓고 친해진 것도 아니지만 말이다.

"화이팅합시다~"

가령 저기 실실 웃고 있는 큰세진은 이세진이 여전히 마음에 들지 않는 것 같지만, 뭐··· 생판 남이던 7명이 같이 있는데 다 마음에 드는 것도 이상한 일이다. 싸우지만 않으면 됐다.

'리얼리티에도 분위기는 괜찮게 잘 나오겠군.'

사과야 알아서 편집해 버리겠지. 나는 어깨를 돌리며 기지개를 켰다. 그 순간 류청우가 온화하게 말을 붙였다.

"자, 그럼 다시 연습실로 돌아가자."

"……."

"…넵!"

천하의 차유진까지 대답이 반박자 늦게 나왔다. 그동안의 강행군 때문에 이미 다들 연습에 질린 상태였지만, 그렇다고 이대로 잘 수 없는 건 다들 알고 있었다.

데뷔 쇼케이스까지 사흘밖에 남지 않았기 때문이다…….

"힘내자, 얼마 안 남았어."

"그럼요……."

"화, 화이팅!"

의미 없는 구호 몇 번을 끝으로, 그날도 거의 밤새도록 연습을 할 것이 확정되었다.

"……."

쇼케이스에 기자들 말고 팬들이나 많이 왔으면 좋겠군……. 그게 그나마 위안이 될 것 같다.

"저기."

"예?"

눈두덩이를 누르고 있는데 이세진이 말을 걸었다. 예의상 고개를 돌리자, 작게 중얼거리는 소리가 들렸다.

"고마워, 같이 써줘서."

"…?"

방을?

피곤해서 잠시 머리가 안 돌아갔다. 나는 즉시 그것보다 부합할 최근 예시를 떠올렸다.

"아, 자필 편지요?"

"……그래!"

이세진은 버럭 소리를 지르더니, 곧 숨을 들이쉬며 혼자 진정했다.

"…덕분에 잘 끝났어. 꼭 갚을게."

"네……. 뭐, 너무 신경 안 쓰셔도 됩니다."

사실 누구든 정신 차리고 쓰면 뽑을 내용, 빨리 정리한 것뿐이다. 시간이 없으니까. 그러니 은혜는 됐고 마약 스캔들만 안 내면 된다. 뭐… 사실 심증으로는 그 마약 스캔들도 전 소속사 관련 문제였을 것 같긴 했다만.

'…이랬는데 설마 다른 사정이 튀어나오는 건 아니겠지.'

뒤통수 한두 번 맞는 것도 아니고 혹시 모르니 주의는 계속하자.

"갚는다니까! …아무튼, 고맙다고."

이세진은 기어코 다시 소리를 지르더니, 곧 자기가 알아서 수습하고 후다닥 숙소를 나갔다. 30초도 안 돼서 다시 볼 텐데 말이다.

'…어차피 너나 나나 연습실 가야 하는데.'

저놈도 잠을 못 자서 머리가 안 돌아가는 게 분명했다. 나는 고개를 절레절레 저으며 발을 옮겼다.

테스타의 Hi-five 뮤직비디오는 팬들을 만족시켰다.

별것 아닌 것처럼 들릴 수 있는 문장이었으나 사실 어마어마한 의미였다. 〈아주사〉 데뷔 그룹에 대한 천장을 뚫을 정도로 치솟은 기대를 충족시켰다는 의미기 때문이다.

-솔직히 더블 타이틀이란 말 듣고 티저만 봤을 때는 좀 걱정했었다 괜히 화력만 분산될까봐... 근데 쓸데없는 걱정이었음ㅋㅋㅋ
-아 뮤직비디오 때깔 봤냐~ 대기업 자본의 맛이 이런 거구나!
-아나 어떡해 너무 설레ㅠㅠ 마법소년 뮤비도 오지겠지?
-띵곡 도랏다 빨리 음원 풀어줘 얘들아 텍마머니ㅠㅠ

더불어, 쇼케이스 티켓을 구하지 못한 사람들의 눈물도 넘쳐흘렀다.

-아주사이 미친놈들이 주식 패키지로 다 팔아재껴서 티케팅이 없다며ㅠㅠ 이미 최종화 전에 쇼케 매진이라며!
-이게 말이 되냐 티넷아!! 산 사람 중에 탈락자 팬들도 있는데 걔네가 암표 개 비싸게 판다고ㅠㅠ
└암표로 끝나면 다행이죠. 혹시 나쁜 맘 먹고 쇼케이스에서 야유하는 사람 나오면 어쩌려고... 하...

표를 못 구한 팬들이 걱정과 억울함에 가슴을 치고 있을 때, 실제로 탈락자의 팬 중 몇몇은 자신의 쇼케이스 표를 암표로도 팔지 않았다.
'얼마나 잘하나 보자.'
실제로 야유나 소요가 일어날지는 몰랐지만, Tnet이 무심코 넘긴 위험요인인 것은 확실했다.
그리고 '마법소년' 뮤직비디오가 공개된 6월 18일. 쇼케이스는 그날 저녁 8시에 시작되었다.

지난 자정에 '마법소년' 뮤직비디오가 공개됐다는 소식을 들었다. 그러나 그걸 각 잡고 모니터링할 시간은 없었다. 저기 비몽사몽 중인 차유진의 헛소리가 증명해 줄 것이다.

"음…? 머리 됐어요?"

"머리는 아까 끝났고, 지금은 차 안에서 이동 중이야."

"오……."

차유진이 희끄무레한 감탄사와 함께 도로 잠들었다.

그렇다. 어젯밤부터 여기저기 이동하며 때 빼고 광내고, 무슨 촬영을 하고, 무슨 인터뷰를 하고……. 끝없는 스케줄의 연속이다. 근 한 달간 잠을 제대로 못 자기까지 했으니, 이제는 슬슬 여긴 누구고 나는 어디인지 헷갈리는 놈이 나와도 이상하지 않을 상황이었다.

"이, 이제 쇼케이스 맞죠…?"

"맞아~"

긴가민가 싶다는 투로 매니저에게 물어봤던 선아현이 숨을 들이켜는 소리가 들렸다. 코앞이라니 새삼스럽게 긴장이 된 모양이다.

"음, 이 한 달간 준비한 건… 다 보여주고 오자. 어디서든, 연습량은 배신 안 하니까."

"그럼요~"

"네, 네!"

목소리가 잠긴 류청우의 격려에 깨어 있던 멤버 몇이 호응했다. 그리고 내 옆에 앉아 있던 김래빈이 조용히 중얼거렸다.

"…사실 기간 대비 연습 비중이 높은 것이지, 연습의 절대량으로 따지면 부족하……."

"……."

내가 말없이 쳐다보자, 슬그머니 말이 바뀌었다.

"…지 않고, 충분히 무대를 열정적으로 소화할 수 있을 것 같습니다."

"그래."

사회성은 없지만, 눈치는 보는 놈이라 다행이었다.

쇼케이스에 참석한 기자들은 대부분 기대치가 컸다. 테스타의 실력이 아니라, 화제성에 대해서.

'일단 기사 뷰수는 어느 정도 뽑겠지.'

'혹시 망하면 망하는 대로 좋다.'

사진을 찍는 기자도, 칼럼을 적는 기자도 열정적으로 자리에서 쇼케이스가 시작되는 것을 기다렸다.

그리고 기자들의 앞과 뒤로 〈아주사〉에서 주식 패키지를 구매했던 주주들이 앉았다. 대부분은 이것저것 슬로건이나 응원 도구를 챙겨 온 상태였다. 아직 공식 응원봉 등이 나오지 않았기에 모양이나 색은 달랐지만, 그래도 팬들의 설렘이 느껴졌다.

전체적으로 들뜬 그 분위기에서, 어두운 무대에 불이 들어오며 오프닝이 시작되었다.

　─하이파이브!

뮤직비디오에서 입었던 것과 똑같은 야구복을 입은 테스타는 뮤직
비디오보다도 정확하게 군무를 맞춰 무대를 소화했다.

　─내 발이 움직여
춤을 추는 것처럼~
너에게로
Ddan Ddan Daradara DAAN Yeah!

유쾌한 노래에 어울리도록 안무도 신나게 몸을 움직이는 점핑 동작
이 자주 등장했다.
　휘익~!
　휘파람에 맞춰서 몸을 돌리거나 발을 튕길 때마다 무대 집중도가 확
높아졌다.
　'잘하네.'
　'노래도 좋다!'
　간주마다 멤버들끼리 가위바위보를 하거나 인사를 하는 등 끼 넘치
는 애드립도 능청스럽게 귀여웠다.
　'신인 안 같다.'
　'오디션 출신들이 이런 걸 잘하더라.'

기자들은 그 호의적인 감상을 호들갑으로 승화시켜서 타이틀을 열심히 뽑았다.

['Hi-five' 테스타의 대세 증명 시작]
[테스타 '오프닝으로 끝내기 홈런!']

그 사이, 오프닝을 끝낸 테스타 멤버들이 잠시 들어갔다. 그리고 대신 MC가 나와서 시간을 끌었다. 이 자리에 있는 모두가 아는 얼굴이었다.

"안녕하십니까~"

"어어!!"

익숙한 〈아주사〉의 MC에 팬들이 반가움과 징그러움을 동시에 느끼고 있을 때, 무대 아래에서 테스타는 미친 듯이 스탭의 도움을 받아 옷을 갈아입었다.

"악, 머리!"

"야구복 진짜 안 벗겨지네…."

간신히 화려한 견장이 달린 교복 재킷까지 챙겨입은 테스타가 뛰어나가는 사이, MC는 능숙하게 관객의 반응을 이끌었다.

"이야~ 오랜만입니다 주주님! …어? 안 반가우시다구요? 아 우리 사이에 그러지 맙시다~ 석 달이나 얼굴 본 사이 아닙니까! 물론 주주님만 제 얼굴을 보신 거지만."

웃음과 장난스러운 야유, 환호가 뒤섞인 순간. MC는 웃으며 다음 무대를 소개했다.

"그럼 오랜만에 여러분의 주식을 만나보시길 바랍니다. 당신의 주식, 날아올랐습니다!"

그리고 다시 불이 들어온 무대 위.

어느새 대형을 잡고 서 있던 테스타가 웃으며 전주에 맞춰 춤을 시작했다. 〈바로 나〉였다.

"…!!"

종방한 지 얼마나 됐다고. 관객들은 이상한 아련함에 휩싸였다.

게다가 서로 파트까지 나눠서, 웃으며 〈바로 나〉를 부르는 테스타의 모습을 보는 감상이 새로웠다. 마치 해피엔딩 이후의 에필로그를 보는 느낌이었기에, 관객들은 훈훈한 마음으로 무대를 즐겼다.

–오늘 무대 위에 빛나는 건
바로 나!
그래 네가 만들 Shining Star
바로 나!

"마침내 깨어나 빛을 발해~"

"…!"

급기야는 아예 떼창이 이어졌다. 테스타는 좋은 의미로 당황한 채, 더 크게 웃으며 노래를 불렀다. 〈아주사〉를 시청했던 기자들까지도 몇 명 고개를 끄덕거리는 즐거운 유행가 타임이었다.

그러나 모두의 마음을 훈훈하게 했던 것은 아니었다. 몇 명은 마음이 차갑게 식었다.

'아주 자기들 곡 다됐구나.'

'파트도 나누고 신났어?'

삐딱한 마음으로 쇼케이스에 참석한, 〈아주사〉 탈락 참가자의 팬들이었다. 물론 탈락 참가자 팬 중 대부분은 그냥 무대를 즐기고 있었다. 1순위로 좋아하던 참가자가 아니더라도 테스타에 어느 정도 호감 있는 멤버는 있던 것이다.

그러나 어디든 소수의 예외는 있는 법이었다.

"챌린저 버전이었습니다! 감사합니다~"

사건이 터진 것은 다음 곡이 끝나고 잠시 멤버들이 토크를 하는 도중이었다.

"저 이 버전! 꼭 하고 싶었어요!"

"네~ 축하합니다. 차유진 어린이."

"히."

차유진이 결승전에서 했던 곡, 〈Final〉의 다른 팀 버전을 해보았다는 것에 신나서 떠들고, 다른 멤버들은 그걸 카메라가 없을 때보다 귀엽게 봐주고 있었다. 기자들도 특별히 악의가 짙은 질문을 하지는 않았다. 다만 날카롭거나 약간의 함정이 어린 질문은 몇 가지 던졌다.

"다들 친해 보이시는데, 각자 제일 안 친한 멤버는 누굴까요?"

"으음, 앨범 준비가 굉장히 단기간에 이루어졌잖아요. 어떻게 가능했습니까?"

"VTIC이 바로 며칠 전인 12일에 컴백했습니다. 어떻게 생각하시나요?"

다 예상 질문 안에 있던 내용이었다. 류청우와 큰세진이 서로 던져가면서 부드럽게 주제를 흐렸다.

"저희 다 친해지는 중이죠~ 근데 다들 〈아주사〉하면서 이상한 동지애가 생겨서… 저희, 예상보다도 되게 빨리 친해져서 놀라는 중입니다!"

"앨범 준비는 회사에서 이미 진행을 위한 대비를 다 해주신 상태였기 때문에 빨리 진행할 수 있었습니다. 이 자리를 빌어서 곽신균 본부장님과 직원분들께 감사드립니다."

"VTIC 선배님 만나면 꼭 앨범에 사인받고 싶습니다! 제 버킷리스트였어요!"

멤버들이 악마의 편집을 피하기 위해 익힌 생존형 인터뷰 스킬이 빛을 발하는 순간이었다. 그리고 제대로 된 질문도 나왔다.

"두 타이틀곡을 선정하셨는데, 아까 보여주신 'Hi-five' 무대와 차별화된 '마법소년'만의 매력이 있다면 무엇일까요?"

"아."

류청우가 반사적으로 마이크를 잡으려다가, 짧은 판단 끝에 아이디어 발안자인 박문대에게 대답을 넘겼다.

'이상한 질문은 아니니까 문대가 해도 괜찮겠지.'

완전한 배려심에서 나온 행동이었지만, 박문대는 인터뷰를 썩 좋아하는 인간이 아니었다.

'거참.'

그래도 도로 마이크를 돌릴 수는 없으니, 박문대는 선선히 마이크를 들었다.

"마법소년은……."

그때였다.

"……!"

"아!"

무대 좀 아래쪽에서 반투명한 무언가가 세차게 튕겨 나와 박문대의 팔을 쳤다.

"조심…!"

류청우가 빠른 반사신경으로 박문대를 잡아당겼으나, 제법 세차게 날아온 탓에 제대로 막을 수 없었다.

"……."

박문대는 팔을 물끄러미 내려다보았다. 온통 젖어 있었다.

'생수병 던졌네.'

화려한 견장에서부터 소매까지 물이 떨어져 뚝뚝 흘렀다. 이마가 차가운 것을 보니 옆얼굴에도 좀 튄 모양이다. 팔꿈치가 약간 욱신거렸다.

'세계도 던졌군.'

순식간에 공연장이 당혹스러움으로 굳었다. 관객들 사이에서 술렁거림과 걱정 어린 중얼거림, 작은 비명까지 온갖 소리가 나오고 있었다.

그리고 기자들은 행복해졌다.

'이거 참.'

'누군지 몰라도 한 건 해 가네~'

박문대는 일단 빠르게 상황을 파악했다.

'일단 이상한 성분은 없다.'

이마가 멀쩡한 걸로 봐선 염산이나 알콜은 아니었다. 최악의 상황에도 던진 놈 침이나 좀 들어갔을 것이다.

'그럼 그냥 넘긴다.'

이 모든 사고는 팔을 터는 3초간 끝났다. 언제나 상황을 가늠하며 살아야 했던 청소년기를 보낸 덕에 가능했던 일이었다.

박문대는 픽 웃었다.

"눈치가 빠르시네."

"…!?"

"제 대답을 예측하셨던 것 같습니다."

그리고 재킷을 벗었다.

재킷 안으로 팬들이 이미 알고 있는 교복 와이셔츠가 드러났다. 마법소년 뮤직비디오의 하얀 하복이었다.

"무대를 직접 보시면 이 곡의 차별화된 매력, 음. 충분히 확인하실 수 있을 것이라… 생각했거든요."

"…아!"

멤버들이 순식간에 분위기를 파악하고, 본인들도 재킷을 벗어서 옆으로 던졌다.

"그럼 재촉에 힘입어서 바로 시작하겠습니다. 마법소년."

박문대가 아직 젖은 옆머리를 쓸어넘기며 마이크를 되잡았다. 곧, 오르골 소리가 공연장을 채웠다.

♬♪↓♪–
♬♪♬♪–
♪↓–

몽환적인 보랏빛 무대 장치 속에서, 젖은 머리의 박문대가 입을 열었다.

−내일 만난 너를
오늘 내내 생각해
낮처럼 파란 꿈을 꿔

그리고 현장의 팬들은 물병 사건을 순식간에 잊어버렸다.

테스타의 쇼케이스는 한 시간 내외로, 절대 길지 않았다. 그러나 끝
나기도 전에 속속들이 기사와 후기가 올라왔다. 물론 해프닝을 언급한
기사도 빠지지 않았다.

[테스타, 물에 젖은 몽환의 '마법소년']
[준비된 스타의 저력. 퍼포먼스로 승화한 위기]

이런 타이틀의 기사를 클릭하면, 어김없이 하복 차림으로 머리에 남
은 물기를 털어내는 박문대의 사진을 볼 수 있었다.

또는 물에 젖은 재킷을 던지는 사진도 있었다. 견장에 묻은 물이 튀
겨지며 조명에 반사되는 것이 도리어 미감을 살렸다. 물병에 맞는 사진
도 간혹 올라왔지만, 대부분 자신이 찍던 영상을 캡처한 것이라 물건
이 꽂히는 역동적인 장면의 화질은 좋지 않았다.

그래도 반응은 확실했다.

-대체 뭐 하는 미친 새끼길래 이제 데뷔하는 아이돌한테 물병을 던져?

-저거 얼굴 노리고 던진 거잖아ㅋㅋㅋㅋ 청우가 안 당겼으면 빼박 얼굴 맞았을 듯

-찐 정병이 분명함

-잡혔지? 제발 잡혀서 연행됐다고 말해줘

-지금 쇼케이스 못 가서 무대 늦게 보는 것도 서러운데 내 자리를 저런 새끼가 가져간 거?ㅋㅋ죽어 제발

팬들은 격분하면서도, 박문대의 대응에 깊게 안도했다.

-ㅠㅠ잘못하면 뒤숭숭하게 끝날 뻔했는데 문대가 잘 수습해줘서 다행이야 진짜

-당황했을 텐데 티 안 내고 자연스럽게 넘긴 게 진짜 대단하다...

-에잉 박문대 그냥 눈치 없어서 진심으로 재촉 이야기한 것 같은데?ㅋㅋㅋ 아주사 캐릭터 해석이 정확했던 듯~

 └여기에서까지 캐릭터 이야기가 나오니? 꺼져

-멤버들도 딱 보자마자 같이 재킷 벗는 거 보고 감동했음 애들끼리 잘 맞는 것 같아

그래도 위튜브의 사이버 렉카들은 이 좋은 먹잇감을 놓치지 않았다. 덕분에 당일 실시간 인기 동영상에 잠깐 이런 제목이 뜨기도 했다.

[<아주사> 1위에게 날아온 물병의 정체?]
[쇼케이스에서 물벼락 맞은 1위 아이돌!]

우습게도, 대응이 좋았던 덕에 이 모든 것들이 다 바이럴 마케팅처럼 화제성의 화제성을 불러왔다.

"형, 이거 봤어?"

그리고 이 소식은 막 1주 차 활동을 마친 VTIC의 귀에까지 들어갔다. 지루한 음악방송 사전녹화 대기 시간, 취향 따라 스마트폰을 만지던 VTIC 멤버 중 하나가 청려를 불렀다.

보여준 것은 위튜브 실시간 인기 동영상 9위였다.

[쇼케이스에서 물벼락 맞은 1위 아이돌!]

[지난 18일 저녁, 한 아이돌 그룹의 데뷔 쇼케이스가 레드스퀘어에서 진행됐습니다. 바로 몇 달 전 인터넷을 뜨겁게 달궜던 오디션, <아이돌 주식회사>의…….]

이슈 위튜버는 쇼케이스 물병 사건을 신나게 사견을 붙여서 떠들고 있었다.

"이거 걔 맞지? 그 아주사."

"…아."

청려는 화면을 보고, 그 얼토당토않은 심리테스트를 기억해 냈다.

"박문대."

[눈치가 빠르시네.]

마침 영상에서는 (저작권 문제로)작게 첨부된 애매한 화질의 직캠이 나왔다. 박문대가 부드럽게 상황을 수습해 버리는 장면이었다.

"얘 진짜 좀 똑똑한데?"

"그러게."

"근데 좀 안됐어. 하필 우리랑 동발이라……."

옆에서 슬쩍 구경하던 다른 멤버들도 끼어들어 혀를 찼다.

"Tnet이 만용 부리는 게 하루 이틀이냐."

"지표 괜찮은데 1위 못 해서 아쉽겠다."

약간의 동정심이 깃든 말투는 2주 차에도 본인들이 이길 것이라는 확신을 전제로 하고 있었다. 사실 그럴 수밖에 없긴 했다.

[#1 Night Sign / VTIC]

지금 국내 최대 음원 사이트 일간 순위였다. 음원차트가 실시간이 보이지 않게 개편된 이후로부터는, 어지간하지 않으면 기존 음원 순위를 뚫고 바로 1위를 하는 건 불가능했다.

'아무리 빨라도 일주일은 걸린다.'

오는 자정에 공개될 테스타의 음원도 마찬가지였다.

그럼 테스타의 1주 차 앨범 판매량이 VTIC 2주 차를 트리플 스코어 이상으로 따돌려야 음악방송 1위를 기대할 만했는데, 안타깝게도 VTIC과 초동 기간이 하루 정도 겹쳤다. 어느 한쪽에서 테스타가 예상을 뛰어넘을 만큼 미친 기록을 세우지 않는 이상, 지는 건 예정된 일이란 뜻이다.

물론 아무리 오디션 출신이라도 신인 남자 아이돌에게 음원차트 1위를 거론한다는 것 자체가 어불성설이기도 했다.

"아~ 됐다! 후배 걱정할 시간 있으면 우리나 잘하자!"

"옳소!"

VTIC은 순식간에 다시 자신들 각자의 관심사로 돌아갔다.

그리고 청려는 턱을 괴고 생각했다.

'…질 수도 있겠는데.'

데뷔 쇼케이스는 열광적인 분위기 속에서 무사히 잘 마무리되었다. 그러나 특별한 뒤풀이는 없었다.

"이제 막 데뷔했는데 TV에 호빵처럼 나올 수는 없잖아. 거하게 먹이긴 그렇겠지~"

"호빵 맛있는데요!"

"얼굴이 잘생겨야지 뜯어 먹고 싶게 토실토실하면 안 되잖아."

"아하!"

차유진은 단번에 납득했다. 나는 큰세진의 놀라운 소통 솜씨를 잠시 감상하다가, 또다시 대화 소재가 되었다.

"그래도 문대 업적은 진짜 뒤풀이감이었지."

"마, 맞아."

"훌륭했습니다."

"…예. 고맙습니다."

"하하, 이 친구 부끄러워하긴!"

"……."

나는… 쇼케이스가 끝나자마자부터 지금까지 '박문대의 순발력은 세계제일'이란 말을 기출 변형해서 듣는 중이었다.

이젠 민망하다기보단 떨떠름할 지경이다. 특히 큰세진 저놈은 일부러 더 민망해하라고 저러는 것 같아서 은근히 열 받는군.

"다들 고생 많았고, 잠깐… 쉬자."

"예이~!"

"드디어."

어쨌든 뒤풀이 대신 짧은 휴식 시간을 받긴 했다. 류청우의 말에 멤버들은 안도부터 기쁨까지 다양한 스펙트럼의 반응을 선보이며 숙소로 흩어졌다.

참고로 나는 잤다. 같은 방 쓰는 이세진도 자서 수면 질이 향상되었다.

'잠 안 자도 되는 특성이 그립군.'

그러나 리얼리티 카메라는 여전히 돌아가고 있었다. 덕분에 길지 않은 개인 시간을 보낸 뒤엔 다시 거실에 모여야 했다.

"다들 잘 쉰 것 같네."

"헤헤."

누가 봐도 간식을 까먹고 온 얼굴의 차유진이 웃었다. 그리고 다 같이 옹기종기 류청우의 스마트폰을 들여다보게 되었다.

"벌써 공개일이라니까 신기하긴 하다."

"기, 긴장돼……."

자정에 데뷔앨범 음원이 발표되기 때문이다. 자기 걸 안 보고 굳이 하나를 같이 보는 건… 뭐, 그림이 훈훈하게 나오기 때문이겠지.

"어! 넘어갔다!"

금방 스마트폰 시계 단위가 변했다.

[00:00]

"으, 음원 나온 건가?"

"지금 봐요?"

김래빈이 단호하게 정리했다.

"24Hits 차트에 보일 때까지는 한 시간 이상 집계 시간이 걸립니다."

"한 시간……."

침음성을 뱉으며 이세진이 부엌으로 사라졌다. 물이라도 가져오려는 것 같았다.

'…한 시간 후에도 안 뜰 확률이 높을 텐데.'

24시간 집계된 다른 곡들 사이에서 한 시간짜리 성적으로 승부해야 하기 때문이다. 심지어 VTIC도 한 시간 후 24시간 차트 진입이 87위였다. 아마도 김래빈은 그 사실을 이어서 설명하려는 듯했으나, 나와 눈이 마주치더니 곧 슬그머니 입을 다물었다.

"……?"

이번에는 설명해도 괜찮았는데?

큰세진은 긴장된 분위기를 상쇄하려는 듯, 웃으며 말했다.

"그럼 우리… '마법소년' 뮤직비디오부터 보는 건 어때요?"

"아."

맞다. 그것도 아직 못 봤지. 겨우 숙소에 돌아와서 휴식 시간을 받은 탓에 그것까지 생각해 낼 겨를이 없었다.

'리얼리티 제작진이 이것도 리액션 분량 찍어달라고 했었지.'

"좋은 생각이네."

"큰 걸로 봐요!"

차유진이 얼른 리모컨을 들고 TV 화면을 위튜브로 바꾸었다. 검색할 것도 없이 실시간 1위에 뮤직비디오가 떠 있다.

[테스타(TeSTAR) '마법소년' Official MV]

"예에!"

"우, 우와."

멤버들은 실감이 나지 않는다는 듯 화면을 쳐다보다가 겨우 정신을 차렸다.

"오. 썸네일 문대다."

"자, 잘 나왔어."

썸네일은 교실의 창 앞에서 뒤를 돌아보는 박문대의 모습이었다. 하얀 커튼 뒤로 주홍빛, 자줏빛에 물든 하늘이 역광으로 빛났다.

'1위 대우인가.'

나는 떨떠름하게 썸네일을 보다가, 차유진이 들고 있던 리모컨을 조작해서 재생 버튼을 눌렀다.

"오?"

당황한 차유진의 목소리를 배경으로 '마법소년' 뮤직비디오가 재생되었다.

영상은 썸네일 화면으로 시작되었다.

[……]

텅 빈 교실 한편, 박문대는 노을이 지는 창밖을 쳐다보고 있었다. 그가 뒤를 돌아보며 카메라와 눈을 마주치는 순간.

노래가 시작되었다.

−내일 만난 너를
오늘 내내 생각해
낮처럼 파란 꿈을 꿔

화면이 바뀌었다.

낡고 부서진 교정이 한낮의 햇살 아래 선명하게 드러났다가, 갑자기 보랏빛으로 물들며 반짝이는 비눗방울이 쏟아졌다.

♬♪♩♪− ♬♪♬♪− ♪♩−

그리고 학교의 일상적인 장소에, 비일상적인 행동을 하는 멤버들의 모습이 각자의 파트마다 지나갔다.

-세상이 차가워도
꿈은 달콤해
현실이 무너져도
꿈은 선명해

차유진이 다 부수어진 교실에서 홀로 멀쩡한 교탁에 걸터앉아 있었다. 그는 동물 모양 태엽 인형을 모퉁이에 줄 세워, 태엽을 돌렸다. 그림자와 조명 탓에 인형은 작은 생물처럼 보였다.

-잠기고 싶지 않아
잠들고 싶어 난,
꿈을 그리는데
But reality is breathing
All the time…

양호실 침대에 앉은 선아현이 베갯잇을 뜯었다. 그 안에서 솜 대신 빛나는 민들레 솜털 같은 것들이 튀어나와 침대 주변 허공을 반짝였다.

-All that time,
아마 필요했던 거야
미래로 가는 마법이
그래서 난

류청우가 장난감 총으로 화단의 꽃을 쐈다. 비비탄이나 물 대신 빛 줄기가 터지며 푸른 꽃잎이 비상한다.

그리고 보랏빛 노을이 지는 옥상에서 펼쳐지는 춤.

−Cast a spell
Make a wish come
true true true

−미래로 빠져들어 조용히

−Cast a spell
Make a dream come
true true true

−꿈으로 잠들어 파랗게

후렴이 끝나고 나오는 간주에는 박자가 좀 더 쪼개지며 화려한 댄스 브레이크가 이어졌다. 한낮의 옥상이 교차 편집되며 보랏빛 배경 장면의 오묘함이 더 깊어졌다.

"저거 메이크업도 새로 해서 다들 고생 많으셨지."
"맞아요! 여러분, 잘 보시면… 이 낮에 찍은 거랑, 노을 질 때 찍은 거랑 의상이랑 메이크업에 차이가 있습니다!"

큰세진이 카메라에 대고 설명했다.

사실이었다. 낮 배경은 좀 더 맨얼굴에 가까웠고, 노을 배경은 뭔 반짝이에 눈 밑에 홍조 비슷한 것까지 넣어놨다. 의상도 노을 배경을 찍을 때 액세서리를 더 붙였었다.

'그걸 하루 만에 찍으려니 모두 죽을 맛이었겠지.'

다행히 고생한 보람이 있게도 컷은 잘 나왔다.

♬♪♩♪- ♬♪♬♪- ♪♩-

그리고 들어가는 2절. 최면을 거는 것 같은 묘한 손가락 동작이 끝나고 뒤에서 김래빈이 나왔다.

그리고 느리고 복잡한, 아주 묘한 리듬으로 멜로디 랩을 했다. 교차되는 것은 복도의 부서진 캐비닛이 겹겹이 쌓인 더미 위에 앉아서 송곳을 던졌다 받는 김래빈이다.

"오!"

"목소리 좋다."

"…감사합니다."

김래빈이 약간 머쓱하지만, 자랑스러움을 숨기지 못하고 대답했다.

"근데 어쩌다 송곳같이 살벌한 물건을 골랐습니까, 래빈 씨?"

"…귀여워서……?"

"……?"

상상 이상의 대답에 큰세진의 입이 다물어졌다. 나는 기분 좋게 대신 대답했다.

"그렇다고 치자."

"그래. 귀여워 래빈아."

뮤직비디오 때깔이 괜찮은 걸 확인하고 안심했는지 리액션들이 좀 편해졌다.

이어진 화면에서는 마지막 타자로 이세진이 나오고 있었다. 이세진은 학교 건물 안에서 정문 현관을 바라보며 서 있었다. 유리문 너머로 교정이 보였다.

그리고 흘러나오는 마지막 후렴 전 브릿지. 리프 멜로디인 오르골 소리가 톤이 낮아지며, 그 위에 보컬 멜로디가 똑같이 따라갔다.

－숨어도 감출 수 없는 건

아마도 마법일 거야

숨이 벅차고 떨리는

꿈

이세진은 유리문을 부쉈다.

그 순간, 필름이 돌아가는 소리와 함께 주르륵 컷이 돌아갔다. 테이프를 뒤로 돌리는 것 같은 기묘한 속삭임이 지나가더니…… 곡 없이 컷이 삽입되었다.

박문대가 학교 밖에서 교정으로 걸어 들어오는 장면이었다.

[……]

카메라가 다가가듯 교정의 학교 건물을 비추더니, 그 중앙의 정문 현관에 초점을 맞췄다. 유리 현관은 조용히 닫혀 있었다.

박문대는 이윽고 그 앞에 멈춰 섰다. 그리고 마치 그 문을 활짝 열기라도 할 듯이, 두 손을 모두 뻗어 손잡이를 잡았다. 그리고······.

철컥, 자물쇠를 채웠다.

···달칵.

필름이 돌아가며, 안무와 함께 마지막 후렴이 터져 나왔다.

—Cast a spell

Make a wish come

true true true

—미래로 잠들어 조용히

—Cast a spell

Make a dream come

true true true

—꿈으로 빠져들어 파랗게

어느새 안무가 펼쳐지는 옥상 주변은 더 비현실적인 공간으로 변해 있었다. 옥상을 감싼 난간이 깨지며 투명한 결정이 맺혔다. 그리고 프리즘처럼 빛을 왜곡했다.

배경을 어지럽히는 빛처럼, 안무가 더 복잡하고 곡선이 강해졌다.

♫♪♪- ♫♪♫♪- ♪♪-

안무의 마지막. 멤버들이 자연스럽게 대형을 서클로 바꿨다. 그들이 옥상에 머리를 맞대고 동그랗게 눕는 순간 곡이 끝났다.

툭.

보랏빛 비눗방울이 터져 나왔다.

[……]

그리고 나타나는 검은 화면. 느릿하게 편곡된 '마법소년'의 Inst가 흐르는 가운데, 마치 단편영화처럼 고전적인 엔딩크레딧이 올라갔다.

그제야 멤버들의 말문이 다시 터졌다.

"와!!"

"너무 잘 나왔는데요?"

"감독님 감사합니다."

"머, 멋지게 잘 나온 것 같아….."

동시다발적으로 하는 통에 아무도 서로의 말을 받아주지 않는 이상한 상황이 되었다. 그러나 누구도 신경 쓰지 않고 신나게 떠들었다.

"굉장히 음, 의미심장하게 나와서 재밌네."

"팬분들께서 다양한 세부 요소들을 찾아보는 재미를 느끼실 수 있을 것 같습니다."

"아 우린 좋았는데, 팬분들도 좋아하셨으면 좋겠다~"

분위기는 이 이상 따스할 수 없을 만큼 따스해졌다.

'스타트를 잘 끊었으니 들뜰 만도 하지.'

덕분에 음원차트를 확인할 때도 불편할 정도로 긴장감이 곤두서 있지 않았다. 그리고 마침내 나온 결과는…….

"…!"

"와! 진입했네~"

85위, 88위 진입이었다.

'…한 곡은 VTIC보다도 약간 높은데.'

전국적으로 흥했던 오디션의 대중성을 등에 업은 오픈빨은 생각 이상이었다.

'미쳤군.'

하지만 '실시간 진입 1위' 같은 말에 더 익숙하던 사람이 더 많기 때문인지, 멤버들은 그냥저냥 기뻐하는 분위기였다. 머리로는 알아도 당장 눈에 보이는 건 80위권이니까.

그래서 더 격한 반응은 다음에 터졌다.

"다, 다 우리 곡……."

"헉."

아직 실시간 차트가 살아 있는 다른 음원 사이트들에서는 테스타의 타이틀곡이 1위, 2위를 나란히 차지하는 기염을 토한 것이다.

[1위 Hi-five / 테스타] new!
[2위 마법소년 / 테스타] new!
[3위 Night Sign / VTIC] ▼2
…….

심지어 7위 안에 이번 앨범에서 발표한 4곡이 모두 들어가 있었다. 물론 잠시 후면 VTIC에게 순식간에 밀릴 것이다. 그래도 미친 기세였다. 그제야 실감이 난 멤버들은 경악에 휩싸인 채로 스마트폰 화면을 계속 들여다보았다.

아직 음악방송에 출연하지도 않은 시기, 첫 공개부터 터진 청신호였다.

"캐, 캡처하자."

"좋은 생각이십니다."

테스타의 데뷔 활동은 여기서부터 시작됐다.

〈1부 완결〉

데뷔 못 하면
죽는 병 걸림